講談社文庫

重蔵始末

じゅうぞうしまつ

逢坂 剛

講談社

目次

重蔵始末（じゅうぞうしまつ）

第一話　赤い鞭(むち)

1

本所回向院(えこういん)の境内に、歓声と怒号が渦巻く。

「何してやがるんだ、雷電(らいでん)。鬼の野郎を、早くぶん投げろい」

「そりゃあこっちのせりふだ。もたもたしてると、日が暮れちまうぞ、鬼ヶ嶽(おにがたけ)。早く雷電を、持ち出しちまえ」

「黙りやがれ。天下の雷電に、そんな口をきやがると、おれが承知しねえぞ」

「雷電がなんだ。ただ図体がでけえだけの、でくのぼうじゃねえか」

「そうだそうだ。鬼ヶ嶽を見ろい。体は劣るが、雷電と真っ向から組んで、びくともしねえ。あれがほんとの、角力(すもうと)取りだ。今に雷電を持ち出すから、楽しみにしていろ」

「うるせえ。すぐにも雷電がやつをぶん投げて、鬼の首を挙げてやらあ」

取組もそこのけに、桟敷では見物客が総立ちになってそんなことを喚き合い、今にも喧嘩が始まりそうな気配だった。

土俵では、雷電と鬼ヶ嶽が四つがいに組み合ったまま、互いに腹を波打たせている。立ち上がってから、もうだいぶ時間がたつというのに、いっこうに勝負がつかない。初めのうちは、両者とも攻めの応酬で桟敷を沸かせたが、さすがにくたびれ果てたと見えて、動きが止まった。

「水だ、水だ」

だれかが叫ぶと、それに押しかぶせるように、別の声がどなり返す。

「まだまだ。勝負がつくまで、やらせておけ」

「預かり、預かり」

「黙れ。おりゃ預からねえぞ」

根岸団平は、勝手なことを喚く見物客にまじって土俵を見守る、〈水窪の黒猿〉に目を向けた。

黒猿はあだ名のとおり、色の黒い猿によく似た顔と体つきの持ち主で、いつもきょときょと人の様子をうかがう、落ち着きのない小男だ。

土俵に目をもどし、二人の力士の動きを見つめる。

寛政二年（一七九〇年）十一月。

雷電為右衛門は、この冬場所の初土俵でいきなり西の関脇に付け出された、新顔の力士だった。新顔とはいえ、すでに雲州松江藩お抱えの雷電は前評判どおり、無類の強さを見せつけた。身の丈六尺五寸、目方四十五貫は力士としても並はずれた巨体で、それだけで耳目を驚かすものがある。

まして初日鈴鹿山、二日目時ノ鐘、三日目出水川を、いずれも一発の鉄砲で土俵下へ吹き飛ばすや、その恐るべき力はたちまち八百八町に知れわたった。敗れた三力士は、みな幕下二段目以下の格下の者には違いないが、雷電の下がりに指さえ触れることができず、付き人に抱えられて退場した。

今日四日目の相手、東幕下筆頭の鬼ヶ嶽谷右衛門は、雷電より七歳も年上の三十一歳、武州川越生まれの力士だった。身の丈およそ六尺、目方三十五貫余とこれもかなり大柄だが、雷電と並ぶと二回りほども小さく見える。

もっとも、肌は色白ながら均整が取れて筋骨隆々、その膂力と握力は人間のものではない、といわれている。浅草雷門の仁王像を修復するにあたって、下絵を引き受けた絵師鳥居一清が鬼ヶ嶽を自宅に招き、その裸形を模写したことから一躍人気が出た。

鬼ヶ嶽はこの日、それまでの三力士と異なる立ち合いを見せた。雷電の強烈な鉄砲を、樫のような肘ではね上げてかわし、みごと四つがいに組み止めたのだ。三日目までの取組で、雷電のすさまじい破壊力にいささかしらけていた桟敷は、それだけで鬼ヶ嶽に喝采を送った。

鬼ヶ嶽の得意は、四つがいに組むが早いか両のまわしを引きつけ、がむしゃらに吊り上げて土俵の外へ運ぶ、持ち出しの技だった。相手がいかに大兵であろうと、何がなんでも吊り上げて運ぶ、力任せの角力なのだ。それが、年に一度江戸の長屋が総出で行なう、井戸水の汲み替え作業を思わせるところから、鬼ヶ嶽を〈井戸替〉の異名で呼ぶ者もいる。現に、若いころ鬼ヶ嶽はそれをそのまま四股名にして、〈井戸替〉と名乗ったこともあった。贔屓筋は、鬼ヶ嶽が四つがいになるやいなや、その問答無用の吊りを期待して、声援を送るのだ。

この日も、四つがいになったとたん雷電をしゃにむに吊り上げ、一度は土俵際まで運び詰めた。しかし、雷電が外掛けを掛けてのしかかったために足が止まり、土俵半ばまで押し返されてしまった。

それから投げあり、捻りありの技の応酬で桟敷を沸かせたが、少し前から両者の動きが鈍くなり、組み合ったまま様子を探る状態になったのだった。

やがて業を煮やしたか、あるいは呼吸を整えてここが勝負と肚を決めたか、鬼ヶ嶽がぐいと腰を入れた。節くれ立った両の腕が、雷電の岩のような体を持ち上げる。

どっと桟敷が沸いた。

「その調子だ、鬼ヶ嶽。持ち出せ、持ち出せ」

「踏ん張れ、雷電。足がらみだ、足がらみ」

口ぐちに贔屓の名を呼びながら、ここぞとばかり声援を送る。

鬼ヶ嶽は、それこそ鬼のように顔を真っ赤にして、雷電を土俵際に運んだ。

雷電は、丸太のような足で外掛けにいったが、そうはさせじと鬼ヶ嶽は掛けられた足をはね上げ、一気に土俵の外へ持ち出した。勢い余って両力士は、控えにいた谷風梶之助の足元へ、どうと倒れ込んだ。

軍配が、さっと東へ上がる。

桟敷は興奮の極致に達し、座布団が雨のように飛びかった。

「やったやった、鬼ヶ嶽が雷電をやったぞ」

鬼ヶ嶽の贔屓が、手の舞い足の踏みどころを知らぬ体で、小躍りしながら喜ぶ。

雷電の贔屓が、未練がましく言った。

「待て待て、まだ勝負は分からねえ。どうやら、物言いがついたようだぞ」

その声につられて、団平は背伸びをした。

谷風が、土俵溜まりへ行司を呼びおろし、徳俵を指で示している。そのそばで、険しい顔をした侍が白扇を行司に突きつけ、居丈高（いたけだか）に何か言うのが見えた。

鬼ヶ嶽の贔屓がどなった。

「引っ込め、雲州の田舎侍が。負けたものを、勝ったと言いくるめようとしても、そうはいかねえぞ」

どうやら、雷電を抱えている雲州侯の角力見届け係が、軍配に文句をつけたらしい。

雷電の贔屓がどなり返す。

「黙りやがれ、この芋野郎。今のは踏み切りで、鬼ヶ嶽が負けたのよ」

桟敷がどよめいた。

土俵にもどった行司が、蒼白な顔で正面に一礼した。持ち替えた軍配を、あらためて西へ上げ直す。

新たに座布団が飛び、割れんばかりの歓声が境内を揺るがした。

そのとき団平は、人ではちきれそうな桟敷から抜け出て行く、黒猿の姿を見た。

急いで、あとを追う。

この日、東大関の小野川喜三郎は土俵を休んでおり、残る結びの一番は西大関の谷風梶之助と、東幕下二段目の出水川林右衛門の手合いだった。

出水川は、決まり手の〈いずみがわ（極め出し）〉のもとになった、強豪出水川貞右衛門の甥にあたっている。もっとも叔父ほどの強さはなく、前頭上位と幕下二段目を行ったり来たりする、並の力士にすぎない。

ただし十年前の安永九年、一度だけ谷風と預かり角力を取ったことがあり、それだけが見物客の期待の種になっていた。そのためか、結び前の長い角力で日暮れが迫ったにもかかわらず、桟敷を立つ者はだれもいない。

幕の外の境内には、席を取りそこねた角力好きが木戸のあたりに群がり、幕の内の歓声から勝敗を察しようと、やっきになっている。

団平は黒猿を追って、幕の裏手へ回った。

場内から、谷風と出水川が立ち上がる気配も伝わらぬうちに、鬼ヶ嶽が裏の幕から出て来た。二色の縞の袷に、羽織を引っかけている。付き人も連れず、一人きりだった。

ざっと掛け湯をしたらしく、つい今しがたの長い勝負の疲れは、どこにも見られない。

もっとも、いかにも不機嫌そうに唇が引き結ばれているのは、勝ったと思った手合いに物言いをつけられ、軍配を差しもどされたためだろう。早引けをするのも、そのせいに違いない。

鬼ヶ嶽は、わっと周囲に群がる子供たちを無視して、悠然と両国橋の方へ歩きだした。あとにつきまとった子供たちも、やがて相手をしてくれぬ鬼ヶ嶽に見切りをつけ、また境内へ引き返して行った。

そのまま鬼ヶ嶽のあとを追ったのは、〈水窪の黒猿〉と根岸団平の二人だけだった。団平は黒猿の背中に、しっかりと目を据えた。黒猿は、商家の番頭風の小袖、羽織姿で、鶏のようにひょこひょこと前を歩いて行く。

団平自身は職人風に身を作り、小さな道具箱まで肩に載せている。かりに姿を見られても、仕事帰りの大工かと思われるだけで、正体を悟られる心配はない。

黒猿は、二十間(けん)ほど間をおいて鬼ヶ嶽のあとをつけ、団平はさらにそれより距離をあけて、二人のあとを追った。

両国橋を渡った鬼ヶ嶽は、懐手(ふところで)をして広小路を抜け、神田川に臨む柳原土手に沿って、西へ向かった。悠然とした足取りだが、大男だけに歩幅も大きい。黒猿は、ときどき小走りに歩を進めて、開いた間を詰めた。団平も、不自然にならない程度に大股に歩き、離されないようにした。

すれ違う人びとが、大男を鬼ヶ嶽と知ってか知らずか、まぶしそうに見上げたり、振り返ったりする。しかし鬼ヶ嶽は、見向きもせずに歩き続けた。

筋違橋御門のある八辻が原を抜けると、鬼ヶ嶽はそのまま右へ折れて昌平橋を渡った。どうやら、本郷にある山碇磯吉の角力部屋へ、まっすぐもどるようだ。

案の定、鬼ヶ嶽は橋を渡ってすぐに道を左へ取り、本郷へ通じる坂に向かった。

晩秋の日は、つるべ落としに落ちて早くも薄暮となり、町に灯がともり始める。速足に歩く団平の頬に、冷たい風がいっそ心地よい。

神田明神の門前に差しかかったとき、参道のとっつきの茶屋から黒羽織を着た侍が出て来て、手招きするのが見えた。

火付盗賊改方の同心、橋場余一郎だった。

団平は道をそれ、ひょこひょこと動く黒猿の背中を視野に入れたまま、余一郎に近づいた。

「ご苦労さまでございます」

頭を下げる団平に、余一郎はうなずき返した。

「どうだ、様子は」

「黒猿はずっと、鬼ヶ嶽のあとをつけております。鬼ヶ嶽は、このまま角力部屋へもどるもの、と存じます」

団平が早口に応じると、余一郎はもう一度うなずいた。

「よし。ご苦労だが、このあとも黒猿から目を離すな。目星がついたら、この先の〈はりま〉へ知らせに来てくれ。おまえから連絡があるまで、そこに詰めているつもりだ」

「かしこまりました」

団平は、目の端に消えようとする黒猿を追って、ふたたび足速に歩きだした。

2

根岸団平が行ってしまうと、橋場余一郎は茶屋にもどった。

冷えた土間の、四人掛けの腰掛けにどっかとすわった近藤重蔵(こんどうじゅうぞう)が、余一郎を見る。

「どんな様子だ、黒猿は」

そろそろ店じまいの時間か、ほかに客の姿はない。おやじも小女(こおんな)も奥に引っ込み、二人の話を聞く者はいなかった。

余一郎は、低く応じた。

「相変わらず、鬼ヶ嶽を追っているようでございます。いったい、何を考えているのか」

重蔵は、湯飲みに注(つ)がせた冷や酒をぐい、と飲み干した。酒はない、と断るおやじに無理を言って、自家用のものを出させたのだ。

重蔵は、ふうと息を吐いた。

「団平に、〈はりま〉にいると言ったのか」

「はい。連絡があるまで待つ、と」

「ならば、ここにいてもしかたあるまい。腹も減ったし、〈はりま〉へ行こう」

重蔵は、腰掛けに酒代を置き捨て、先に立って茶店を出た。

余一郎は重蔵のあとについて、前の坂を本郷の方へのぼって行った。

重蔵は身の丈六尺近く、つわものぞろいの御先手与力の中でも、際立って体の大きな男だった。

余一郎が所属する、御先手鉄砲組の組頭松平左金吾定寅はこの十月、火付盗賊改方に任ぜられた。

火盗改の本役はすでに二年前から、御先手弓組の長谷川平蔵宣以が務めている。しかし平蔵が、六月から石川島人足寄場取扱を兼任して忙しくなったことと、冬場は火付けをはじめ凶悪犯罪が増加することとで、これを補うため左金吾が半年勤務の当分加役を、おおせつかったのだ。

左金吾の加役は、これで二度目になる。前回は二年前、天明八年秋のことで、このとき左金吾は、昼間登城前と退出後に吟味をこなしたほか、宵回りと称して日暮れどきから四つごろまで、また夜回りと称して八つごろから明け方まで、単身市内の巡回視察を行なった。

その気骨と功績が認められて、今回の再任になったといわれる。

左金吾の組には、筆頭の佐田陣十郎以下五人の与力がいるが、このたびは中の一人が怪我のため、役目をはずれていた。そこで、同じ鉄砲組の杉浦長門守忠興支配下の与力の中から、近藤重蔵が臨時出役というかたちで、借り出されることになった。

重蔵の父近藤右膳は、この七月に宿痾（しゅくあ）が長引いて隠居生活にはいり、それまで見習いに出ていた重蔵が家督を継いで、本与力の職についた。

二月生まれの重蔵は、年が明けてやっと二十一歳という若さだが、四歳年長の余一郎の目にはとてもその年に見えない。引き締まった巨体と、いつも青あおとした月代（さかやき）や髭（ひげ）の剃りあとから、自分より年長に見えてしかたがないのだ。切れ長の目と鋭い眼光、固く引き結ばれた意志の強そうな口元にも、大人（たいじん）の風格が感じられる。

幼時から神童と呼ばれ、儒学の鬼才山本北山（ほくざん）の学舎に学んだ重蔵は、十七歳でみずから私塾〈白山義学〉を興すなど、並なみならぬ学識の持ち主だった。三歳で〈大学〉を書写し、七歳で四書五経をそらんじ、十三歳で十三経を制覇したという噂も、まんざら偽りではないように思える。余一郎自身が、二年前〈白山義学〉で直接重蔵の教えを受け、その博学に驚いた覚えがあるからだ。

その上重蔵には、年長者どころか上級の役職者に対しても物怖じしない、天性の豪胆さが備わっている。場合によっては傍若無人、傲岸不遜のそしりを免れないような言動も、しばしば見られた。重蔵は、自分が感じたことを腹の中にしまっておけず、たとえ相手がどれほど上位の者であろうと、直言せずにはいられない男とみえる。

ともに御目見以下ながら、余一郎は同心と与力の格の違いをよく認識しているので、年若の重蔵にていねいな口をきくこと、またその指図を受けることに関しては、まったく抵抗がない。

とはいえ、重蔵に対して組頭に感じるのと同じような、あるいはそれ以上の威圧感を覚えるのに、いささか忸怩たるものがないではない。

余一郎は、重蔵の後ろ姿に目を向けた。まるで、馬にでも乗っているような、見るからに大きな体だ。

町与力と違って、重蔵は羽織の裾を巻き込んでいない。

長い裾の先から、一本差しの大刀のこじりと赤い鞭の先が、わずかにのぞいている。重蔵は、外回りのときに脇差も十手も持たず、かわりに鞭を差して出るのだ。

それは、乗馬に用いるものと著しく異なる、不思議な仕上げの鞭だった。いたって丈夫な繊維か、馬の尻尾のように見えるものをきつく束ね、固く縒り合わせて作ったらしい。何か塗ってあるとみえ、赤い瑪瑙のような色をしている。長さは二尺三寸ほどで、手元を馬の革でしっかりとくるみ、先の方には鯨の髭が巻きつけてある。

余一郎はそれを、一度だけさわらせてもらったことがある。膠で補強してあるのか、手ざわりは固いが妙にしなやかで、おそろしく弾力があった。そのときは、何でできているのか、聞きそびれてしまった。

重蔵は坂をのぼり切り、緩く右へ続く往還の曲がりはなの小道を、左にはいった。

少し歩くと、三念寺の門前に出た。〈はりま〉は、その斜め前にある。

店の前で、えんが行灯に灯を入れていた。

「じゃまをするぞ」

重蔵が声をかけると、えんは火種を消して振り向いた。

「これはお早くから、おいでなさいませ」

挨拶するなり、あわてて店へ駆け込む。

「ちょいとおまえさん、近藤さまと橋場の旦那が、お見えでございますよ」

二人が中にはいると、奥の厨房から主の為吉が出て来た。重蔵ほどではないが、やはり人目を引くほど、体の大きい男だ。

「これはどうも、お早いおつきで」

そう言いながら、律義にたすきを取ろうとする為吉を、重蔵が止める。

「かまわぬ、そのままでよい。奥の座敷を借りるぞ」

「どうぞどうぞ、お上がりくださいませ。すぐに、お熱いところをつけますので」

「いや、冷やでよい。それから、適当にみつくろって、何か作ってくれ。腹が減った」

座敷といっても、襖や障子があるわけではない。衝立で仕切りをしただけの、ただの板の間にすぎなかった。

えんが、専用の座布団を持って来る。重蔵が、わざわざ自宅から団平に運ばせた、繻子のぜいたくな座布団だった。

近藤家の住まいは、本郷から追分をへて中山道を二十町ほどくだった、鶏声ヶ窪と俗称する低地にある。近くの白山権現の裏手に、御先手鉄砲組の組屋敷が並んでいるのだ。

重蔵と余一郎は、小卓を挟んで腰を据えた。

冷えきった板の間に、余一郎はもぞもぞとすわり直した。

酒を運んで来たえんが、見かねたように言う。

「火鉢でも、お持ちしましょうか。それとも、あとはお燗で」

ありがたい、と余一郎が応じる前に、重蔵が口を開いた。

「気遣いはいらぬ。暖まれば、眠くなるだけだ。酒も冷やでかまわぬ」

余一郎は、腹の中でため息をついた。

まったくこの男の体は、どういう仕組みになっているのだろう。すでに早朝、霜が立ち始めたこの季節に、いっこう寒さを感じないのか。人一倍寒がりの余一郎には、とうてい理解の及ばぬことだ。せめて、座布団の半分でも譲ってくれれば、と恨めしくなる。

この飯屋は、土間の中央に大きな縁台を二つ並べ、その上に茣蓙を敷いて小卓を四つ置いただけの、簡素な店だった。

えんによれば、よほど店が立て込まないかぎり、二人がすわった板の間には客を上げない、という。座布団と同じで、重蔵専用の席といっていいようだ。この席ならば、衝立を鉤の手に回して人目を遮り、密談することもできる。

えんが気をきかして、温かい料理を運んで来た。大根と油揚げの煮付けに、あぶりたてのいわしの丸干し、それに煮やっこという献立だ。

重蔵が声をかける。

「どうだ。近ごろ為吉と、うまくやっているのか」

十歳ほども年上の女に、まるで仲人のような口をきく。

えんは、憎らしそうに重蔵を睨んだ。

「いやでございますよ、近藤さま。わたしは、あの人が嫌いで突っかかるんじゃございません。惚れているからこそ、喧嘩を仕掛けるんじゃありませんか」

「ほう、そんなものか」

重蔵が、心底不思議そうな顔をするのを見て、余一郎は笑いを噛み殺した。

確かに、重蔵は人並みはずれた色好み、酒好みといってよかろうが、しんから女に惚れることはないように思える。女と遊んだあと、家へもどって〈三代実録〉の校注をする、といわれるくらいだから、やはり酒色よりも学問の方が好きなのかもしれぬ。

えんは、目元や口元にそのきつい気質が出ているにせよ、もともとさっぱりして思いやりのある女だった。色白でふっくらとした、男好きのする顔立ちをしている。

亭主の為吉は、何年か前まで〈播磨灘沖右衛門〉の四股名で土俵に上がり、小結まで務めた元力士だと聞いた。何が原因か知らないが、頭に血がのぼったえんに包丁で腕の筋を断ち切られ、そのために角力が取れなくなった。やむなく播磨灘は引退して、〈はりま〉の婿養子にはいった、という。

してみると、もともと二人は惚れ合っていたらしいのだが、余一郎もそのあたりの機微について、詳しいことは聞かされていない。

えんが、重蔵の湯飲みに冷や酒を注ぎ足しながら、余一郎に言う。

「今日は、団平さんは」

「ああ、あとから来るかもしれぬ。それまで、待たせてもらうぞ」

「分かりました。どうぞ、ごゆっくり」

根岸団平は、重蔵が火盗改に出るにあたって連れて来た、近藤家の若党の一人だった。重蔵の身の回りの世話をするかたわら、団平は密偵としても働いている。

元禄以来、目明かしと称してゆすり、たかりを行なう者が絶えないため、幕府はたびたび触れを出してこれを禁じた。ことに三年ほど前、松平定信が老中に就任してから、町奉行所や火盗改の与力同心が目明かし、岡っ引きの類いを使うことは、固く禁じられた。

長谷川平蔵は、そのあたりをうまくやり繰りしているらしいが、松平左金吾は法の遵守を第一とする堅い人物なので、建前を曲げるわけにいかない。

やむなく団平が、岡っ引きや手先のかわりに町を歩いて、密偵の役を務める仕儀となった。もっとも団平は団平で、さらに知り合いの遊び人などを使って、こまめに情報を集めているようだ。

余一郎が聞いた話では、根岸というのはむろん団平の正式の姓ではなく、もともとが谷中根岸界隈の郷士の倅なので、そう呼ばれるにすぎないという。父親の百助が、若いころ右膳の若党を務めたことがあり、その縁で重蔵の付き人になったらしい。

団平は子供のころから、白山権現の境内に作られた〈白山義学〉の塾で、学問と武芸を習ってきた。団平にとって、重蔵は主人でもあり師でもあるわけだが、同時に弟のような存在でもある、と余一郎は聞かされた。

団平は、余一郎と同じ二十四歳のはずだが、重蔵に対する心服ぶりは徹底したもので、とうてい余一郎の比ではない。

「どうした、余一郎。酒が進まぬようだが」

重蔵に声をかけられ、余一郎はあわてて箸(はし)を置いた。

「いささか空腹が過ぎておりますので、酒の方はゆっくりやらせていただきます。それにまた、わたくしはもともと近藤さまのような酒豪ではなし、まだお勤めの最中でございますから」

重蔵が、じろりと余一郎を見る。

「それは嫌みか」

「めっそうもない、わたくしはただ、酒に酔ってお勤めをおろそかにしてはなるまいと、自分を戒めているだけでございまして」

重蔵は、ふんと鼻を鳴らした。

「気の弱いやつだな。おれは、十三のときにおやじに隠れて、酒を飲んだ。女を知ったときは、まだ十五にもなっていなかった。なんでも早く始めておけば、それだけ早く役に立つということだ。学問や武芸だけが、能ではないぞ」

余一郎は、頭を下げた。

「いや、まことに、不調法の極み。お恥ずかしいかぎりでございます」

これでは、どちらが年上か分からない。

酒を飲むとき、重蔵はほとんど食べ物をとらぬまま、ひたすらぐびぐびと飲み続ける。それでいて顔色は変わらず、酔いが体や足にくることもない。

余一郎はかたちばかり酒を飲み、また箸を取り上げて大根をつついた。

重蔵の父右膳は、茶人としても幕臣の間によく知られた存在で、家督を譲ったあとは体調の許すかぎり、旗本や商家の子女に茶を教えたりしながら、悠々自適の日々を送っている。学識も豊かで、ときには大名の屋敷に招かれ、講話に出向くこともあると聞く。

火盗改に出る前は、重蔵もしばしば父親や師の北山に同行して、諸侯に講義を行なったらしい。右膳の話では、そうしたおりも重蔵はまったく物怖じせず、堂々と諸侯と口をきくという。この、人を人とも思わぬ傲岸不遜な態度は、それで培(つちか)われたのかとさえ思う。

余一郎は、話の接(つ)ぎ穂(ほ)に口を開いた。

「団平一人で、だいじょうぶでございましょうか」

重蔵は肩を揺すり、また湯飲みをあおった。

「心配はいらぬ。あれはおとなしい男だが、粘り強いところだけはおれも兜を脱ぐ。任せておけばよい」

3

そもそも、〈水窪の黒猿〉の話を聞き込んできたのは、当の根岸団平だった。

三日前の夕刻。

召捕回り方を務める近藤重蔵と橋場余一郎が、巡回を終えて表神保小路にある組頭の役宅にもどると、その日別行動をとっていた団平が二人を待ちかね、内密の話があると切り出した。

重蔵は、ほかの与力たちに聞かれたくないと思ったのか、その場は団平の話をさえぎった。役務を終えたあとで、あらためて聞くというのだ。

三人は、仕事が引けたあと役宅を出て水道橋を渡り、〈はりま〉まで足を延ばした。どの道、鶏声ヶ窪の組屋敷へ帰るとすれば、遠回りにはならないのだ。

団平の話は、こうだった。

十日ほど前、芝金杉橋に近い安泉寺という小さな寺の、十五歳になる小坊主が海岸の網干場で、斬殺死体となって発見された。匕首のようなもので、首筋を切り裂かれていた。寺社奉行配下の与力、同心が犯人の探索に当たったが、いまだに下手人はつかまっていない。

小坊主は知念と呼ばれ、もとは団平と同じ根岸の里に生まれ育った、百姓の伜だった。子供のころから利発で、本人の将来と口減らしのために、安泉寺へ修行に出されていたという。

たまたま知念が子供のころ、一緒に遊んでやった覚えのある団平は、この事件をそのままには捨て置きがたく、業を煮やして芝金杉へ足を向けた。

地元で聞き込んだ話では、知念の死体の周囲には血が流れ出たあとがない、ということだった。どこか別の場所で殺され、そのあと網干場へ運ばれて放置されたもの、と推測された。あるいは死体の様子から、一度海中へ投げ込まれたものが波に打ち上げられた、とも考えられる。

その界隈は増上寺にも近く、小さな寺がたくさんある。

安泉寺へ直接出向いたところで、おそらく話を聞くことはできまい。かりに火盗改と名乗っても、寺としては外聞をはばかる不祥事だから、支配違いをたてに話を拒むだろう。

そう考えた団平は、金杉橋のたもとにある棺桶屋の軒先を借り、弁当を使いながらそこの親方と雑談を交わした。

親方は当然ながら、事件のことをよく知っていた。仕事の手を休めず、耳に届く風評巷説(こうせつ)を問わず語りに、あれこれと聞かせてくれた。

親方によると、寺の住職たちが寺社奉行に手を回したらしく、小坊主殺しの探索は早ばやと棚上げされ、ほとんど行なわれていないという。

それより団平の気を引いたのは、近ごろこのあたりの小坊主どもが夜な夜な寺を抜け出して、夜鷹(よたか)を買い漁(あさ)るとの噂話だった。なんでも寺社の風紀が乱れ、女を囲って酒色にふける住職がふえているとかで、それがどうやら小坊主たちにも伝染したらしいのだ。

もっとも、小坊主には女を囲ったり、吉原へ行ったりする財力がない。いきおい、お手軽に寺の周囲を徘徊(はいかい)する夜鷹を相手に、用を済ませることになるという。

棺桶屋をあとにした団平は、そこから四町ほど南へくだった入間川(いりあいがわ)にかかる、俗称回り橋と呼ばれる橋の下の土手に、三つ並ぶ筵(むしろ)小屋を見つけた。夜鷹のたまり場だった。

まだ日は高かったが、団平は思い切ってその筵小屋までおりて行き、身分を隠して聞き込みを始めた。

最初は警戒していた夜鷹たちも、団平が殺された知念と同じ村の出で、下手人を突きとめるために出向いて来たと聞くと、仲間うちでひそひそと相談を始めた。そのあげく、ようやく中の一人が重い口を開いて、事件の夜知念に買われたことを正直に認めた。団平がちらつかせた小金も、大いに功を奏したといってよかろう。

買われた夜鷹はくわといい、過去に何度か知念の相手をしたことがある、と打ち明けた。というより、知念を初めて男にしたのがくわであることから、知念の方が熱を上げてしまったらしい。

くわは、すっかり薹の立った三十半ばほどの大年増だが、別に妙な病気を持つ様子もなく、愛嬌のある顔をしていた。

知念は、初めてのときから筵小屋にはいるのをいやがり、いい場所を知っていると言って、くわを近くの古寺へ連れて行った。亮然寺という、五年前から住職がいなくなった無人の荒れ寺で、なるほど密会にはもってこいの場所だった。

それからは、本堂の横手の小部屋にもぐり込み、腐った畳のうえに茣蓙を敷いて、ことに及ぶようになった。

ところが、問題の夜、途中で本堂にだれかはいって来る気配がして、襖の破れ目から蠟燭の灯が漏れてきた。

知念とくわは仰天して、そのまま仏像のように体の動きを止めた。

やがて本堂から、ぼそぼそと話を始める声が聞こえてくる。三人ほどの男たちが、何か密謀を巡らしているようだった。

二人は逃げるに逃げられず、その場にじっとしているしかなかった。

「そこでおくわが申すには、男たちの中にその昔聞き知った忘れられない声があった、というのでございます。おくわは駿府(すんぷ)の生まれで、若いころ城下の水茶屋で働いておりましたが、耳についた声は当時自分と付き合っていた盗(ぬす)っ人(と)、〈水窪の黒猿〉こと無宿の市蔵に違いない、と」

団平が言うと、重蔵は疑わしげな顔をした。

「〈水窪の黒猿〉か。聞いたことのない名だな。どちらにしても、おくわが久しぶりに耳にしただけで思い出すような、癖のある声をしていたのか」

「はい。黒猿は話をしながら、二言目にはくそ、くそ、と合いの手を入れるのと、緊張するとひどくどもるため、それを止めるのにのべつ指をぱちん、ぱちんと鳴らす癖がある、とか」

「ふむ。それで連中は、どのような密談をしていたのだ」

「どこかの商家、大店(おおだな)へ押し込む相談をしていたようでございますが、残念ながら場所も日取りも聞き取れなかった、ということでございました」

団平が応じると、重蔵はそれきり黙り込んだ。

余一郎は、横から口を出した。

「その〈水窪の黒猿〉というのは、どのような盗っ人なのだ」

「おくわは、小柄なくせにずいぶん荒っぽい押し込みをする男だ、と申しておりました。駿府にいたころ、人も二人ほどあやめているとか。弟が一人おりまして、これが兄に似ずめっぽう体の大きな男で、草角力の大関を張るほどの強力だった、と申します。ふだんから、兄の言いなりになって乱暴狼藉を働く、鼻つまみ者だったよし。その弟が、秋葉神社で事故にあったか出入りで殺されたか、いずれにせよ不慮の死を遂げたために、黒猿はおくわを捨てていずこともなく姿を消した、とのことでございます。そののち、おくわは黒猿と十二、三年も会っていなかったようで」

団平はそう言って、さらに話を先へ進めた。

息をひそめて様子をうかがううち、脅えの頂点に達した知念はくわを押しのけ、反対側の小窓から外へ逃げようとした。

やむなくくわは、部屋の隅の腐った畳の隙間をそっと広げて、床下へ潜り込んだ。

一方の知念は、小窓の障子をはずそうとして失敗したらしく、男たちに気づかれてしまった。襖がばたばたと開き、争う物音が始まった。

くわは床下にうずくまったまま、震えながら上の様子に耳をすました。

命乞いをする知念の声が、たちまちすさまじい悲鳴に変わる。それきり、何も聞こえなくなった。

しばらくすると、男たちが本堂を出て行く気配がした。

くわは、あたりがすっかり静かになるまで待ち、ほうほうの体で橋の下へ逃げもどった。

知念の死体が、網干場で見つかったと知ったのは、翌朝のことだった。

くわは団平に、こう言った。

「あたしはね、知念さんをかわいがってやった。好きだったんだよ、弟みたいでね。まだ子供だから、あたしを置いて逃げようとしたのは、しかたがないさ。でも、知念さんを殺した黒猿の野郎は、許せないよ。あたしがここまで身を落としたのも、もとはと言えば駿府であの黒猿に、ひどい仕打ちをされたからだ。御番所へ行くつもりなら、あたしもお供したっていいよ。あんまり、気は進まないけどね」

「いざとなったら、そうしてもらうつもりだ。しかしおれは、自分の手で知念坊の敵(かたき)を討ちたい。このことはしばらく、だれにも言わないでいてくれないか」

団平の頭の中には、重蔵の意見をまず聞いてみたい、という思いがあった。知念は確かに寺の坊主だが、無宿人〈水窪の黒猿〉の取り扱いは、火盗改の管轄になる。

くわは、頭にかぶった手ぬぐいの端を、きりりと嚙んだ。

「分かったよ。あんたが敵を討ってくれたら、あたしもすっきりするだろう。息の根を止める前に、黒猿に言ってやっておくれな。おくわがよろしく言ってたってね」

念のため団平は、事件の現場になったという亮然寺に立ち寄り、中を調べてみた。本堂の板の間には、蠟燭の蠟の垂れたあとがあった。また、それに隣接する小部屋の畳には、よくふき取った形跡がみられるものの、うっすらと血の跡が残っていた。

こうした報告を聞いた重蔵は、団平の判断をほめた。

「でかしたぞ、団平。この一件は、町奉行にも寺社奉行にも悟られぬように、おれたちだけで処理するのだ」

余一郎は少し驚き、重蔵の顔色をうかがった。

「とおっしゃいますと」

重蔵が、小ばかにしたような笑いを浮かべる。

「左金吾組へ組み込まれてから、おれはまだ何もしておらぬ。お頭ご自身もまだ、なんの手柄も立てておられぬではないか。このあたりで一つ、手土産がわりに盗っ人の首を挙げて、ご機嫌をうかがうのも悪くあるまい」

それから重蔵は、団平に指示した。

「小坊主殺しから、すでに七日たっている。そろそろ黒猿一味が、亮然寺へ立ち回るころだ。さっそく今夜から、寺の周辺に張り込んでくれ」

余一郎は恐るおそる、口を出した。

「しかし近藤さま。その一味が、小坊主を殺した寺へ立ちもどることはあるまい、と存じます。と申すより、手配が回っている芝金杉一帯の寺町には、当分足を踏み入れないのではございませんか」

重蔵は、じろりと余一郎を見た。

「そこが盲点だな。考えてもみよ。安泉寺もほかの寺も、小坊主殺しごときで嗅ぎ回られるのは迷惑だから、手加減をするよう寺社奉行に働きかけたのだろう。とすれば、係の同心たちも通りいっぺんの聞き込みをしただけで、さっさと引き上げたに違いない。一度調べをすませたからには、あの周辺にふたたび探索の手が回ることはない、とみてよい。おれが黒猿なら、安心して亮然寺にもどる。賭けてもよいぞ」

言われてみれば、そのとおりかもしれない。

余一郎が黙っていると、重蔵は団平に目を移した。

「もし黒猿を見かけたら、片時も目を離してはならぬ。気づかれぬように、あとをつけ回すのだ。さすれば黒猿がどの店に目をつけ、いつごろ押し込みをするつもりなのか、おのずと知れよう」

これが、つい三日前のことだった。

次の日余一郎は、重蔵の指示で役所詰の同僚から手配書を借り出し、綿密に台帳を繰ってみた。

果たして、駿府の奉行所から回された〈水窪の黒猿〉こと、水窪生まれの無宿人市蔵の手配書が、見つかった。対象となっている罪状は、合わせて五件の殺人、傷害、強姦事件と、確認されただけでも八件に及ぶ脅し、盗み、押し込み事件だった。人相書きは、団平がくわから聞き出した黒猿のものと、ほぼ一致した。

同じ日の夜になって、重蔵の読みが当たったことが分かった。

亮然寺に張り込んでいた団平が、本堂の破れ障子にぼっと薄明るい灯が映るのを、崩れた塀の外から確認したのだ。

4

表の引き戸があいて、だれかがはいって来た。

えんの声がする。

「いらっしゃいまし」

店の縁台では、近くの加賀藩の江戸詰らしい若侍が数人、にぎやかに酒を飲んでいる。

えんが、新来の客と何か話しているようだが、若侍たちの声にかき消されて、何も聞こえない。

やがて衝立の陰から、えんが顔をのぞかせた。

「団平さんの、お使いの方が見えておりますが」

近藤重蔵は、懐から手を出した。

「衝立の後ろを回って、ここへ通るように言ってくれ」

橋場余一郎は冷えきった尻を上げ、小卓の端に席を作った。

おずおずとはいって来たのは、すでに六十歳を越えたと思われる年ごろの、白髪まじりの老爺(ろうや)だった。茶無地の袷(あわせ)に、共地の綿入れを着ている。人の好(よ)さそうな目に、不安の色があった。

「遠慮いたすな。そこへすわって、まず一杯やれ」

重蔵は、えんが用意した新しい湯飲みを取り、そこへ冷や酒を注いだ。

老爺は、重蔵が差し出す湯飲みをうやうやしく、両手で受け取った。

「恐れ入りましてございます」

　そう言って、かたちばかり口をつける。

「名はなんと申す。団平の存じ寄りの者か」

「手前は、芝口先の源助町で居酒屋をいたしております、甚兵衛と申します。団平どんのおやじ百助とは、根岸の幼なじみでございます」

「そうか。芝口先といえば、仙台藩と会津藩の藩邸が並んでいる、あのあたりだな」

「さようで。ご両藩の前に、八町ほど町屋が並んでおりまして、その中に手前どもの店がございます」

「して、団平の言伝は」

　甚兵衛は湯飲みを卓に置き、膝元をあらためた。

「はい。さきほど団平が、手前どもの店に飛び込んでまいりまして、ご両名さまとも今すぐに、芝金杉の亮然寺までお越しいただきたい、とのことにございます。亮然寺までは、手前が案内をさせていただきます」

　一刻ほどのち。

　重蔵と余一郎は、提灯を持った甚兵衛に案内されて、芝の亮然寺に到着した。

途中東海道筋で、源助町にある居酒屋〈甚兵衛〉の前も通ったが、むろん店はしまっていた。

亮然寺に着くと、近づく提灯の灯を見つけた根岸団平が、闇の中から姿を現した。

「ご足労をおかけいたしまして、申し訳ございませぬ」

「なに。おまえこそ、ご苦労であった」

重蔵は、団平にねぎらいの声をかけてから、固辞する甚兵衛の懐に無理やり駄賃をねじ込み、そのまま提灯を持って帰るように言った。

団平もそばから、言われたとおりにするように、口添えする。

甚兵衛は頭を下げさげ、提灯とともに姿を消した。

甚兵衛がいなくなると、あたりは闇に包まれた。どんよりと曇った空には、月も星も出ていない。

団平が言う。

「甚兵衛は、わたくしのおやじの幼なじみでございますから、お気遣いいただきませぬように」

「分かっておる。それより、手短に話してくれ。鬼ヶ嶽が黒猿を従えて、角力部屋へ向かったことまでは、余一郎から聞いたが」

「角力部屋へもどったあと、鬼ヶ嶽は羽織袴に着替えをいたしまして、また外へ出てまいりました。黒猿についてあとを追いましたところ、鬼ヶ嶽は源助町の〈甚兵衛〉の近くにある、老舗の料理屋〈如水亭〉にはいりました」

それを聞いて余一郎は、ここへ来る途中〈甚兵衛〉の斜め前あたりに、明るい灯の漏れる料理屋があったのを思い出した。〈如水亭〉と書かれた行灯も出ていた。

「その店なら、さっき前を通ったぞ。ずいぶん、にぎやかだったが」

余一郎が言うと、団平は話を続けた。

「女中に確かめますと、今夜そこに大店の贔屓筋が寄り集いまして、鬼ヶ嶽を囲む宴を開くとのことでございました」

「場所中にか」

そう言った重蔵の声に、不審の色がある。

「さようでございます。鬼ヶ嶽は、そうしたことにいたって無頓着な力士のようで、そのためにそこそこの実力がありながら、どこからもお抱えの話がないと聞いております」

少し間があき、重蔵の声が続いた。

「まあよい。鬼ヶ嶽が〈如水亭〉にはいったあと、黒猿はこの亮然寺へやってまいったのだな」

「はい。ここで、あとの二人の仲間と落ち合いまして、ただいま本堂で腹ごしらえをしておるようでございます」

確かに、本堂と思われる建物の破れ障子から、かすかな灯が漏れている。

余一郎は、手にした竹の皮の包みと小さな徳利を、団平に押しつけた。

「おまえも、腹ごしらえをしておけ。握り飯と、冷や酒だ」

〈はりま〉を出る前、えんに用意させたものだ。

団平が礼を言って、包みと徳利を受け取る。

余一郎は、重蔵の方に顔を振り向けた。

「ひとっ走り役宅へもどって、応援を連れてまいりましょうか。この闇で三対三となれば、一網打尽にしそこなう恐れもございますし」

「忘れたか、余一郎。この一件は、おれたちだけで処理する、と言ったはずだぞ」

しかし、と言いかけて余一郎は、言葉をのみ込んだ。

これまで重蔵が、こうと決めたことをくつがえしたためしは、一度もない。それが正しかろうと間違っていようと、自分の判断に絶対の自信を持っているのだ。

余一郎は、話を変えた。

「黒猿はいったい、何をするつもりなのでございましょう」

「押し込むつもりだろう」

「どこへでございますか」

「むろん、〈如水亭〉だ」

余一郎は、顎を引いた。

「しかしあの店は、今夜鬼ヶ嶽を囲む宴で」

「それがはねたあとだ。鬼ヶ嶽はおそらく、あの店に泊まっていく。夜が更けたら、やつがこっそり中から木戸をあけて、黒猿一味を引き入れるとみた」

あっけにとられる。

「鬼ヶ嶽が、黒猿の引き込み役を務める、と」

「そうだ。黒猿は、鬼ヶ嶽が裏切らないようにあとをつけ回して、見張っていたに違いないわ」

そういう見方もあったのか。

重蔵は続けた。

「それを確かめるためにも、ここで連中をつかまえるわけにはいかぬ。鬼ヶ嶽を、取り逃がすことになるからな」

余一郎は、口をつぐんだ。

なるほどと思う一方で、納得のいかないこともある。

そもそも、なぜ鬼ヶ嶽が押し込みの手伝いを、しなければならないのか。それに、〈如水亭〉は老舗とはいえただの料理屋で、土蔵に千両箱が積んであるわけでもない。小金を稼ぐつもりならばまだしも、黒猿のような札(ふだ)つきの悪党が押し込む対象としては、いささか小粒すぎる気がする。

団平が、包みをあける気配がした。

「ちょうだいいたします」

重蔵が言う。

「酒はおれによこせ。捕り物の前に、酔いつぶれたら困るからな」

ぐびぐび、と酒を飲む音がして、余一郎は苦笑した。

まったく、どれだけ飲めば気がすむのか。

ふう、と息をついた重蔵が、急に思いついたように言う。

「おれはこれから、〈甚兵衛〉の店へ行く。おやじに頼んで、店先を借りるのだ。あそこからなら、〈如水亭〉の前が見渡せるだろう」

「さようでございますな」

団平が相槌(あいづち)を打つと、重蔵は大きな体を起こした。

「黒猿どもが出て来たら、あとをつけて〈如水亭〉へ来い。そこでおれと、落ち合えばよい。あやつらが行動を起こすのは、おそらく九つ半ごろだろう」

まだ、四つの鐘も鳴っていないから、あと二刻近くもある。

歩きだそうとする重蔵に、余一郎は思い切って声をかけた。

「近藤さま。もしも、あの、もしもでございますが、黒猿一味が〈如水亭〉ではなく、別の場所へ向かった場合は、どのようにいたしましょうか」

「心配いたすな、おれの勘に狂いはない。しかし、万が一のときはおぬしと団平とで、なんとかせよ。おれはとにかく、〈甚兵衛〉で朝まで待つ」

そう言い捨てて、重蔵はのっそりと闇に消えた。

余一郎は、ため息をついた。

冷え込みのきついこの闇夜に、これから長時間張り込みを続けなければならないのか、と思うと気がくじけそうだった。せめて一緒に〈甚兵衛〉へ行き、腰掛けにでもすわることができたら、と重蔵が恨めしくなる。

竹の皮を丸める音がした。

「ごちそうさまでございました」

団平が、握り飯を食べ終わったらしい。

「団平、おまえの考えはどうだ。黒猿一味は、ほんとうに〈如水亭〉に目をつけている、と思うか」

「重蔵さまが、そのようにおっしゃるのでございましたら、間違いはございません」

余一郎は、黙り込んだ。

重蔵に心服しているこの男には、聞くだけ無駄だった。

5

それから、小半刻ほど。

見張りをしていた根岸団平が、緊張した声でささやいた。

「出てまいりました」

橋場余一郎は、あわてて崩れた塀の角から、腰を上げた。

いつの間にか本堂の灯が消え、破れ障子ががたがたと開く音が聞こえる。

闇に慣れた目に、ぼんやりと三人の人影が映った。いずれも、黒っぽい服に身を固めているらしく、よく見なければ区別もつかない。

余一郎は、ささやき返した。

「まだ、四つの鐘も鳴っていないぞ。この時刻に、どこへ行くつもりだ」

「分かりませぬ。とにかく気づかれぬように、あとをつけるしかございません」

三つの影は、押し黙ったまま半分傾いた門を抜け、寺の外へ出て来た。

おりから、厚い雲が少しばかり動きだしたらしく、暗い空にわずかな星がのぞく。それでも、真の闇からすればよほど明るさが増し、見通しがきくようになった。

余一郎は、団平の腕を軽く叩いた。

「団平、おまえが先に行け。おれは目立たぬように、少しあとからついて行く」

「はい」

余一郎の不安をよそに、〈水窪の黒猿〉一味はそのまま東海道筋へ出て、芝口方面へ向かった。

それにしても、〈如水亭〉へ押し込むには、だいぶ時刻が早すぎる。町の木戸は閉じていないはずだし、鬼ヶ嶽の宴もまだ終わっていないだろう。押し込みは、人びとが寝静まるのを待つのが常道だから、狙いはもっと遠い場所にあるのかもしれない。

ほどなく三人組は、団平と余一郎をあとに従えて金杉橋を渡り、開いた木戸を抜けて浜松町にはいった。神明町(しんめいちょう)、宇田川町をへて、源助町の方へ向かう。

右手前方の、明るい灯が漏れる二階家から三々五々、人が出て来るのが見える。〈如水亭〉だった。ちょうど、宴がはねたらしい。

黒猿一味は、少し手前の左側にある天水桶の陰に足を止め、前方の様子をうかがう気配を見せた。

居酒屋〈甚兵衛〉は、〈如水亭〉の少し先にある。

余一郎は足を速め、少し離れた商家の軒先に身を隠した団平に、小走りに駆け寄った。

「団平。おまえは一本裏の通りを走って、近藤さまに黒猿が来たことをお知らせしろ。おれはここで、三人を見張っている。時刻がだいぶ早すぎるが、連中の狙いはやはり〈如水亭〉のようだ」

「かしこまりました」

団平は身をかがめ、裏通りへ向かって駆け出した。

しばらくすると、宴の客の姿は通りからすっかり消えてなくなり、〈如水亭〉の灯も落とされた。行く手の、芝口橋の木戸に立つ常夜灯の明かりが見えるだけで、どこにも人の気配はない。

しかし、〈如水亭〉がことごとく寝静まるまでには、まだ一刻はかかるだろう。

そのとき、すでに閉て切られた大戸の潜り戸があいて、だれか出て来た。

余一郎は、中から漏れる灯に映った大きな影を見て、それが鬼ヶ嶽谷右衛門だと見当をつけた。宴が終わったあと、しばらく居残っていたらしい。

鬼ヶ嶽が提灯を手に、店の者と代わるがわる挨拶をする。

やがて戸がしまり、鬼ヶ嶽は芝口橋の方へ歩きだした。

余一郎は、天水桶の後ろでやおら黒い闇が動き、三つの影が通りに出るのを見た。

この時刻に、押し込むつもりか。

そう思った余一郎の予想を裏切り、黒猿たちは〈如水亭〉の前をあっさり通り抜けて、鬼ヶ嶽のあとを追った。

少し先の〈甚兵衛〉では、近藤重蔵と団平が待ち構えているはずだ。

しかしそこへ達するまでに、黒猿たちが鬼ヶ嶽に追いついた。

「い、井戸替の。ちょ、ちょっと、か、顔を貸してくんねえ」

後ろの軒下に迫った余一郎の耳に、中の一人のどもった声が届いた。同時に、指をぱちん、と鳴らす音も聞こえる。

間違いない。黒猿だ。

提灯が、ぐるりと回った。

鬼ヶ嶽の、野太い声が響く。

「どなたでござるか、わしの古い四股名を呼ぶお方は」

「こ、この裏に、い、稲荷があるの。そこまで、あ、あ、くそ」

ぱちん。

「くそ、あ、足を、運んでもらおう」

「おまえさんは、だれだね」

鬼ヶ嶽の声に、警戒の色がにじむ。

「水窪のい、い、市蔵だ、くそ」

「みさくぼ」

「そ、そうよ。ま、まさか水窪川って四股名を、くそ、わ、忘れたとは言わせねえぞ」

提灯が、ゆらりと揺れる。

わずかな沈黙のあと、鬼ヶ嶽が低い声で応じた。

「おう、覚えているとも。わしがまだはたち前のころ、遠州秋葉神社の草角力へ呼ばれて行ったとき、その四股名の角力取りと立ち合ったことがある」

「お、覚えていたか、くそ」

「おうとも。わしに投げられて、悶絶したことも覚えておるわ。駿府でも評判の悪党で、土地の者から土俵でこらしめてやってくれと、ずいぶん頼まれたものよ」

「な、何をぬかしやがる。水窪川は、お、おれが舎弟の、次郎蔵ぞな。次郎蔵はな、も、悶絶したあと、くそ、と、とうとう、息を吹き返さなかったわ。あ、肋(あばら)の骨が折れて、くそ、は、肺の臓に突き刺さったのよ。次郎蔵は、き、きさまに、殺されたんだ。お、落とし前を、つ、つけてもらうぜ、くそ。さあ、稲荷まで、つ、ついてきやがれ」

話を聞いていた余一郎は、頭が混乱した。

黒猿が狙っていたのは、〈如水亭〉ではなく鬼ヶ嶽だったらしい、と悟る。団平がくわから聞いた話と違って、黒猿の弟は鬼ヶ嶽に角力で投げ殺されたのが、真相のようだ。

軒先から出ようとして、余一郎は思いとどまった。

いまだに、重蔵が姿を現さない。暗いとはいえ、黒猿と鬼ヶ嶽のやり取りに気づかぬはずはないのだが、出て来る気配がない。

重蔵の命令なしに、同心の自分が先に出るわけにいかない。余一郎は、後ろ帯に差した十手を握り締め、じりじりしながら様子をうかがった。

鬼ヶ嶽が言う。

「分かった。おまえさんがその気なら、わしは逃げも隠れもせぬ。どこへなりと、案内すればよかろう」

黒猿をはじめ三人の男は、鬼ヶ嶽を三方から取り囲むようにして、すぐ前の道をはいって行く。

余一郎は、鬼ヶ嶽の持つ提灯の明かりを頼りに、軒下を伝ってあとを追った。途中二、三度振り返って闇を透かし見たが、重蔵と団平がやって来る気配はない。

どうしたのだろう。

一本裏の道へ出ると、提灯の明かりは右へ折れた。

余一郎は、急いで角まで走った。そこは、向かいに静かな武家屋敷が建ち並ぶ、寂しい通りだった。左右を見渡したが、辻番の明かりはどこにも見えない。

鬼ヶ嶽は、黒猿たちに取り囲まれたまま、すぐ右手の鳥居の中へはいって行った。

余一郎は着物の裾を端折り、帯の間に引き入れた。股ぐらに冷たい風が吹き込み、武者震いが出る。

十手を握り締め、そっと鳥居をくぐった。

小さな境内の中央に、〈如水亭〉と書かれた提灯がぽつんと見え、その周囲に黒い人影が浮かび上がる。

鬼ヶ嶽の声がした。

「さて、どう落とし前をつけるつもりだ、水窪の。おれを刺そうとでもいうのか」

「ああ、ば、場合によってはな」

「おまえたちごときが、三人四人束になってかかってこようとも、わしを仕留めることはできぬぞ。刃物なぞ、なんの役にも立たぬわ」

鬼ヶ嶽の声に脅えはなく、むしろ自信を感じさせるものがあった。鬼ヶ嶽は左手で提灯を持ち、いつでも体を動かせるように構えている。

黒猿が言った。

「お、鬼ヶ嶽が、あのときの〈井戸替〉だと、つ、突きとめるまでに、くそ、じゅ、十年もかかった。その、て、手間賃と、じ、次郎蔵の、こ、香典がわりに、くそ、ふ、懐にへえったご祝儀を、そっくりここへ出しやがれ」

「ご祝儀とな」

「そ、そうだ。贔屓筋が集まって、い、一緒に酒を飲んだんだろう、くそ。ご、ご祝儀が出なくって、ど、どうするい」

「ふむ。香典がわりとは、泣かせるのう。それならば、くれてやろう」

鬼ヶ嶽がそう言って、右手を懐に入れた。

それを見透かしたように、黒猿が手を上げて何か投げつける。

白い粉がぱっと舞い立ち、提灯が大きく揺れた。

「何をする」

鬼ヶ嶽はののしったが、次の瞬間大きく体を揺すって、咳き込み始めた。提灯を振り回し、右手でしきりに顔を払う。目つぶしを食らったのだ。

二人の男が、左右から鬼ヶ嶽の体に飛びつき、両の腕を押さえにかかる。そこへ、黒猿が体を丸めるようにして、真一文字に突っ込んだ。

鬼ヶ嶽の口から、うめき声が漏れる。手から提灯が飛び、めらめらと燃え出した。

その提灯が地面に落ちないうちに、余一郎はわれを忘れて飛び出した。

「火盗改である。黒猿、神妙にいたせ」

黒猿が、すばやく振り向く。目に、驚きの色があった。

「くそ、ど、どうして」

燃え上がる提灯の火に、黒猿の構えた匕首の刃が、冷たく光る。

その背後で、鬼ヶ嶽が二人の男を両腕に抱えたまま、どうと地に倒れた。男たちは、鬼ヶ嶽の太いうでに首を抱え込まれて、逃げるに逃げられないようだ。

「くそ」

黒猿はののしり、匕首で闇を切り裂いた。

余一郎が反射的にのけぞったすきに、身をひるがえして境内の奥へ駆け出す。

黒猿が消えた、と見る間に闇の奥で何かが風を切る、鋭い音がした。たまぎるような悲鳴が聞こえ、どさりと何かが倒れる。

余一郎は、燃える提灯から消えた蠟燭を取り出し、火を移した。

蠟燭を掲げると、小さな稲荷堂の前に近藤重蔵がぬっと立ちはだかり、例の鞭をひゅうと空打ちするのが見えた。

その足元に団平がうずくまり、黒猿に縄を打っている。

余一郎は、ほっと息をついた。背筋に、汗が噴き出すのを感じる。

「近藤さま、いつの間に」

「なに、先回りしたまでのことよ」

鬼ヶ嶽に抱えこまれ、足をばたばたさせていた二人の仲間が、急に静かになった。どうやら首を絞められ、息が続かなくなったらしい。

倒れた鬼ヶ嶽の腹に、血がにじみ出している。

鬼ヶ嶽は、男たちを無造作に振り捨てて、上体を起こした。

余一郎は、その上にかがみ込んだ。

「だいじょうぶか」

「だいじょうぶでございます。おかげさまで、助かりました」

「怪我の具合はどうだ」

「大事はございません。なにしろ力士の腹は、脂(あぶら)が厚うございますからな」

そう言って、立ち上がろうとする。

重蔵が声をかけた。

「そのまま寝ておれ、鬼ヶ嶽。動くと思わぬ出血をするぞ。すぐに医者を呼んでやる」

6

鬼ヶ嶽谷右衛門を、近くの医者に運ばせたあと。

近藤重蔵は根岸団平に縄を引かせて、〈水窪の黒猿〉ら三人を甚兵衛の居酒屋へ、連れて行った。

寝込んだところを起こされた甚兵衛は、寝ぼけまなこながらいやな顔もせず、一同を中へ入れた。女房のしげが、火をおこしにかかる。

橋場余一郎は団平に手を貸し、黒猿らを店の奥の柱に縛りつけた。

黒猿の顔には、額から右の頬にかけて稲妻でも通り抜けたように、斜めに赤黒い筋が走っていた。重蔵の鞭を受けたのだが、よほど痛烈な一撃だったらしい。すっかり怖じけづいたとみえ、ふてくされながらも神妙な態度だった。二人の仲間は、金で雇われただけの地回りにすぎないのか、がたがた震えるばかりで口もきけない。

縁台にすわり、火鉢のわきでさっそく冷や酒を飲み始めた重蔵に、余一郎は恐るおそる問いかけた。

「近藤さま。九つにならぬうちに、こやつらをお頭のお役宅へ連れてまいった方が、よいのではございませんか」

松平左金吾組の与力同心は、あやしい者を召し捕った場合どれほど時刻が遅くとも、役宅へ連れて来るようにと申し渡されている。

深夜に召し捕りがあった場合、容疑者を自身番に預けてそこに留め置かせ、翌日役宅へ連れて来るようにと言うのが、これまでのしきたりだった。

しかし左金吾はそれを改め、召し捕られた者は深夜であろうと早朝であろうと、ただちに役宅へ連行するように、指導した。その結果、自身番の負担がこれまでに比べて大幅に減り、町方ではほっとしているという。

重蔵は酒を飲み、余一郎を横目で見た。

「おれに、考えがある。おまえは、奥で寝ておれ」

ふだんなら、与力の重蔵を差し置いて寝るわけにいかないが、その日余一郎は歩きすぎて疲れが激しく、言われたとおり奥の小座敷で横になった。

寒さで目が覚めたとき、ちょうど鐘が鳴り始めた。

捨て鐘をのけて数えると、暁七つだということが分かる。

それからまた、少しうとうとした。

「橋場さま。橋場さま」

肩を揺すられて、余一郎は目をあけた。行灯の灯が、団平の顔に映っている。

余一郎は、飛び起きた。

「どうした」

「出発する、との仰せでございます。そろそろ、七つ半になります」

「出発するとは、どこへだ」

「お役宅でございましょう」

「よし」

土間へおりると、すでに出発の用意をして戸口に立つ、重蔵の姿があった。黒猿と二人の仲間も、柱から解き放たれて後ろ手に縛られたまま、土間にすわっている。

「行くぞ」

そう言った重蔵の顔に、疲労の色はなかった。一夜で伸びた濃い髭が、頬から顎にかけて黒ぐろと、陰を作っている。

余一郎が提灯を持ち、先頭に立って〈甚兵衛〉を出た。

そのあとに、三人の引き縄の端を持った団平が続き、重蔵がしんがりを務める。

一行は、道みちで当直の木戸番に声をかけ、火盗改の役儀を伝えて潜り戸を抜けた。

お堀端へ出て、比丘尼橋、一石橋、龍閑橋を渡り、神田橋御門外に着いたとき、明け六つの鐘が鳴り出した。

錦小路を抜け、表猿楽町の通りを左に折れる。

しだいに、東の空が白み始めた。途中、土屋采女正の屋敷の辻番に誰何されたが、加役御用と告げて通り過ぎた。

表神保小路口まで来たとき、ようやくものの形が見えるようになった。

余一郎は提灯を吹き消し、角を左へ曲がろうとした。

そのとき、重蔵が声をかけた。

「余一郎、まっすぐ行け」

余一郎は足を止め、振り返った。

「なれど、お役宅は表神保小路に」

言いかけると、重蔵がそれに押しかぶせるように、顎をしゃくる。

「よいから、次の四つ辻の手前まで行くのだ」

ぜひもなく、余一郎は歩きだした。

このあたりに町家はなく、旗本御家人と若干の大名の屋敷が、かなりの密度で重なり合っている。

重蔵が言った四つ辻は、左へ曲がれば裏神保小路、右へのぼれば富士見坂に通じる。

「ここで待て」

重蔵はそう指示すると、一人で四つ辻へ向かった。

左右を見渡し、裏神保小路の角に立つ。

何をするつもりか分からず、余一郎は縄先を持った団平の背後に回って、全体が見渡せる位置に移動した。

「団平。近藤さまは、何を考えておられるのだ」

「今に分かりましょう。そこで、ごらんくださいませ」

団平が言ったとき、四つ辻の角で重蔵が手を上げるのが見えた。

すると、団平は黒猿をつないだ引き縄を、仲間の二人から引き離した。

それから、後ろ手に縛った黒猿の縄目に匕首を差し込み、一気に切り放つ。

「何をする」

驚いた余一郎が声をかけたときは、すでに団平は黒猿の背中を突き飛ばしていた。

黒猿は前のめりにたたらを踏み、戸惑った顔で余一郎を振り返った。

「動くな」

余一郎は刀の柄に手をかけ、黒猿の方に向かおうとした。

「くそ」

黒猿はののしり、くるりと身をひるがえして、四つ辻の方へ駆け出した。

左手の角に立つ重蔵を見て、無人の富士見坂口へまっしぐらに走る。そこが、唯一の逃げ道だということは、余一郎にも分かった。

「待て」

夢中であとを追う。

重蔵が、大きな体に似合わぬすばやい動きで、富士見坂の方へ移動した。

しかし、黒猿は重蔵に数歩先んじて角口を曲がり、坂に駆け込んだ。重蔵、余一郎もあとに続く。

そのとき、坂の上から軽やかな蹄(ひづめ)の音がして、馬がくだって来た。

馬上に陣笠をかぶり、陣羽織に身を固めた侍の姿がある。

侍は、坂を駆けのぼってくる三人に気づき、馬を止めて横向きに立ち塞がった。

「何者じゃ」

大声でどなるのに、黒猿は気おされたようにつんのめり、あわてて向きを変えた。

そこへ追いついた重蔵が、引き抜いた赤い鞭を黒猿の額を目がけて、発止と打ち下ろした。

黒猿が悲鳴を上げ、へなへなと崩れ落ちる。

重蔵は、その肩口から背中に容赦なく鞭を加え、黒猿が地に伏すまで打ち続けた。

馬上から声がかかる。

「もうよい、それくらいにしておけ、重蔵」

そこで初めて、余一郎はその侍が火盗改を務める組頭、松平左金吾であることに気づいた。陣笠に描かれた、抱え沢瀉の金の定紋が、朝日にきらりと光る。

余一郎は、重蔵にならって地に膝をつき、頭を下げた。

重蔵が言う。

「ただ今重蔵、〈水窪の黒猿〉こと水窪無宿市蔵を、捕縛つかまつりました。市蔵は、駿府で人をいくたりか殺傷し、また数かずの押し込みを働くなどいたして、諸所に手配の回っておる男にござります。早朝よりご馬前を汚し、申し訳ござりませぬ」

余一郎はうつむいたまま、込み上げてくる笑いをこらえるのに、一苦労した。

この猿芝居を打つために、重蔵は〈甚兵衛〉で一夜を明かしたのか。

左金吾が言う。

「さようか。それは大儀であった。さっそく役宅に引き立てよ」

「御意」

重蔵は立ち上がり、余一郎に黒猿を縛り直すように命じた。

用意ができると、左金吾は馬を回して先に立った。

坂をくだった角に、団平が二人の縄つきを横に従え、平伏している。

左金吾は、ちらりとそれに目をくれただけで、何も言わなかった。

しかし、表神保小路にはいったとき、言葉を発した。

「重蔵」

「は」

「今日のところは、わしの手柄とさせてもらうぞ」

「おめでとうござります」

一瞬、間があく。

「しかし今後、かような気遣いは無用にせよ」

「恐れ入りまする」

重蔵は神妙に答えたが、後ろに控えた余一郎をちらりと見返って、不敵な笑いを浮かべた。

余一郎は目を伏せ、わざとらしく咳払いをした。

左金吾が、初めて加役を命じられたときから、ただ一人お忍びで宵回り、夜回りをする習慣があることは、余一郎も承知している。ただし、だれも随行を許されないため、その姿を見た者はいなかった。

重蔵はそれを、ひそかに下調べしたに違いない。

火付盗賊改方の頭が、巡察中に盗っ人やならず者と行き合わせ、路上で捕縛した場合これを〈御馬先捕り〉と称して、加役の名誉とみなす。この〈御馬先捕り〉に対して、従来褒賞が与えられる習いもあったが、そうした僥倖(ぎょうこう)に巡り合う例はめったにない。

そこで配下の者が、あらかじめ捕縛した罪人を自身番に預け置き、組頭が見回りに訪れたときこれを差し出して、その手柄とする例がしばしば生まれた。

しかしそれも昔のことで、近ごろそうした茶番が行なわれたという話を、余一郎は耳にした覚えがない。

まして、同役の長谷川平蔵と比べて謹厳実直、秋霜烈日(しゅうそうれつじつ)の聞こえが高い松平左金吾が、そのような追従を好むとは思えなかった。

そしてもちろん、近藤重蔵もそのことに気づかぬほど、鈍重な男ではない。つまり重蔵は、それと承知で近ごろとんとはやらぬ〈御馬先捕り〉を、演じてみせたのだ。

余一郎は、前を歩く重蔵の大きな背中を見ながら、ため息をついた。

いったいこの男は、何を考えているのだろう。

重蔵が、ひゅうと鞭で空打ちをくれて、余一郎を見返る。

「おぬし、この鞭が何でできておるか、分かるか」

余一郎は、馬上の左金吾の耳を気にしながら、小さく応じた。

「いえ、いっこうに」

「牛の一物の皮だ。油で柔らかくしながら、長く引き伸ばしてより合わせる。それを膠で固めるのだ」

牛の一物。

余一郎は、目をむいた。

「こいつで叩かれると、どんな悪党も辛抱できずに口を割る。そのうち、おぬしにも一本作ってやろう」

近藤重蔵はそう言って、ようやく明けた空に豪放な笑いを放った。

松平左金吾は、まるでその戯れ言が耳にはいらぬように、ゆっくりと馬を進めている。

第二話　北方の鬼

1

「こいつはひでえ」

薄暗い竹林に踏み込んだ同心の、吐き捨てるように言う声が聞こえた。

橋場余一郎は、根岸団平の肘をつついた。

「ちょっと見て来い。おれが顔を出すと、うるさがられるからな」

「かしこまりました」

団平は小柄な体を丸めるようにして、たちまち人だかりの中に潜り込んだ。

筍の時期でもなければ、めったに足を踏み入れる者もない鬱蒼とした竹林に、物見高い近在の百姓や町屋の男たちが、黒山のように群がっている。

余一郎は背伸びをして、竹林の中をのぞこうとした。

「おぬし、ここで何をしておる」

後ろから声をかけられ、驚いて向き直る。

顔なじみの、南町奉行所の定町回り同心青柳隼人が、いかにも不快そうに眉根を寄せ、そこに立っていた。

隼人は、余一郎より五つか六つ年長の、ずんぐりしたアバタ面の男だ。

同心は、十手を後ろ腰に差すのが定法だが、隼人は町回りのときいつも前に差し替え、あたりを睥睨しながら歩く。弱い者とみると、かさにかかって役人風を吹かせるので、町方では評判が悪い。

余一郎は、頭を下げた。

「これは、青柳さま。通りがかりに人だかりが見えましたので、のぞいてみたところでございます。つまり、やじ馬のようなもので」

隼人はうさんくさそうに、じろじろと余一郎を眺めた。

「通りがかりだと。狐や狸の出そうな、こんな寂しいところをか」

ここは、牛込御門から神楽坂をのぼり切った右手の方角にあたり、赤城明神とその門前町が近くに控えている。武家屋敷と町屋の間を抜けて道をたどると、景色はたちまち北西の方角へ開けて、そこに小日向村、中里村の広大な田畑が広がる。
そのとっつきに長寿寺という古い寺があり、今人だかりができているのは寺と畑を隔てる、深い竹林の中だった。

余一郎は、こほんと一つ咳をした。

「この先の御先手組の組屋敷に、朋輩を訪ねる途中でございまして」

組屋敷があるのは事実だが、朋輩を訪ねるというのはとっさに出た嘘だ。

隼人は疑わしそうな顔で、なおも余一郎をねめつけた。

「とにかく、これは町方の扱いだ。火盗改の出る幕ではない。さっさと行け」

その横柄な物言いに、余一郎は少しむっとした。

同じ与力同心でも、格は御先手組の方が町奉行所より上、とされている。ただし、町奉行所の方はいろいろと役得が多く、金回りはずっとよい。

そのせいもあってか、隼人のように居丈高な口をきく町方同心も、少なくないのだ。

むろん、余一郎も隼人と正面切って、角突き合わせるつもりはない。しかし、このまま黙って引っ込むのも、いささか業腹だった。

「口出しをするつもりはございませぬ。しかし、このひと月半かふた月の間に、似たような手口で人が二人も殺され、これが三人目でございます。どれを見ましても、怨恨や痴情のからんだものではなく、物盗り目当ての流しの仕事と思われます。同一人のしわざかどうかは別にしても、下手人が無宿者だとすればその取り締まりは、火盗改のお役目でございます。首を突っ込む理由もあろうか、と存じますが」

ことさらていねいな口調で言葉を返すと、隼人は目に見えて苦い顔をした。

「無宿者のしわざ、と決まったわけではない。ともかく、この一件は町奉行所でかたをつける。火盗改は、引っ込んでいてもらおう」

そう言い捨てて、人だかりを乱暴に押し分けながら、竹林の中へはいって行く。

入れ替わりに、団平が滑り出て来た。

団平の顔は、青ざめていた。

「前の二件と、ほぼ同じ手口のようでございます。殺されたのは、やはり商家のあるじらしい五十年配の男で、人相も分からぬほど手ひどく痛めつけられております。まるで、鬼に殴り殺されたような、むごいありさまにございます」

「やはり、そうか」

「はい。頭蓋(とうがい)の骨が折れたのが、直接の死因でございましょう。遺骸を検分した高見(たかみ)さまが、手にかかったのはゆうべの九つ以降のことだろう、と漏らしておられました。所持金を奪われたらしく、胴巻きが見当たらぬそうでございます」

高見左馬之助は、隼人と同じ南町奉行所の同心だが、隼人よりいくつか年長でさらに狷介な性格、といわれている。

「周囲の様子はどうだ」

「遺骸の周囲の竹が、何本も根元から折れたり、ひしゃげたりしております。さほど太い竹ではございませぬが、よほど力の強い者でなければ、あそこまでできますまい」

余一郎は腕を組み、竹を渡る風の音に耳をすました。

前に殺された二人も、大店とは言えぬまでも歴とした商家のあるじで、遺骸にはやはり手ひどく殴られたあとが残っていた、と聞く。

一人は、浅草元鳥越町で薬種商を営む、丁子屋寿輔、四十八歳。

もう一人は、日本橋瀬戸物町で雑貨商を営む、萬屋金兵衛、五十三歳。

丁子屋は、谷中天王寺に近い雑木林の中、萬屋は飛鳥山のはずれの竹林で、それぞれ殺されていた。周囲の木や竹が折れたり、ひしゃげたりしていたところまで、今日の状況と同じだった。

竹林の中から、隼人が周囲のやじ馬に向かって呼びかける、大きな声が聞こえる。

「だれか殺された男の身元に、心当たりのある者はおらぬか。近くに寄って、顔を見てもよいぞ」

それを聞いた団平が、首を振りながら言う。

「顔を見よと申しましても、あれでは人相が分かりませぬ。長居は無用でございます。まいりましょう」

余一郎は、そそくさと歩き出す団平のあとを、あわてて追った。

団平は近藤家の若党で、近藤重蔵が松平左金吾組の火盗改へ組み込まれたとき、身の回りの世話や密偵の仕事をさせるために、連れて来た男だった。余一郎と同い年で、郷士の伜ながらなかなか頭が切れ、気働きもよい。

並んで声をかける。

「身元が割れるまでに、少し時間がかかるだろうな。前の二人の場合も、二日ほどかかったと聞いた」

「今度は、もっと早いかもしれませぬ」

余一郎は、団平を見た。

「なぜ、そう思う」

「遺骸の帯に差してあった煙草入れが、今日びでは贅沢華美のお咎めを受けかねぬほどりっぱな、螺鈿細工の逸品でございます。人だかりの中から、その煙草入れに見覚えがある、とささやき交わす声が、耳に留まりました。近所の商家の者の話か、と思われますが」

「どんな見覚えだ」

「なんでも、その煙草入れを腰に差した男が、オトワカシショウの家に出入りするのを何度か見た、という話でございました」

「オトワカシショウ。なんのことだろう」

「分かりませぬ。何かの師匠でございましょう。ともかく、この近所に居住する者であることは、間違いございますまい」

余一郎は、歩きながら首を捻（ひね）った。

「しかし所持金を奪って、値の出そうな螺鈿の煙草入れに手をつけぬとは、妙な物盗りだな」

「おそらく盗品をさばいて、足がつくのを恐れたのでございましょうな」

なるほど、そうかもしれぬ。

「ともかく、その話が町方の連中の耳に届けば、すぐに身元が割れるだろう」

「そうとも限りませぬ。見覚えがある、とささやいた男は関わり合いになるのがいやなのか、それとも町方の役人に何か遺恨でもあるのか、わざわざ申し出るほど自分はばかではない、というようなことをうそぶいておりました。だとすれば、身元割り出しには今少し刻がかかる、とみてよろしゅうございましょう」

「その者を押さえて、知っていることを吐かせるか」

「それをいたしますと、青柳さまなどの目に留まった場合、めんどうなことになります。ともかく、若旦那さまにご報告いたさねば」

師走もすでに二十日を過ぎ、年の瀬も押し迫りつつある。一年のうちでも、もっとも寒い時候に差しかかりながら、このところ妙に生暖かい日が続く。

寒がりの余一郎にとって、見回りに出ると汗ばむほどの気候は、むしろありがたいほどだ。しかし、近ごろ頻繁に発生する地震のことを考えると、異変の前触れではないかという不安も、ないではない。

団平が〈若旦那さま〉と呼ぶ、御先手鉄砲組の与力近藤重蔵は赤城明神の門前町の、小さな茶店で待機していた。

話を聞き終わると、重蔵は六尺豊かな体を丸めるようにして、顎をなでた。

「高見と青柳か。小うるさい連中だな」

年長の町方同心を、こともなげに呼び捨てにして、湯飲みをぐいとあける。

そのにおいから、茶ではなく冷や酒だということが分かった。

重蔵は手を叩き、店の者を呼んだ。

「おやじ、酒をもう一杯くれ」

「へい」

奥で返事がして、盆に湯飲みを載せた老爺が頼りなげな足取りで、表へ出て来た。

重蔵は新しい湯飲みを取り、さっそく一口飲んだ。

引っ込もうとする老爺に、声をかける。

「待て、おやじ。ちょっと聞きたいことがある。このあたりに、オトワカシショウと呼ばれる者が、居住しておらぬか」

老爺は腰をかがめ、重蔵を見返した。

「へい、オトワカのシショウでございましたら、この先の牛込水道町にお住まいでございます」

「そやつ、何をしておる者だ」

「常磐津（ときわず）の師匠でございます」

団平が余一郎を見て、やはり、というようにうなずく。

重蔵は続けた。

「常磐津か。オトワカとは、どのような字を書くのだ」

「音曲の音に、老若の若でございます。中年増でございますが、なかなかに色っぽい女子（おなご）

で」

老爺はそう言って、媚びるように笑った。

重蔵の目が光る。

「ふむ。音若の住まいは、牛込水道町のどのあたりだ」

「この道をまっすぐまいりますと、三町（約三百三十メートル）ほどで江戸川にかかる石切橋に、ぶつかります。師匠のお住まいは、その橋のたもとのすぐ左側でございます」

老爺が言い終わらぬうちに、重蔵は湯飲みの酒をすっかり飲み干して、縁台から腰を上げた。

「行くぞ」

余一郎も、あわてて立ち上がる。

「聞き込みでございましたら、わたくしと団平で行ってまいりますが」

「かまわぬ、おれも行く。団平、酒代を払っておけ」

そう言い残して、重蔵はもう石切橋の方へ歩き出した。

2

〈常磐津師匠音若〉と書かれた木の札が、白木の格子戸の横にかかっている。

根岸団平が案内を請うと、紫無地の小袖を着た細面の女があくびを嚙み殺しながら、奥から大儀そうに出て来た。

近藤重蔵の大きな体を見て、女は急に目が覚めたように体をしゃきっとさせ、上がりがまちにすわった。

「あの、どちらさまでございましょう」

二十五、六の色の白い女だが、まだ起きぬけなのか化粧をしておらず、髪も丸めて髪留めで留めただけだった。

橋場余一郎は、後ろ腰から十手を抜いて女に見せ、口火を切った。

「そなたが音若か」

女の顔を、不安の色がよぎる。

「さようでございます」

「一人暮らしか」

「はい」

「御用の筋で、少々聞きたいことがある。昨日ここへ、男の客が来なかったか。螺鈿細工の煙草入れを腰に差した、五十年配の商家のあるじらしき男だが」

音若は瞬きして、喉を小さく動かした。

迷っていると察して、余一郎は畳みかけた。

「なじみの客だ、ということは分かっておる。隠すとためにならぬぞ」

音若は目を伏せ、軽く頭を下げた。

「布袋屋太兵衛どのでございましたら、十日に一度お稽古に見えますが」

「布袋屋太兵衛。どこで、なんの商売をしている男だ」

「下谷車坂町で、小間物問屋を営んでおられます」

「昨日来たのは、何刻ごろだ」

「ゆうべの七つか、七つ半のことかと存じます」

「帰ったのは」

音若は、時間を稼ぐように櫛に手をやり、襟元を直すようなしぐさをした。

「よく覚えておりませぬが、宵の五つごろでございましょうか」

余一郎が口を開こうとすると、そばから重蔵が割り込んだ。

「布袋屋はいつも、泊まって行くのであろう」

音若は顎を引き、上目遣いに重蔵を見た。

「と仰せられますと」

「とぼけずともよい。その方と布袋屋がいい仲だ、ということは見当がついておる。稽古するのは、常磐津だけではあるまい」

音若の頬に、赤みが差す。

わずかにためらってから、音若は頭を下げた。

「恐れ入りましてございます。お察しのとおりでございます」

余一郎は、重蔵のはったりをすなおに受け止めた音若に、ちょっと驚いた。

「なぜゆうべは、泊まらなかった」

音若は、重蔵の言葉が耳にはいらなかったように、膝を起こした。

「あの、ただ今お茶をお持ちいたしますので、しばらくお待ちくださいませ」

立とうとする音若を、重蔵は手で押しとどめた。

「かまわんでよい。それより、早く返答いたせ」

音若はすわり直し、観念したように言った。

「ちょっとした口舌がもとで、いさかいになりましてございます。太兵衛どのはお腹立ちのまま、お帰りあそばされました」

重蔵が懐手をして、どっかと上がりがまちに腰を下ろす。

音若は、気おされたようにあわてて膝をにじり、後ろへ下がった。

「太兵衛が帰ったのは、実のところ何刻ごろだ。宵の五つとは、いささか覚えぬぞ。ありていに申すがよい」

音若は体をすくませ、また深く頭を下げた。

「お察しのとおりでございます。太兵衛どのが出て行かれたときは、もはや九つを回っておりました」

「そうであろう。男と女がいさかいをするのは、だいたい床の中でひといくさ終わったあと、と決まっておる。四方山話をするうちに気が緩んで、つい埒もないことを口走るものだ」

音若のこめかみが、いっそう赤くなる。

「恐れ入りましてございます。太兵衛どのが、わたくしのところへ稽古に通う男衆について、咎め立てをされたのが始まりでございました。埒もないこととゆえ、わたくしもついかっといたしまして」

そこまで言ったあと、音若はふと気づいたように顔を上げた。

「あの、このような急のお尋ねは、何ゆえでございましょう。太兵衛どのに、なんぞ変事がございましたか」

重蔵は音若を見据え、無造作に言い捨てた。

「太兵衛は死んだ」

「ええ」

音若はのけぞり、そのまま体を固くした。みるみる顔から血の気が引き、唇がわなわなと震える。

余一郎は、重蔵があまりむきつけに事実を告げたので、いっそ驚いた。

音若はおろおろと、重蔵の顔を見上げた。

「あの、まことでございますか」

「まことだ。この先の、長寿寺の裏手にある竹林で、何者かに叩き殺された。昨夜ここを出てから、ほどなくのことであろうな」

音若は上体をふらつかせ、畳に手をついた。

余一郎は、重蔵の肩越しに音若の顔をのぞき込み、声をかけた。

「これ、しっかりいたせ、音若。それについて、何か思い当たることはないか。もしあるなら、教えてもらいたい。昨夜太兵衛が来たとき、だれかに追われているとか狙われているとか、そのようなことを申しておらなかったか」

音若は、放心したように首を振った。

「いいえ、何も。さようなことがございましたら、たとえどんなにいさかいをいたしましようとも、そのままお帰しするわけはございませぬ」

重蔵が口を開く。

「太兵衛の焼き餅は、いつものことか」

「いいえ、太兵衛どのはいたって悋気の薄いお方で、これまでほかの男衆のことでわたくしを責めなされたためしは、一度もございませぬ」

「すると昨夜は、しかと心当たりがあっての咎め立て、ということか」

音若は身を引いた。

「めっそうもない。身に覚えのないことでございます」

「ちなみに、太兵衛が咎め立てした相手というのは、どこの何者だ」

音若は肩を落とし、か細い声で応じた。

「柘植屋の若旦那、辰三郎どのでございます。柘植屋さんは京橋際で、御櫛や簪の卸をしておられます。お稽古を始めましてから、まだふた月にもなりませぬが」

重蔵は、襟元から大きな手をのぞかせ、顎をなでた。

「辰三郎とな。色男か」

音若の顔に、困惑の色が広がる。

「わたくしの口からは、なんとも申し上げかねます」

「いずれにせよ、身に覚えがないと申すのだな」

「はい、天地神明に誓っても、よろしゅうございます。辰三郎どのは、ただ常磐津のお稽古に見えるだけで、それ以上の関わりは何もございませぬ。そもそも辰三郎どのには、言い交わしたいいなずけがおられる、と聞いております」

「しかし、ふだん焼き餅を焼かぬ太兵衛が咎め立てしたからには、何か理由がなくてはならぬはずだ。まことに、心当たりはないのか」

音若はためらい、しぶしぶのように口を開いた。

「いつでございましたか、太兵衛どのがすこし早めにここへ見えられたとき、まだ辰三郎どのの稽古が終わっておらず、少々つむじを曲げられたことがございます。とはいえ、だいぶ以前のことでございますから、今さらそれがもととは思われませぬ」

重蔵は懐から手を出し、やおら腰を上げた。

「じゃまをしたな」

音若が、すがるように余一郎を見る。

「あの、わたくしも長寿寺へまいった方が、よろしゅうございましょうか」

余一郎は、少し迷った。

「そなたが行かずとも、そのうち町方の役人が近所の噂を聞き込んで、ここへやって来るだろうよ」

音若の目に、一瞬戸惑いの色がよぎる。

「みなさまがたは、町奉行所のお役人さまではない、との仰せでございますか」

「さよう。われらは火盗改の者だ。こちらは与力の、近藤重蔵さまである。見知りおくがよいぞ」

火盗改と聞くと、音若は平伏した。

「これはどうも、お見それいたしました。お許しくださいませ」

重蔵が、その背中に言う。

「また来るかもしれぬ。覚えておけ」

恫喝（どうかつ）めいた口調に、余一郎はちょっと鼻白んだ。

一人暮らしの、常磐津の師匠を脅しつけたところで、なんの役にも立ちはしない。

だいいち、音若が太兵衛殺しに関わりのある様子は、少しも見られなかった。死んだ、と聞いたときは心底驚いたようであったし、そうと知ってからは隠しごとをする気配もなかった。

重蔵が外へ出るのを待って、余一郎は音若に小声で言った。

「われらが先にここへ来たことは、町奉行所の者には言わずにおくがいいぞ。いささか、子細があるのでな」

音若は、顔を起こした。

「と仰せられましても、太兵衛どのが亡くなられたと分かったからには、知らぬふりはできかねますが」

「さっき、死んだと聞いたときのことを思い出して、一芝居打てばいいのだ。言われたとおりにすれば、こののち町方からきつい仕打ちがあったときに、口添えをしてやってもよい」

音若は少し考え、力なくうなずいた。

「承知いたしました」

外へ出たところで、重蔵が団平に指示する。

「このあたりを一回りして、音若が布袋屋や柘植屋といかほど親しくしていたか、聞き込んでまいれ。あるいはほかに、男の影がちらほらするやもしれぬ。どんなことでもよいから、細大漏らさず聞いてくるのだぞ」

「若旦那さまは、これからどちらへ」

「余一郎と、赤城明神へもどる。大鳥居のわきに、〈あかぎ〉という小料理屋があった。そろそろ、暖簾(のれん)を出すころだろう。そこで待っておる」

「かしこまりました。行ってまいります」

団平が姿を消すと、重蔵は先に立って道をもどり始めた。

重蔵は、ふだんの見回りに脇差と十手を持ち歩かず、大刀一本と革の赤い鞭を落とし差しにしている。

その鞭を引き抜き、いかつい肩のあたりをびしりびしりと叩きながら、重蔵は赤城明神の方へ足を運んだ。後ろを歩く余一郎も、けっして柄の小さいほうではないが、重蔵と比べると子供になった気がするくらい、威圧感を覚える。

火盗改の松平左金吾組で、余一郎が重蔵付きの召捕回り方を拝命してから、そろそろ五月になる。私塾〈白山義学〉で、初めて重蔵の教えを受けてから数えても、およそ二年がたっている。

にもかかわらず、余一郎はこの四つほど年若の大柄な与力に対して、いまだに気後れを感じずにはいられない。

それは、与力と同心という身分上の格の差や、学識の違いに根差す畏敬の念ではなく、重蔵という底の知れない異形の人物に対する、漠然とした不安からくるものだった。重蔵と一緒にいると、いつも導火線に火のついた爆薬を抱えたような、張り詰めた気持ちになる。

門前町にもどると、重蔵は戸障子に〈あかぎ〉と書かれた小料理屋へ、ずいとはいって行った。

3

近藤重蔵、橋場余一郎と別れた根岸団平は、音若師匠宅の向こう三軒両隣から始めて、近所の家を軒並みに当たった。

井戸端で、おしゃべりをしながら洗いものをしていた職人の女房らしき女たちが、音若について耳寄りな話を聞かせてくれた。団平が、常磐津を習うためにいい師匠を探している、と持ちかけたのが功を奏した。

それによると、音若はさほど近所付き合いのまめな方ではないが、朝晩の挨拶を欠かさぬ愛想のよい女だった。常磐津の師匠としても評判がよく、男たちが引きも切らず稽古に押しかける、という。もっとも、それは常磐津を習うのが目的というより、音若の器量目当てに通う者がほとんどだ、と女房たちは言い張った。

中でも柘植屋辰三郎は、この界隈でもっともしばしば井戸端の話題にのぼる、役者のような色男らしい。小柄で華奢な体つきの男だが、きりりとした目元と意外に野太い声が、妙に女心をくすぐるという。稽古にやって来る日は、用もないのに一目でも辰三郎の顔を拝もうと、師匠の家の前をうろうろする女たちが多いとか。

しかし、大方の予想と違って辰三郎と音若がいい仲だ、と噂する者はだれもいない。辰三郎が家の中にいる間、稽古をつける三味線の音が途絶えたためしはなく、艶めいた雰囲気は毛ほどもない、という。

一方の布袋屋太兵衛は、日暮れどきにやって来ることがほとんどで、翌朝早く出て行く姿がときおり見られることから、音若の旦那に違いないというのが、女房たちの一致した見方だった。二人が懇ろになったのは、太兵衛が音若のもとへ稽古に通い出した、ここ半年ばかりのことらしい。

太兵衛は、肥満体というほどではないがかなり太っており、顔も獅子鼻の目立つ醜男だそうだ。さっき目にした、人相も分からぬ傷だらけの顔から想像しても、確かに女に好かれそうなご面相、とはいえない。

それもあってか、なぜ太兵衛が音若と深い仲になったのか合点がいかぬ、と女房たちは声をそろえる。

そのくせ、女房たちの口から音若に対する当てつけ、咎め立ての声が出てこないのは、不思議なことだった。音若には、素人筋の女たちの敵意をそれとなくそらす、奇妙な才覚があるとみえる。

やがて、竹林からもどったやじ馬たちの口から、長寿寺の裏手で人殺しがあったとの噂が伝わり始め、町内があわただしくなった。

団平は、殺されたのが太兵衛と知れないうちに町屋をあとにして、小日向村や中里村の百姓家へ足を延ばした。

小半刻ほど歩き回ったあげく、五軒目に立ち寄った中里村の百姓徳右衛門（とくえもん）の家で、団平は気になる話を聞き込んだ。

その次第は、といえば。

徳右衛門は、前日の暮れ六つの鐘が鳴り始める直前、門前町の酒屋へどぶろくを買いに出た。

帰りの道すがら、中里村を南北にまっすぐ貫く村道へ差しかかったとき、道と十文字に交わる小川沿いの畦道（あぜみち）から、網代笠（あじろがさ）を目深にかぶった雲つくような大男が、のっそりと上がって来た。

薄暮のため顔は見えなかったが、すれ違ったときにかすかに猪（いのしし）を撃つ猟師のような、獣（けだもの）臭いにおいがしたという。徳右衛門は、その体つきやどてら姿のいでたちから、男をどこぞの角力取りに違いない、と請け合った。

昼どきを過ぎるころ、団平は赤城明神の門前町へもどって、重蔵の言った〈あかぎ〉の暖簾をくぐった。

重蔵と余一郎は、奥の小上がりに屛風を立て回して、食事をしていた。

「腹が減っただろう。おまえも、遠慮なくやれ」

重蔵に言われて、団平は初めて空腹に気づいた。

「ありがとうございます。頂戴いたします」

店の小女に、麦とろと鰺の開きを頼む。

余一郎が、待ちかねたように尋ねた。

「それで、首尾はどうだったのだ」

団平は茶をすすりながら、職人の女房たちから聞き込んだ音若の評判や、太兵衛と辰三郎にまつわる噂話などを、細かく申し述べた。

話を聞き終わると、余一郎は首をかしげて言った。

「音若が、なぜ辰三郎ではなく太兵衛とできたのか、そこが分からぬ。年からいっても見栄えからいっても、辰三郎の方に分があるように思えるが」

重蔵が、こばかにしたように、せせら笑う。

「男と女の仲というのは、年や見栄えで決まるものではないぞ、余一郎。金もからむし、まめさ加減にもよる。むろんあの方の技も、大いに関わりがある」

「はあ」

余一郎は、ばつの悪そうな顔をして、下を向いた。

団平の目から見れば、余一郎は二十四歳という年のわりにうぶな男で、まだはたちの重蔵の方が、はるかに遊び慣れている。

そもそも、余一郎は勤めぶりこそ熱心でまじめな男だが、人の好さが災いしてか町方の同心には軽んじられ、火盗改の同僚からも甘く見られる傾向がある。

しかし団平は、余一郎の一本気ながら気配りのできる性格を、好ましく思っている。重蔵と余一郎は、ほとんど正反対の気質の持ち主だけに、互いに相補うものがあるような気がする。

団平は、運ばれて来た麦とろと鰺の開きに、手をつけた。

気を取り直したように、余一郎が声をかけてくる。

「辰三郎がひそかに音若に懸想して、邪魔者の太兵衛を手にかけた可能性はないか」

「辰三郎の細腕では、太兵衛をあのような目にあわすことはまず無理、と存じます」

余一郎はうなずいた。

「確かに、周囲の竹まで折れたりひしゃげたりしていたとすれば、並の男のしわざではないな」

団平は、茶碗を置いた。

「そのことでございますが」

中里村の徳右衛門が、小川のほとりですれ違ったという大男の話を、二人にする。

余一郎は、大根と里芋の煮物に箸をつけ、独り言のように言った。

「角力取りか。なるほど、角力取りの中には青竹を手で握りつぶす者もいる、と聞いたことがある。案外、当たっているかもしれぬな」

「ただ、徳右衛門がその大男を見かけたのは、夕暮れどきにございます。太兵衛が死んだのは、真夜中過ぎのこととされているようでございますから、時刻がだいぶずれております。ただの偶然かもしれませぬ」

重蔵が、湯飲みから顔を上げた。

「徳右衛門とやらは、その男とすれ違ったとき獣臭いにおいがした、と申したのだな」

「さようでございます」

「猪の肉でも、食したあとでございましょうか」

余一郎が言ったが、重蔵は別のことを考えていたらしく、それに取り合わなかった。

「角力はついこの間、冬の場所が引けたばかりだ。抱えの力士は、そろそろ国元へ発つころではないか」

「かもしれませぬが、まだ江戸に残っている者も少なくないのでは」

余一郎が応じると、重蔵は湯飲みを置いてしばらく考えた。

それから、吊りぎみの眼光鋭い目で、団平を見る。

「この夏ごろであったか、両国広小路あたりに力自慢の見世物が出たのを、覚えておらぬか」

団平は記憶をたどり、そのことを思い出した。

「はい。わたくしはまだ見ておりませぬが、さような見世物が今評判になっているという話を、耳にいたしております」

余一郎も、膝を打った。

「わたくしも、その噂を聞いております。確か赤蝦夷（あかえぞ）、つまりオロシャの者と聞き及びました。雷電そこのけの大兵漢（たいひょうかん）で、なんでも恐るべき怪力の持ち主とか」

重蔵の目が光る。

「ほう、赤蝦夷か。今、どこで興行を打っておるか、分からぬか」

そう問われて、余一郎は首筋を掻（か）いた。

「そこまでは存じませぬ。安永、天明の初めころまでは、見世物小屋があちこちにかかったと聞いておりますが、越中さま（松平定信）がご老中になられて以来、ひとえに取り締まりが厳しくなりまして、ただ今は一軒も定小屋がございませぬ。たまに見かけるとしても、今日は広小路明日は日本堤とところを変えて、奉行所の目こぼしにあずかるのがせいぜいでございましょう」

「かりに、奉行所が見て見ぬふりをするにせよ、香具師の元締めの目をくらますことはできまい。団平、今日明日中に上野浅草あたりの元締めに当たって、その赤蝦夷の所在を突きとめてまいれ。まだ御府内におるであろう」

余一郎が、居住まいを正す。

「その赤蝦夷が、今度の一件にからんでいる、と」

「分からぬ。しかし、獣臭いにおいを発する大男となれば、紅毛か赤蝦夷くらいしかおるまい。猪を食った角力取りでは、しゃれにもならぬわ」

重蔵に決めつけられて、余一郎はしゅんとなった。

「仰せのとおりでございます。わたくしも団平と手分けして、その力自慢の所在を探すことにいたします」

「そうしてくれ。下手人と決まったわけではないが、何か関わりがあるやもしれぬ」

4

その翌日。

昼九つ半を目安に、橋場余一郎は両国広小路で根岸団平と落ち合い、薬研堀に面した一膳飯屋にはいった。

その日は、朝から上野や浅草の香具師の元締めの家を回って、力自慢の赤蝦夷の見世物に心当たりはないか、と尋ね歩いた。

浅草を本拠にする、井桁の藤兵衛という年配の元締めが、その件を承知していた。

力自慢の主は今年の春先、安房の小湊付近の浜へ板一枚で流れ着いた、夷狄の男だという。

男は、浜で遊んでいた漁師の子供たちに発見されたとき、頭部にかなりの深手を負っていた。そのせいかどうか分からぬが、耳は正常に働くらしいのに、うまく口がきけない。したがって、どこの国の船に乗って遭難したのかも分からず、名前を告げることもできなかった。

地元からの届け出で、もっとも近い関東郡代の出張陣屋で取り調べが行なわれたが、埒があかない。陣屋では、男の容貌や着ているものからオロシャの船乗り、と見当をつけるのが精一杯だった。

相手が外国人、まして北方を脅かすオロシャ人ともなれば、そのまま自由放免というわけにはいかない。かといって、罪もないのにどこかへ押し込めておくのも、なかなかに寝覚めが悪い。

策に窮した出張陣屋の出役は、傷が治るのを待って男の身柄を、小湊の庄屋に預けた。

そのころから、男はだれが名づけたともなくオロシャ、と呼ばれるようになった。

体力が回復したあと、土地の漁師の手伝いで地引き網を引いたとき、オロシャは恐るべき力を披露した。いつもは数人がかりで引く網を、一人で楽々と引き上げたのだった。

また、以前の時化で岩場に乗り上げたままになり、船体が腐り果てた漁船を片付ける際も、目覚ましい働きをした。オロシャは六尺をはるかに越す大男で、日本人ならば角力取りになって大関を張るだろう、とまで噂された。

その評判を聞いた、赤壁の三吉という浅草の香具師がわざわざ小湊へ出向き、オロシャの身元引き受け人になりたい、と出張陣屋に申し出た。

関東郡代の出役は、これで厄介払いができると考えたのか、その申し出を受け入れた。江戸の町奉行所あてに、ことの次第を記した申し送り書をまとめ、オロシャを三吉に引き渡した。三吉に、オロシャを帯同して町奉行所に出頭し、申し送り書を差し出して指示を仰ぐように、という含みだった。

江戸へもどった三吉は、出役から預かった申し送り書を町奉行所に提出し、併せて見世物興行の許可を求めた。オロシャは、夷狄ではあるが別に畸形の者ではなく、良俗に反しないとの理由を立てての、許可申請だったらしい。

幸い許しを得られたので、三吉はオロシャに雲雀姫と呼ばれる娘を組み合わせ、二人組の見世物興行を始めた。雲雀姫は、曲芸と軽業を得意とする、まだ若い娘だという。

それを聞いたとき、余一郎は首を捻った。

奢侈、華美を嫌い、遊興行楽にも厳しい目が光るこのご時世に、たとえ罪もない力自慢の見世物とはいえ、町奉行所がそうやすやすと興行の許可を出す、とは思えない。おそらく三吉は、正式に町奉行所に届けを出したのではなく、日ごろ顔見知りの与力や同心に鼻薬をきかせて、興行を黙認する了解を取りつけただけなのだろう。

あるいは、元締めの藤兵衛の入れ知恵かもしれないが、当面その件を追及するのが目的ではないので、余一郎はそれを不問に付した。ただ、三吉一座がその日どこで芸を見せているかを、問いただすにとどめた。

藤兵衛も詳しい道筋は知らなかったが、昼八つから八つ半には両国広小路口から、神田川沿いの柳原土手あたりに縄を張るはずだ、と教えてくれた。

ちなみにオロシャは、藤兵衛の居宅の中にある長屋で寝起きしており、事件の夜は暗くなってもどって来たあと、一歩も外へ出ていないという。それが事実なら、少なくともオロシャは布袋屋太兵衛の殺害に、直接には関与していないことになる。

そのあと九つ半まで、余一郎と団平は二手に分かれて、関わりのある人物の聞き込みをした。

余一郎は、京橋際で櫛簪の卸商を営む柘植屋辰三郎と、二人目の犠牲者に当たる日本橋瀬戸物町の雑貨商、萬屋金兵衛の身辺を調べた。

団平は、下谷車坂町に店を出している布袋屋太兵衛と、最初に殺された浅草元鳥越町の薬種商、丁子屋寿輔の周辺を当たった。

奥の小上がりに腰を落ち着けた余一郎は、茶漬けを掻き込みながら団平に向かって、小声で話しかけた。

「音若が言ったとおり、辰三郎には親の認めたお豊という、いいなずけがいる。やはり、店の近辺でも評判の色男だが、身持ちは堅いようだ。浮いた噂一つなかった。常磐津の稽古を始めたのは、年の暮れに町内で隠し芸を競う集まりがあって、そこで何か披露しなければならぬから、ということらしいな。近所の裏店でも人柄を聞いてみたが、あのような荒っぽい仕事をするような男ではない、というのがおれの見立てだ」

「さようでございますか」

「おまえの方はどうだった」

「小日向で殺されたのは、布袋屋に間違いないようでございます。番頭らしき男が、いかにも落ち着きのない様子で、店を出たりはいったりしておりました。何げなく、太兵衛の所在を尋ねましたところ、一昨晩から牛込の親戚の家へ泊まりに行ったきり、まだおもどりにならぬと困惑の体(てい)でございました。布袋屋が殺されたことを、まだ知らされておらぬようでございました」

「そうか。町方はまだ、布袋屋の身元を洗い出していないのだな」

「やはり、音若の家に出入りするのを見たという者が、口をつぐんだままでいるのでございましょう」

余一郎は箸を置き、腕を組んだ。

「布袋屋は、音若の家へ泊まりに行くのを親戚の家、ということにしているのか」

「そのようでございます。ただし、布袋屋はなかなかの働き者らしく、近所の評判もよろしゅうございます。音若のことはもちろん、よそになじみの女がいるとか妾(めかけ)を囲っているとか、そうした噂はいっさい出ておりませぬ。たまさかの朝帰りは、すべて牛込の親戚の家に泊まった、ということになっております」

「女房はどうしているのだ」

「長患いで、ここ何年も外へ出ていない、とのことでございました。跡継ぎがいないため、太兵衛が殺されたとなれば、布袋屋はこの代で終わりになりましょう」

「そうか。いささか、哀れな話だな。ちなみに、萬屋金兵衛と太兵衛は日本橋蛎殻町の俳諧宗匠、仲村観月のもとに出入りする句会仲間だ、という話を耳にした。二人の間には、面識があったらしい」

団平は驚いたように、体を起こした。

「それは妙でございますな。実は、最初に殺された丁子屋寿輔も仲村観月の弟子で、太兵衛と飲み友だちだったとの話でございます」

「まことか」

余一郎もびっくりして、つい大きな声を出した。

背後の土間の座台で、だれかが振り向く気配がしたので、声を抑える。

「すると丁子屋、萬屋、布袋屋はそれぞれ顔見知りだった、というわけか」

団平も、さらに声を低くした。

「さようでございますな。となりますと、三人を殺めた下手人もまた顔見知り、ということも考えられましょう」

「どころか、大いにありうることだ」

「それに、丁子屋も布袋屋も決して大店ではございませぬが、金回りはかなりよかったようでございます。暮らしぶりは地味ながら、句会のあと酒宴の席に芸人を呼んだりして、派手に騒いでいたという話も耳にいたしました」

余一郎はそれを聞いて、ますます興味を引かれた。

「萬屋についても、同じような噂を聞いたぞ。どうやら殺された三人には、共通点があるようだな」

「そのように思われます」

「観月のもとに集まる者たちの中に、まさか角力取りはおらんだろうな」

「角力取りはともかく、柄が大きく力のある者がおりましたなら、当たってみる価値があるやもしれませぬ」

「これはもう、オロシャの見世物どころではない。そもそも元締めの藤兵衛の話では、事件の夜オロシャは長屋から一歩も出ていない、というではないか。こちらの、見込み違いかもしれぬ。役宅に立ちもどって、近藤さまにお伺いを立てた方が、よいのではないか」

団平は、少し考えた。

「その前に、やはりお言い付けどおりオロシャの所在を、確認いたしましょう。オロシャを見つけましたなら、わたくしが早速近藤さまのもとへお知らせに走り、併せて今のお話を申し上げることにいたします」

半刻のち。

八つの鐘を合図に、余一郎と団平は一膳飯屋を出て両国広小路を抜け、神田川に沿った柳原通りへ向かった。

人の往来は少なく、土手の枯れた柳が寒ざむしい。

「いつもなら、この時節にはだいたい雪が降るのだがなあ」

「さようでございますな。今年は雪どころか、妙に暖かくて気持ちが悪うございます。このところ地揺れも多く、いやな予感がいたします」

そんな話をしながら、川沿いに四、五町（約五百メートル）のぼったが、人の集う気配はない。このまま行けば、筋違御門のある八辻が原に出る。

右手にかかる和泉橋に差しかかったとき、子供たちが数人歓声を上げながら二人を追い越し、橋を駆け渡って行った。

右手前方の川向こうに目をやると、神田佐久間町と河岸に挟まれた広い火除道に、人だかりがしている。

川を背にして、縄を張った内側で何かを演じる三人の男女があり、それを半円形に囲む群衆が見えた。

三人のうち、すぐれて大きな男の姿を確認して、余一郎は言った。

「団平、あれだ。ひとっ走り、近藤さまにお知らせして来い。おれはあそこへ行って、三人を見張ることにする」

「かしこまりました」

団平はそのまま小走りに、八辻が原の方へ駆け去った。

5

橋場余一郎は、急いで和泉橋を渡った。

人だかりができているのは、通船屋敷の半町ほど手前だった。

「すまぬ。前へ出してくれ」

声をかけ、人だかりに割ってはいる。

集まった人びとは、余一郎の姿を見て同心らしいと分かると、黙って道をあけた。

余一郎は最前列に出るのを避け、目立たぬように三列目で止まった。

縄の内側、二間ほどのところに目を奪うばかりの赤毛の大男と、五尺そこそこの小娘が並んで立っている。

大男は、頬から顎にかけて髪と同じ色の髭を生やしており、古画に描かれた鬼を思わせる異相の持ち主だった。窮屈そうな黒の小袖に、縞の博多帯を締めている。

小娘の方は、雪に砥の粉をかけたような濃い祭り化粧に、切れ長の目をした美しい顔立ちの女だった。ただし緊張しているのか、今一つ表情に愛想がない。髪を唐輪髷に結い、七分丈の小袖に手甲脚絆、道中わらじといういでたちだ。

これがオロシャと、雲雀姫に違いない。

そばに控える、手拭いをよみうり風にかぶったがに股の中年男が、金壺眼をぐるりと回して口上を述べる。

「さてお次は、オロシャが広げた右手から左手へと、雲雀姫が空を飛びまする」

この男が、赤壁の三吉だろう。

オロシャは、かたわらの行李から差し渡し一尺、厚さ一寸ほどの円い板を取り出し、それを左右の手のひらに載せた。

腕を広げ、ぐいと腰を落とす。

「は」

雲雀姫が声をかけ、ひょいと右手の板に飛び乗った。

オロシャは、蝶(ちょう)が留まったほどにも感じない様子で、そのまま立ち上がった。板を両の肩口に支え、ぎこちなく笑ってみせる。

雲雀姫は後ろざまに体をそらし、オロシャの頭越しに反対側の板に手をつくと、ひょいとそこへ逆立ちした。

それをオロシャが、高だかと頭上に差し上げる。

群衆の間から、どっと拍手喝采がわき起こり、威勢のいい声がかかった。

「いよう、日本一」

「ばか言うんじゃねえ、オロシャ一だ」

野次が飛んで、笑い声が重なる。

雲雀姫は、小さな板の上で海老(えび)のように体を折り曲げ、まっすぐに足で立った。体を縮め、ひょいとオロシャの頭を飛び越えて、右手の板に乗り移る。その間、オロシャの支える板は微動だにせず、さながら地上で飛び跳ねるのと同じ具合だった。

小柄とはいえ、雲雀姫の目方はおそらく十貫を越えるはずだから、それを片手で軽がるとさばくとすれば、やはり並の力ではない。

それから、雲雀姫はオロシャの頭頂に手をついて一回転し、反対側の板に飛び移る技を見せた。

そして最後に、雲雀姫はオロシャの頭上で宙返りを決め、左から右の板へ着地した。

そのみごとな技に、余一郎も思わず喝采を送ってしまった。

雲雀姫が地におり立つと、群衆のあちこちから縄張りの内へ、銭が飛んだ。

三吉は、その銭をせっせと拾い集めて、竹籠に入れた。

それから、オロシャは雲雀姫を相手にしてひとしきり、自慢の力業を披露した。

そのあと、三吉は地面に置かれた太さ三寸五分、長さ一間半ほどの丸太を持ち上げ、その場に立てた。

「さて、みなさま。最後にこのオロシャと、力比べをなさるお方はおられませぬか。ここにございます丸太ん棒で、押し比べをしていただきとう存じます。銭百文を賭けていただきますが、もしオロシャを負かした場合は気前よく、金一両を差し上げましょう。いかがでございますかな」

そう口上を述べて、あたりを見回す。

群衆はいっときざわめいたが、だれも出て行く者はなかった。

さもあろうという顔つきで、三吉が続ける。

「一人二人は、めんどうでございます。六人さまが力を合わせて、一度にオロシャにかかるということでは、いかがでございましょう。オロシャが、縄張りの外へ押し出されましたなら、みなさまの勝ちでございます。お一人さま二十文で、万が一オロシャが後れを取りました場合は、それぞれ一朱ずつおもどしいたします」

今度は応じる者があり、たちまち縄張りの内へ若い男たちが六人、顔をそろえた。それぞれ銭を出して、三吉に預ける。

オロシャが、丸太の一方の端を臍(へそ)のあたりに当てて、ぐいと踏ん張った。もう一方へ、男たちが両の脇から取りついて、しっかりと腰を入れる。

雲雀姫が、丸太の中央に扇子を差し伸べ、両者の呼吸を計った。

「よろしゅうございますか。まだ、まだ、まだ。はっけよい」

掛け声を発しつつ、丸太を扇子でとんと叩く。

たちまち、押し比べが始まった。

と見る間に、オロシャの体がずずっと一尺ほど後退したので、群衆はわっと喚声を上げた。

しかしオロシャの足は、そこでぴたりと止まった。男たちが、必死になって棒を押し立てても、それ以上動かすことができない。

そのまま、丸太はわずかに左右に揺れること数次に及んだが、大勢を決するにはいたらなかった。

オロシャの顔が真っ赤になり、六人の男たちの額にも青筋が立つ。

やがて、オロシャが大きく息を吸い込んだかと思うと、喉の奥から奇妙なうなり声を漏らしつつ、ぐいと一歩前へ踏み出した。

とたんに、丸太にひしと取りすがっていた男たちは、突風でも食らったようにはね飛ばされ、その場にばたばたと転がった。

固唾(かたず)をのんで見守っていた群衆は、勝負が決まったとたんに大きくどよめいて、喚声とともにまた銭が四方から飛んだ。

六人の男たちが、すごすごと見物席にもどる。

そのとき、後ろの方から声がかかった。

「飛び入りをしたいが、かまわぬかな」

余一郎が首を巡らすと、いつの間に来たのか山碇(やまいかり)部屋の力士鬼ヶ嶽谷右衛門が、いちばん後ろの列に腕組みをして立っている。

それと気づいた群衆が、にわかに色めき立った。

「こいつはおもしれえ。オロシャの鬼と回向院(えこういん)の鬼と、どっちが強いか見てみようじゃねえか」

余一郎のそばにいた、職人体の男が大声であおり立てたので、見物客もそれに和して口ぐちに、やれ、やれとけしかけた。

三吉は、少々困惑した顔でオロシャの顔色をうかがっていたが、やがて肚を決めたとみえて、大きくうなずいた。

「よろしゅうございます。今をときめく鬼ヶ嶽関が、このオロシャと雌雄を決したいとの仰せでございますから、受けて立ちましょう。とはいえ、力比べが本職のお関取に賭けをお願いするのは、礼を失するというもの。ここは一つ、銭金なしの勝負とさせていただきます」

オロシャが負けた場合のことを考えてか、三吉はあらかじめ逃げを打つように言った。

鬼ヶ嶽がうなずく。

「よかろう。みなの衆、道をあけてくだされ」

そう言いながら、付き人を先に立てておもむろに、群衆の中に割ってはいる。

潮が引くように通り道があけられ、鬼ヶ嶽は悠々と張られた縄をまたいで、オロシャのそばへ行った。

群衆の間に、ため息が漏れる。

江戸角力でも大柄の、六尺豊かな身の丈を誇る鬼ヶ嶽より、さらに一、二寸背の高いオロシャの大きさに、今さらのように驚いたのだろう。

鬼ヶ嶽が言う。

「丸太を押し合うのは、いささか手緩うござる。手四つに組んで互いに絞り上げ、先に相手に膝をつかせた方が勝ち、とせぬか」

三吉がためらっていると、そばにいた雲雀姫が鬼ヶ嶽の意向を身振り手振りで、オロシャに伝えた。

オロシャは警戒の色をにじませ、少しの間雲雀姫と鬼ヶ嶽を見比べていたが、あまり気の進まない様子でうなずいた。

三吉も、しかたがないという風に首を振り、丸太を片付ける。

鬼ヶ嶽は、羽織を取って付き人に渡すと、袖口から両腕を中に引き入れ、一息に諸肌脱ぎになった。

余一郎は、鬼ヶ嶽の臍の脇に残る赤黒い傷痕を目にして、少なからず不安を覚えた。

鬼ヶ嶽は、本所回向院で開かれた先の場所で水窪無宿の市蔵、一名黒猿と呼ばれるならず者に腹を刺され、途中休場を余儀なくされた。

幸いにも、刺し傷は腑の内にまで達しておらず、二日ほどで床が上がった。

とはいえ、その傷口がふさがってからまだひと月ほどしか、日数がたっていない。今日の今、オロシャのような大男と力を競い合って、無事にすむだろうか。

稽古も不足しているはずだが、外から見るかぎり肩や胸の肉は落ちておらず、場所と変わらぬように思える。それが、わずかな救いだった。

鬼ヶ嶽の筋骨隆々とした体つきを見て、オロシャの顔に軽い驚きの色が浮かぶ。負けじとばかり、オロシャも小袖から肩を抜いた。オロシャの体は、鬼ヶ嶽の白い肌と違って赤銅色に染まり、赤い毛にびっしりと覆われている。

雲雀姫が扇子を掲げ、鋭く声を発した。

「構えて」

鬼ヶ嶽は少し腰を落とし、両腕を肩のあたりまで上げて中段の手合いを取ると、オロシャにうなずきかけた。

オロシャも、見よう見まねで鬼ヶ嶽と同じ姿勢を取り、両の手を組み合わせる。

雲雀姫は、二人の間に扇子を持った手を割り込ませ、甲高い声で言った。

「よろしゅうございますか。まだ、まだ、まだ。はっけよい」

さっきと同じ掛け声を発し、すばやく扇子を引く。

「おう」

オロシャと鬼ヶ嶽は、同時に声を発して両腕に力を込めた。

二人の顔が、磁石にでも吸い寄せられるように近づき、鼻先一寸を残して止まった。裸の肩が、ともにぶるぶると震える。両の腕の筋が、それ自体別個の生き物のように激しくうねり、盛り上がった。

鬼ヶ嶽の肌が、朱を注いだように見るみる赤くなり、胸板の筋が細かくひきつる。

一方、オロシャの髭だらけの顔も真っ赤に染まって、食いしばった歯からしゅっと息が漏れた。

二人は眉を吊り上げ、鼻を接するようにして睨(にら)み合った。組み合わせた指から、ぽきぽきと節の鳴る音が聞こえる。どちらの膝も、まだ曲がる気配がない。

余一郎は、われ知らず手に汗を握り、力比べに見入った。まるで、自分が手四つに組んだように、体中に力がはいる。

「はっけよい、はっけよい」

雲雀姫が二人のまわりを飛び跳ね、しきりに気合を入れる。

二人は、運慶と快慶が彫り上げた金剛力士像のように、そのままの姿勢で凝り固まってしまった。

雲雀姫は、組み合った二人に近寄ったり離れたりしながら、小さく大きく声をかけ続けた。

やがて、鬼ヶ嶽の体が上からのしかかるような形になり、オロシャの膝がわずかに折れた。しかし、オロシャは寸刻の間に体勢を立て直して、逆に鬼ヶ嶽の腕を下から絞り上げる。

互角の姿勢で手四つに組み合ったまま、二人の動きがまたぴたりと止まった。

つぎの瞬間、雲雀姫が二人の顔の間に扇子を突き入れ、びしびしと鼻を叩いた。

「分け、分け。分けといたしまする」

6

二人はぱっと手を離し、反射的に飛びのいた。

鬼ヶ嶽谷右衛門の喉元から、にわかに滝のような汗が噴き出す。

オロシャは、肩を上下させて激しく息をつきながら、畏敬と賛嘆の交じった複雑な眼差しで、鬼ヶ嶽を見返した。

鬼ヶ嶽は、すばやくはだけた襟元から腕を突っ込み、身じまいを整えた。

群衆に向かって、呼びかける。

「みなの衆。このオロシャびとは、掛け値なしの大力でござる。わしも、ちっとのことでは驚かぬたちだが、かような力の持ち主はめったにおらぬ。今まで取り組んだ中で、これほどまでにてこずった相手は、先の場所で初顔を合わせた雷電関以外に、二人とおりませぬ。どうかみなの衆、このオロシャびとにご祝儀をはずんでやってくだされ」

しんと静まり返った火除道に、地を揺るがすようなどよめきがわき起こり、小銭ばかりでなく一朱金、五匁(もんめ)銀貨まで縄の内に飛んだ。印籠や煙草入れ、煙管(キセル)、簪、あるいは巾着(きんちゃく)をそのまま、投げ込む者もいる。

赤壁の三吉と雲雀姫は、拝むようにして鬼ヶ嶽に礼を申し述べ、おおわらわでご祝儀を竹籠に拾い集めた。

「本日はこれで、お開きとさせていただきます。鬼ヶ嶽関をはじめ、皆みなさまのご芳情にオロシャになり代わりまして、厚く御礼申し上げまする」

三吉が締めの口上を述べると、人びとはまだ興奮のさめやらぬ面持ちで、互いに話をしながら三々五々、その場から散り始めた。

橋場余一郎も、ようやく肩から力を抜いた。

それにしても、なかなか見どころのある勝負だった。

「橋場さま」

声をかけられて振り向くと、根岸団平がそこに控えていた。

「おう、団平か。近藤さまはどうした」

「はい、あちらにお見えでございます」

団平の指さす方に、火除道を散って行く人の群れに交じって、鬼ヶ嶽と立ち話をする近藤重蔵の姿があった。

「いつお連れしたのだ」

「ちょうど、鬼ヶ嶽関が諸肌脱ぎになって、手四つに組んだときでございます」

すると重蔵と団平も、さっきの力比べを目にしたわけだ。

余一郎は、河岸の方を見返った。

三吉が、あたりに張り回した縄を巻き寄せ、オロシャと雲雀姫に行李や小道具をかつがせて、その場を引き上げようとする。

余一郎は、急いでそばへ行った。

「待て。その方たちに、いささか尋ねたいことがある。御用の筋だ」

三吉は、余一郎を同心と見てとると、媚びるような薄笑いを浮かべた。

「これはどうも、お役目ご苦労さまでございます。見世物許可のことでございましたら、北町奉行所の与力権田半右衛門さまほか、係のお役人さまに届けを出してございますが」

「われらは、町方のものではない。あれにて、鬼ヶ嶽と話をしておられるお方は火盗改の与力、近藤重蔵さまである。話が終わるまで、そのまま控えておれ」

三吉はちょっと目を光らせたが、不承不承オロシャと雲雀姫に荷物を下ろすように命じて、おとなしくその場に控えた。

重蔵が鬼ヶ嶽と別れて、そばへやって来る。

目方こそ鬼ヶ嶽よりだいぶ少なく見えるが、背丈の方は遜色（そんしょく）のない重蔵を目にして、オロシャはまた警戒の色をあらわにした。

重蔵が言う。

「その方が、赤壁の三吉か」

三吉は、腰をかがめた。

「さようでございます」

「このオロシャは、口がきけぬそうだな」

「はい。耳の方は、一応聞こえるようでございますが、言葉がしゃべれませぬ」

「おとといの夕刻、この者らしき大男が牛込の赤城明神付近で、百姓に姿を見られておる。心当たりがあるか」

前触れなしに重蔵が聞いたので、余一郎はむしろ驚いた。

三吉も顎を引き、戸惑いの色を浮かべる。

「おとといは四ツ谷、市ケ谷、牛込近辺に縄張りをいたしましたが、その帰りにオロシャが用を足そうとして道をはずれ、しばらくの間はぐれたのでございます。おそらくそのおりにでも、姿を見られたのではないかと存じますが」

「オロシャはそのとき、かぶり物をしていたか」

「はい、網代笠をかぶっていた、と存じます」

団平が間違いない、というようにうなずく。

重蔵はそれに目もくれず、なおも問いただした。

「そのあとはどうした」

「江戸川沿いでオロシャを見つけまして、一緒に浅草へもどりましてございます」

「夜はどうだ。オロシャは、どこへ行った」

三吉は上目遣いに、重蔵を見た。

「オロシャは、香具師の元締め井桁の藤兵衛どのの居宅に、預かりの身でございます。夜五つ以降は、外出を控えるように固く申しつけてございますので、敷地内の長屋に閉じこもっておりました。間違っても、外を出歩くことはございませぬ」

その藤兵衛は朝方、確かにオロシャが夜間一歩も長屋を出なかったことを、余一郎と団平に請け合っている。

「その言葉に嘘はあるまいな」

重蔵が畳みかけると、三吉は自信たっぷりの笑みを浮かべた。

「お疑いでございましたら、藤兵衛どのにお確かめくださいませ。オロシャが長屋を出たか否か、すぐにお分かりいただけると存じます」

重蔵はオロシャに目を移し、少しの間じろじろと眺め回した。

それから、何を思ったかいきなり腰の鞭を引き抜き、無造作にオロシャの肩口を打ちすえた。

はっとする間もなく、オロシャは「おう」と声を発して顔色を変え、鞭をつかんでぐいと引いた。

重蔵は、あっけなくオロシャの手元に引き寄せられ、顔と顔がぶつかりそうになった。

「これ」

三吉があわててたしなめると、オロシャはわれに返ったように鞭を離し、叱られた子供のように頭を垂れた。

余一郎が、どうなることかと見守っていると、重蔵はあっさり鞭を腰にもどして、顎をしゃくった。

「よし、行ってもよいぞ」

三吉は頭を下げ、荷物を持ったオロシャと雲雀姫を急き立てて、和泉橋の方へ歩き出した。

重蔵はそれを見送り、余一郎と団平に声をかけた。

「そのあたりで、一杯やろうではないか」

火除道に面して、いくつか店を出している一膳飯屋の一つへ、足を運ぶ。

すぐ近くに通船屋敷があるので、客は河岸で通い船や回船の仕事に携わる船頭、人足がほとんどだった。

重蔵は、奥の狭い小上がりで飲んでいた人足たちに声をかけ、土間の座台に移るように命じた。人足たちは不満げだったが、重蔵の大きな体と鋭い目つきに恐れをなしたか、何も言わずに席を替わった。

小女が、急いで座卓の上を片付け、新たに三人分の席を作る。

例によって重蔵は冷や酒を頼み、余一郎と団平は渋茶を持って来させた。

余一郎は、さっそく口を開いた。

「団平からお聞き及びと思いますが、オロシャは今度の一件に関わりがないような気がいたします。今朝ほどの藤兵衛の話でも、一昨晩は外へ出た様子がございませぬ。殺害された三人が、仲村観月のもとに出入りする句会仲間となれば、その線を当たってみるのが筋かと存じます」

重蔵は酒を飲み、そろそろ青黒くなりかけた髭の剃り跡を、指でなぞった。

「おれは、観月といささか面識がある。蛎殻町の家にも、何度か行った。それとなく、当たってみよう。おまえたちは、今一度井桁の藤兵衛の居宅へ足を運んで、まことにおとといの夜オロシャが在宅していたか否か、確かめてきてくれ。もしかすると、赤壁の三吉と口裏を合わせただけではないか、という気もする。下働きの者に聞けば、ぼろを出すやもしれぬ」

「かしこまりました」

二人はそろって、頭を下げた。

「ところで、近藤さま。さきほど、鬼ヶ嶽と立ち話をしておられましたが、何をお尋ねになられたのでございますか」

「なに、オロシャと鼻を突き合わせたときに、獣臭いにおいがしなかったかどうか、確かめたまでだ」

「なるほど。して、鬼ヶ嶽の返事は」

「確かににおった、とのことだ。おれもさっき、オロシャに引き寄せられたときに嗅いでみたが、まさに獣のにおいだった。子供のころから、獣を食って育ったのだろう」

「するとやはり、徳右衛門がすれ違ったのはオロシャでございますな」

「それは三吉が認めたことゆえ、今さら確かめるまでもなかった。ただ、オロシャの力のほどを知りたいと思って、ちょっと試してみたのだ」

「たいした力でございましょう。それにしても、鬼ヶ嶽の腹の傷はだいじょうぶでございますか。あのオロシャと力比べをするなど、いささか乱暴にすぎると存じましたが」

余一郎が言うと、重蔵は口元をわずかに歪めた。

「おぬし、あの雷電と互角に渡り合うほどの鬼ヶ嶽が、オロシャの素人風情をねじ伏せられぬなどと、本気で思うか」

「と仰せられますと」

「オロシャは、なるほど常人に比べれば怪力かもしれぬが、鬼ヶ嶽に敵うわけがない。おれを引いた力で、およその見当がついたわ」

「しかし、オロシャは鬼ヶ嶽と力を競う前に、六人の男を丸太の押し比べで破っております。なかなか、できることではございますまい」

「あのような丸太に六人も取りつくと、なかなか呼吸が合わぬものだ。しかもよく磨いてあるゆえ、手が滑ってなおさら力を入れにくい。あれなら、おれでも勝てる」

重蔵はそううそぶいて、酒を一口飲んだ。

すか」

「それでは、鬼ヶ嶽は勝てる勝負を捨ててわざと分けにした、とでも申したのでございま

「そのとおりだ。あの雲雀姫とか申す小娘が、そばでおおげさに気合を入れながら、ときどき鬼ヶ嶽の耳元で〈オロシャへもどるのに金子が必要にござります〉とか、〈どうかお情けで分けにしてくださいませ〉などと、しきりに囁いたそうだ。オロシャが負けたとなると、見世物の値打ちはぐんと下がる。逆に、今をときめく鬼ヶ嶽と分けを取れば、オロシャの評判はさらに高くなろう。鬼ヶ嶽は、よく申せば情にもろいともいえようが、要するに美形にめっぽう弱い。雲雀姫に懇願され、一度は勝ちが見えたのをあっさり手抜きして、分けに応じたのだ」

余一郎はあっけにとられ、団平と顔を見合わせた。

「すると、雲雀姫が二人のまわりを飛び跳ねておりましたのは、そのような次第があったからでございますか」

「鬼ヶ嶽のやつ、なかなかいいところがある。分けたあと口上を述べて、見物人にご祝儀を吐き出させるという芸当まで、見せてくれたからな」

そう言って、重蔵はからからと笑った。

一息入れたあと、重蔵は二人を残して仲村観月を訪ねるために、日本橋蛎殻町へ向かっ

た。

余一郎と団平は、ふたたび浅草の井桁の藤兵衛宅へ回り、一昨夜のオロシャの在不在をもう一度確かめた。

藤兵衛をはじめ、だれに聞いてもオロシャは一歩も長屋を出なかった、という答えが返ってきた。

口裏を合わせた、という趣はどこにもなかった。

7

仲村観月は、履物を履こうとして身をかがめた。

急に、影が差したように三和土（たたき）が暗くなり、驚いて顔を上げる。

格子戸をあけ、大きな男が背をかがめるようにして、中にはいって来た。

「これは、近藤さま」

そこに立ちはだかったのは、近藤重蔵だった。

「無沙汰をいたした。お変わりないか、観月どの」

観月は、身を引いて畳にすわり直し、頭を下げた。

「こちらこそ、ご無沙汰をいたしております。このたびは、火盗改へご出役なされたとのこと、まことにおめでとうございます」

重蔵は無造作に、上がりがまちに腰を下ろした。

「何がめでたいものか。あまり忙しくて、駄句を捻る暇もござらぬわ」

あてつけがましいせりふに聞こえたが、観月は気づかぬふりをした。

「ところで、何かご用の向きでもおありでございますか。それがしはこれから句会で、御目付の中川さまのお屋敷へ、参上せねばなりませぬが」

それとなく、急いでいる気配を伝えたつもりだが、重蔵は腰を据えたまま動こうともしない。

「その句会の件で、聞きたい筋がござる。ここに出入りする者で、丁子屋、萬屋、布袋屋の三名が同人に加わる句会があると聞いたが、まことでござるか」

観月は、ぎくりとした。

「は、はい。万年青会(おもとかい)と称する、十五名ほどの集まりでございますが」

「その中で丁子屋、萬屋がここふた月足らずのうちに、何者かに殺害されたのは存じておられような」

わきの下に、冷たい汗がにじみ出る。

「いかにも、承知いたしております。まことにおそろしい出来事、なんと申し上げてよいやら、言葉もございませぬ」

重蔵は、腰から赤い鞭のようなものを引き抜き、両手でひしと折りたわめた。

「加えて一昨夜は、布袋屋太兵衛が殺害された。まだ知らせは、来ておらぬであろうが」

むきつけなその言葉に、観月はわれ知らずのけぞった。

「なんと仰せられましたか」

「布袋屋が殺された、と申したのだ」

「ま、まことでございますか」

「まことだ。同じ句会の同人が三人、こうも立て続けに殺害されたとなると、偶然とは思われぬ。おっつけ、町方の者も不審を抱いて、ここにやって来よう。拙者とそこもとは、まんざら知らぬ仲でもござらぬ。何か心当たりがあるならば、今のうちに明かしていただけぬか」

「心当たり、と仰せられましても」

観月はとぼけてみせたが、重蔵の鋭い目でじっと見据えられると、肩の震えを抑えることができなくなった。

重蔵がさらに鞭をたわめ、念を押すように言う。

「隠しごとはためにならぬぞ、観月どの」

「隠しごとなど、いたすつもりはございませぬ」

ぴしり、と片手を離れた鞭の穂先が冷気を切り裂き、観月は肩をすくめた。まるで、その穂先に打たれでもしたように、体にしびれが走る。

「では聞こう。そこもとの家では、句会の終わったあとしばしば酒の宴を催すそうだな。あるいは、酒を飲みながら句会を進めるのかもしれぬが」

「しばしばとは申しませぬが、会を終えたあと酒宴を張ることはございます」

「そのようなおり、外から座興のために芸人を呼ぶことも、ままあると聞いたが」

「仰せのとおりにございます」

観月は、額の汗を拭きたいと思ったが、手を上げることができなかった。火の気のない玄関口のこととて、まるで氷室(ひむろ)に閉じ込められたように寒い。それでなくとも、体の震えが止まらなかった。

「この九月ごろの句会で、赤壁の三吉なる香具師を呼ばなかったか。オロシャという評判の夷狄の力持ちと、雲雀姫と称する小娘の軽業師を抱えた、金壺眼の男だが」

めまいがする。

「呼びましてございます」

それを聞いて、重蔵の口から忍び笑いが漏れた。

続けて問う。

「そのときに、何か変事はなかったか。たとえば、オロシャと丁子屋、萬屋などの間で諍いが生じた、というようなことは」

観月はそれ以上体を支え切れず、ぱたりと畳に両手をついた。

「恐れ入りましてございます。仰せのとおり、恥ずべき一幕がございました」

重蔵に問い詰められると、とうてい隠しおおせるものではないという気になり、ありていに白状するしかなかった。

あの夜、庭でオロシャと雲雀姫に技を披露させたあと、酒宴の席に加わるように言ったのが、間違いのもとだった。酒に酔った丁子屋や萬屋など三、四人の同人が雲雀姫をつかまえ、不埒な振る舞いに及んだのだ。

半裸にむかれた雲雀姫は、その者たちにみだらな芸を披露するよう強要され、いやいやながらそれに応じた。

観月も他の同人も、初めは丁子屋らの乱行をたしなめようとしたものの、みずからも酒の酔いにもてあそばれ、結局はうやむやにしてしまった。ただ、最後にそれ相応の祝儀をはずんで、酒の上での振る舞いゆえ事を公にしないよう、三吉に言い含めたものだった。

話を聞き終わると、重蔵は少しの間考えてから、聞き返した。

「丁子屋らが、雲雀姫を裸に引きむいてけしからぬ振る舞いに及んだとき、三吉やオロシャは止めようとしなかったのか。役人を呼ぶ、などと騒ぎ立ててやめさせることも、できたはずだが」

観月は、体を縮めた。

「今からすれば奇妙に思われますが、オロシャも三吉も顔色こそ変えましたものの、その場で止めたり騒ぎ立てたりということは、いっさいなかったのでございます」

「ほう、それは確かに奇妙だな」

重蔵が独り言のように言い、また鞭をぴしりと鳴らす。

観月は、胸にわだかまっていたことを、そのまま吐き出した。

「丁子屋さんと萬屋さんが、むごい殺され方をしたと聞きましたときは、てっきりあのオロシャのしわざではないか、と思ったものでございます。ちなみに布袋屋さんは、どのような死に方をなされたので」

「同じだ。恐ろしく力のある者に、殴り殺されたのだ」

体におぞけが走る。

「ではやはり、オロシャのしわざでございますか」

「それをこれから、確かめたいと思っておる。ちなみに、雲雀姫に不埒な真似をした者は丁子屋、萬屋、布袋屋のほかに、まだだれかいるか」

観月は、わずかにためらったものの、神妙に応じた。

「もう一人、根津権現(ねづごんげん)の若松屋(わかまつや)宗八(そうはち)さんがおります。この四人が酩酊(めいてい)して、あのような振る舞いに及んだのでございます。酒の上のこととは申せ、それを止め切れなかったそれがしも含めまして、まことにお恥ずかしい限りでございます」

重蔵は、しばらく鞭で自分の肩を叩いていたが、やおら腰を上げて言った。

「よし。今の一件はこの重蔵が、ひとまず胸にしまっておく。町方の者が聞き込みにまいっても、当面その話はせずにおくのが利口であろう。天下に恥をさらすことも、ござるまいからな」

観月は、ほとんど重蔵を伏し拝んだ。

「恐れ入りましてございます。仰せのとおりにいたします」

8

師走も押し詰った、大晦日(おおみそか)の前々夜。

駒込千駄木の東源寺を出た若松屋宗八は、提灯（ちょうちん）の明かりを頼りに団子坂へ向かった。あいにくの曇り空だが、そのせいか真冬にしては空気が生暖かい。綿入れを着ていると、汗ばむほどだった。

宗八は、根津権現の門前町で履物商を営んでおり、東源寺からは歩いて小半刻もかからない。

この年の師走は小の月で、二十九日が大晦日だった。

毎月七日、十七日、二十七日と七のつく日は、明るいうちから東源寺に住職の日源を訪ねて、心ゆくまで碁を打つのが宗八のここ数年の、習いになっていた。

距離が近く、通いなれた道でもあるので、宗八はいつも一人で寺へやって来る。

ふだんは、四つごろには打ち上げるようにしているが、今夜はいささか事情があって時を稼がねばならず、ふだんより二局もよけいに打った。

そのため、寺を出たときは九つを回っていた。

団子坂に差しかかる手前を、右に折れる。暗く、寂しい一本道だが、迷う心配はない。このまま、四町ほど行くと根津権現社地の上手にぶつかり、曙の里をくだれば門前町に出る、と分かっていた。

右手には世尊院の石塀が続き、左手には下駒込村の百姓地が広がる。

一町ほど行くと、左側に百姓地に食い込むかたちで、神明社があった。

その前まで来たとき、入り口の闇にぼうっと浮かぶ人影を見て、宗八は足を止めた。

提灯を高く掲げて、相手の様子を確かめる。

鳥居の下に、七分丈の縞の小袖を着た小柄な娘が、ぼんやりと立っていた。

間違いなく、雲雀姫だった。

「おお、おまえさんか。ほんとうに待っているかどうか、心配していましたよ」

雲雀姫は、ちょこんと頭を下げ、切り口上で言った。

「若松屋さんこそ、約を違（たが）えず刻限に来てくださって、ありがとうございます」

「いやさ、ことのついでだから、別にありがたがることもない。それより、約束のものはちゃんと持って来たよ」

その日の昼過ぎ、宗八は注文の履物を届けるために店を出て、不忍池（しのばずのいけ）のほとりにある秋元但馬守の下屋敷へ向かう途上、この小娘に呼び止められた。

その娘が、雲雀姫と名乗るのを聞いたときは、さすがの宗八もうろたえた。

つい三月（みつき）ほど前、仲村観月宗匠宅ではめをはずしたことを思い出し、不安が胸をよぎった。酔っていたとはいえ、あの夜自分が丁子屋たちと一緒に雲雀姫をなぶったことを、決して忘れてはいない。

宗八の狼狽も気づかぬげに、雲雀姫は人に言えない相談ごとがあるので、夜九つ過ぎに下駒込の神明社の前で会ってもらえないか、と持ちかけてきた。なぜか雲雀姫は、宗八が夕刻から東源寺へ碁を打ちに行くことを知っており、その帰途に待ち合わせたいというのだ。

事情を問いただしたところ、雲雀姫はオロシャともども年季を待たずに、赤壁の三吉のもとを離れる算段をしており、その相談に乗ってもらいたいのだという。煎じ詰めれば、二人が自由の身になるには五十両の金が必要で、それを宗八に用立ててもらえないか、という話だった。

もし宗八が断れば、雲雀姫は三月前の出来事をその筋へ訴え出る旨を、露骨に匂わせた。さらに、渡す金をけちろうとした丁子屋、萬屋、そして布袋屋がどのような目にあったか、それとなく宗八に思い出させることも、忘れなかった。

逆に、もし今夜その金をそっくり手渡してもらえるなら、自分の身の振り方は宗八の意に任せるつもりだ、とも言い添えた。

いやも応もない。

事が公になるのはまずいし、まして命を取られるわけにはいかない。

丁子屋、萬屋が殺され、さらに布袋屋までがむごい最期を遂げた今、宗八も雲雀姫の言葉がただの脅しでないことを、腹の底から感じた。この危険から逃れるためには、言われたとおりにするしかない。

宗八はその場で、雲雀姫の取引に応じた。

むろんそこに、金で雲雀姫を自由にできるならそれも悪くない、と算盤をはじいたのも事実だ。雲雀姫には、どこか中年の男心を揺さぶる妖しい色気があり、しかも当人がそれを意識していないところに、なおさら淫欲をそそられる。

雲雀姫が、さりげなくすり寄って来たので、宗八はわれに返った。

「ちゃんと五十両、欠けずにお持ちいただけましたか」

「おう、持って来たとも。して、さっそくおまえさんの今後の身の振り方を、相談しようじゃないか。わたしも、悪いようにはしないつもりだよ」

「ありがとうございます」

雲雀姫が艶然と笑い、宗八は思わず唾をのんだ。

「ここらは寒いし、近くの百姓家の納屋にでも潜り込んで、じっくり話をしないかね」

「あちらの拝殿の裏に、毛氈と手焙りの用意がしてございます。とりあえずそこで、今後のお話をさせてくださいまし」

いくらなんでも、野外では寒いと思う。しかし今は、無理じいするわけにもいくまい。

「いいとも」

「その前に、金子を頂戴いたします」

雲雀姫が、ぬっと手を差し出す。

宗八はちょっといやな気がしたが、懐から二十五両の包みを二つ取り出し、雲雀姫の手に載せた。

雲雀姫はそれを押しいただき、きびすを返して鳥居をくぐる。

宗八は急いでそのあとを追い、提灯で先を照らそうと娘の前へ回った。

狭い境内の向こうに、小さな拝殿がぼんやりと浮かび上がる。

「拝殿の横に、裏へ回る小道があります」

雲雀姫に言われて、宗八は拝殿の横手へ回った。

驚いて、足を止める。

地震にでもあったように、石垣が一間ほど崩れている。もう少しで、けつまずくところだった。

それだけでなく、周囲の植え込みが引き抜かれたり、もぎ取られた拝殿の欄干(らんかん)が転がったりと、乱暴狼藉(ろうぜき)のあとが歴然としていた。

「これは、どうしたことだ」

宗八がぐるりと提灯を回したとき、拝殿の回廊の下から黒装束に頬かむりをした人影が一つ、ぬっと出て来た。

宗八は、一歩引いた。

男の金壺眼に、見覚えがある。

「おまえは、赤壁の」

そこまで言ったとき、男が手にした黒い玉がうなりを生じて飛び、宗八の眉間に炸裂した。

「げっ」

宗八は悲鳴を上げ、その場に尻餅をついた。あまりの苦痛に、半ば気が遠くなって、仰向けに倒れる。落とした提灯が、ぼっと燃え上がった。

その火の中に、唇を歪めた赤壁の三吉の顔が浮かび上がり、宗八はぞっとした。

三吉が、鎖のついた黒い玉をぶんぶんと振り回し、また宗八の顔を狙おうとする。

宗八は手を上げ、三吉を押しとどめようとした。

「や、やめてくれ。何をする。約束は守ったのに」

「何をするもねえもんだぜ、若松屋。この娘をいたぶった報いよ」

三吉がうそぶき、鎖玉に勢いをつける。

そのとき突然、周囲の闇がどっと動き出した。

「火盗改である。赤壁の三吉、神妙にいたせ」

大音声に呼ばわる声が響き、あたりが龕灯の光でいっせいに明るくなる。

「くそ」

虚をつかれ、三吉はうろたえた。

しがみつく雲雀姫の手を取り、ましらのように拝殿の下へ潜り込もうとする。

その肩口へ、何か赤いものが風を巻いて振り下ろされ、びしりという鋭い音が闇をつんざいた。

三吉は一声わめいて、その場に這いつくばった。

雲雀姫が泣きながら、三吉の背中にすがる。

ぼんやりと、それを目で追っていた宗八の意識は、そこで途絶えた。

9

明けて、寛政三年(一七九一年)。

まだ松の取れぬ正月十日の夜、橋場余一郎と根岸団平は近藤重蔵の供をして、本郷三念と誘ったのだ。

　暮れまでは妙に暖かかったのに、正月にはいって急に冷え込みがきつくなった。この日も、朝から雪が降り出しそうな空模様だったが、まだなんとか保っている。

　土間の座台には、車座になってさかんに気炎を上げる、数人の若侍の姿があった。訛り丸出しの口ぶりから察すると、近くの加賀藩上屋敷から繰り出して来た、江戸詰めの藩士たちだろう。

　えんが、奥の板の間に衝立を立て回して、卓の用意をする。

　重蔵に、いつもの座布団が出されたのは予想どおりだが、その夜は余一郎と団平にもイグサで編んだ円座が、うやうやしくあてがわれた。

　寒がりの余一郎は、思わず声を上げた。

「どうした風の吹き回しだ、おえんさん。いつも座布団の用意は、近藤さまだけかと思ったのに」

　えんは笑った。

「このところ、冷えがきつうございますからね。それは当分、旦那と団平さんの専用とさせていただきます」

「ありがたい。それにしても、いつからそんなにやさしくなったのだ、おえんさんは。為吉が、気持ち悪がるだろう」

「いえ、いっこうに。うちの人は、わたしが座布団がわりに暖めてやりますから、それで満足しております」

悪びれずに応じるえんに、余一郎は苦笑した。

「もうよい。酒の用意をしてくれ」

寄せ鍋をつつきながら、燗酒(かんざけ)を飲み始める。

重蔵だけが、いつものように冷や酒だった。

「それにしても、近藤さま。今度の一件は、意外に奥が深うございましたな。近藤さまの読みの正しさには、まことにもって驚き入りました」

余一郎が言うと、重蔵は例の鞭で肩口を叩きながら、うそぶいた。

「おれも最初から、それほど深く読んでいたわけではない。まあ、瓢簞(ひょうたん)から駒、というやつだな。丁子屋たちが、雲雀姫に不埒な振る舞いに及んだにもかかわらず、オロシャも三吉もあえて騒ぎ立てなかった、というのがおかしい。だからあやつらの方にも、事を公にできぬ事情が何かある、と睨んだのだ」

その読みが、みごとに当たった。

余一郎と団平は、四六時中三人に張りついて、その行動に目を光らせた。三人が、ばらばらに動くことはめったになく、だれかが一人になるときは手分けして、あとをつけた。

雲雀姫と若松屋のいきさつも、そうした見張りの中で明らかになった。

昼間、店に近い路上で若松屋と話し込んだ雲雀姫は、別れたあと駒込追分へのぼって赤壁の三吉、オロシャの二人と落ち合い、見世物興行を続けた。

そして夕刻、オロシャは二人とさりげなく別行動を取り、人けのない下駒込村の神明社へ行って石垣、欄干に狼藉を加えた。それは、若松屋を始末するための布石だった、とのちに分かった。

その夜更け、神明社で三吉と雲雀姫が召し捕られると同時に、浅草の藤兵衛宅でオロシャも縄をかけられ、火盗改松平左金吾の役宅に引き立てられた。

重蔵が容赦なく鞭をふるい、苛烈な取り調べを行なった。

〈これで叩かれると、どんな悪党も辛抱できずに口を割るのだ〉

そう自慢するだけあって、三吉もオロシャもたまらず音を上げた。

その結果、まずオロシャは耳が聞こえるのはもちろん、口をきくこともできると分かった。それどころか、かなりの程度まで日本語を理解することが、明らかになった。

オロシャによれば、ここ十年の間に時化で海上を漂流中にオロシャ船に救出され、モスコビヤ（モスクワ）やペトロボル（サンクトペテルブルグ）へ連れて行かれた日本人が、二十数名にものぼるという。

オロシャはペトロボルにあって、そうした漂流者から日本の事情を聞き出す尋問役、あるいは日本語を習得する学問所の取扱を、務めていた。もともとオロシャは、幼いころから異国の言葉を覚える力、また物事を聞いた順に秩序立てて記憶する力が、人並みすぐれていたらしい。

しかし、漂流者ばかりを相手に聞き取りを行なう仕事は、思ったほど作業能率が上がらない。

業を煮やした女帝エカテリナ二世は、オロシャ本人を間者として遠く日本へ送り込み、幕府の姿勢や江戸市井のありようを探らせるべく、決意を固めた。

その指示に従い、オロシャは昨年の春先安房小湊へ流れ着くというかたちで、日本へ潜入したのだった。

言葉が分からず、口もきけない風を装い、オロシャはみずから見聞したことを細大漏らさず、頭の中に叩き込む。一年ないし一年半後には、漂流日本人を本国へ送り届けるとの名目で、オロシャ船が日本のしかるべき港へ強行入港し、それと入れ替わりにオロシャを国へ連れ帰る、という計画だった。

重蔵は鍋をつつき、タラの身を口にほうり込んだ。

「オロシャというのは、実に底の知れぬ国だな。ほうっておくと、今にも蝦夷の方まで攻めくだって、わが領土を危うくするやもしれぬ」

余一郎はそれまで、オロシャ国のことなど真剣に考えもしなかったが、今回の件であらためて身近に感じるようになった。

「まことでございますな。赤壁の三吉親娘が、なぜオロシャへ渡りたいなどという気持ちになったのか、わたくしにはまるで分かりませぬ」

雲雀姫はもと相模(さがみ)の、貧しい村から身売りされた百姓の娘と言い張ったが、やがて赤壁の三吉の実子イヨであることを認めた。はたち前のように作っていたのは、あくまで見世物興行のためでしかなく、すでに二十二になっているという。

見たところ日本人だが、雲雀姫は和蘭(オランダ)の女との混血だとのことで、肌のきめが人一倍細かい。そのため実の年を見抜く者は、だれもいなかったようだ。

生来勘が鋭く、オロシャが実は口もきければ日本語も分かる、と最初に見抜いたのもイヨだった。

イヨは、北方の強大な夷狄に並なみならぬ興味を感じたとみえ、オロシャに何くれとなく国の話をせがんだ。

父親の三吉も、そうと分かってからは娘以上に関心を示し、二人してオロシャへ行ってみたい、とまで言い出した。

三吉はもともと長崎の生まれで、下働きに雇われて出島に出入りするうち、和蘭人からさまざまな武術や、奇抜な技を教わった。

また、和蘭屋敷で働いていた和蘭女と関係ができ、イヨが生まれた。

それがために、女はイヨを残してそのまま本国へ送還されてしまい、三吉も長崎にいられなくなった。三吉は、和蘭人から習い覚えた武術や技をもとに香具師を志し、イヨを連れて諸国を流れ歩いたあと、一年ほど前江戸にたどり着いたのだった。

そのような事情もあって、異国に対するあこがれが人一倍強かったらしい。

一方オロシャも、幕府のお膝元を探るという大命を果たすためには、三吉親娘の協力がぜひ必要だった。江戸府内、およびその近辺をくまなく踏査するのに、見世物興行の隠れ蓑(みの)に勝るものはない。

とはいえ、問題がないわけではなかった。

口もきけず、言葉も分からぬという触れ込みにせよ、異国の者が町なかを自由に歩き回るのを、お上がいつまでも許しておくわけがない。三吉が、町奉行所の与力に鼻薬をきかせたとはいえ、その効き目にも限度がある。

しだいに形勢が怪しくなり、迎えのオロシャ船を待つ余裕がなくなった。

オロシャが、かりに三吉親娘と一緒に国へもどるとすれば、ひそかに相当の金を用意して、別に船を仕立てなければならない。大道の見世物だけでは、稼ぎが知れている。

そんなおりに、句会での事件が起こった。

事を荒立てて、町役人が駆けつけるはめにでもなれば、帰国の企てが頓挫する恐れがある。それぞれの思惑から、オロシャは丁子屋らの痴態を見て見ぬふりをし、三吉親娘はじっと屈辱に耐えた。

むろん、そのままにすますつもりはない。

三吉親娘は、率先してイヨを辱めた四人に対し、ひそかに報復を加えることについて、オロシャの了解を得た。

三吉は、和蘭人から手ほどきを受けた鎖玉の技を会得しており、それをもって天誅をくだすことに決めた。長さ五尺ほどの鎖の両端に、革でくるんだ拳ほどの鉄球をつけたもので、それを振り回しながら自在に相手を打ちのめす、必殺の武器だった。

この鎖玉を受けると、さながら力のある者に拳で打ち殺されたような、むごい傷痕が残る。三人の見世物が評判になったおりから、怪力のオロシャに下手人の疑いがかかる恐れは、十分すぎるほどにある。

しかし、そこにむしろ三吉の狙いがあった。

三吉は、丁子屋以下四人の日ごろの外出先や、歩く道筋などを克明に調べ上げた。その周辺で見世物興行を行ない、凶行に及ぶべき場所として適当な雑木林や竹林に、目当てをつける。

谷中に妾のいる丁子屋寿輔は、天王寺の裏手に広がる雑木林。

飛鳥山の料亭〈玉扇〉の常連、萬屋金兵衛は飛鳥山のはずれにある竹林。

布袋屋太兵衛、若松屋宗八も、同じようにして殺害場所が決められた。

目当ての男が、その近辺へ足を運ぶ日が分かると、雲雀姫が接近して句会の一件を持ち出し、金子の用立てを強要する。刻限が決まると、オロシャがあらかじめ待ち合わせ場所へ行って木を折り、竹をひしいであたりを荒らしておく。

こうしておけば、下手人は鎖玉による傷痕と考え合わせて、よほどの剛力の持ち主と見当がつけられる。しかし、真っ先に疑いをかけられるべきオロシャは、凶行が行なわれた頃合いには藤兵衛の居宅にいて、それを請け合う証人が何人もいる。オロシャの疑いが晴れれば、三吉や雲雀姫に目が向くこともなくなる。

つまり、オロシャはあえて囮（おとり）になることで、町方の探索の目をくらます役を務めた、というわけだ。

丁子屋以下の三人が、満額を出し渋ったために殺されたと雲雀姫が言ったのも、偽りだった。丁子屋と萬屋は、言われたとおり五十両を用意した上で、きっちりと殺された。若松屋も、火盗改がまわりを固めていなければ怪我だけではすまず、他の三人と同じ運命をたどっただろう。

ただし、布袋屋の場合は事情が異なる。

布袋屋については、雲雀姫がわざわざ立ち話で柘植屋辰三郎の話を持ち出し、嫉妬心を掻き立てる策を取った。音若の浮気の証しを手に入れたければ、金子五十両を用意して子の刻過ぎに、長寿寺の門前に来いという取引だった。むろんその裏に、句会での出来事をだしにした脅しが、見え隠れしていたことは確かだろう。

余一郎は箸を置き、腕を組んだ。

「しかし、何もあそこまでむごい殺し方をせずとも、よかったのではございませぬか。軽く痛めつけて、金を搾り取るだけでも十分だったような、そんな気がいたします」

重蔵も同じように、腕を組む。

「三吉はよほど、イヨをかわいがっていたのであろうな。そうした父親の気持ちは、娘を持ってみるまで分かるまい」

「それならば、その場で体を張ってでも四人を止めるのが、父親でございましょう」

「オロシャへ行きたい、という気持ちが強かったのだ。そのためには、親娘でがまんしなければならなかった」

「なぜでございますか」

「オロシャへ渡れば、和蘭へも地続きで行けるはずだ。三吉はイヨを、母親に会わせたかったに違いない」

なるほど、そう言われてみれば三吉親娘の気持ちも、分かるような気がする。

「とはいえ、何もあそこまでむごい殺し方を」

なおも言いかけると、重蔵は手を上げてそれを止めた。

「もう言うな。三吉にすれば、生き証人を残しておきたくなかったのだろう。人間、こうと思い詰めたときには、分別をなくすものだからな」

余一郎は、ため息をついた。

「それがこのような結果に終わって、和蘭はおろかオロシャまでも行けなくなり、いささか哀れを催しますな」

「三吉の死罪は免れまいが、オロシャは漂流日本人との交換にあてるため、生かしておかれるだろう。間者としても、さほどの害を与えておらぬしな」

「雲雀姫、イヨの方はどうなりましょう」

「分からぬ。軽い刑ならば、所払いですむやもしれぬ。オロシャの船が来たとき、あの大男がイヨを連れて行くとでも申せば、な」

珍しく重蔵はしんみりと言ったが、イヨの出国が認められることは万に一つもない、と分かっているようだった。

鍋のぐつぐつ煮える音が、妙に大きく聞こえる。

団平が、気まずい空気を追いやろうとするように、姿勢をあらためて言う。

「若旦那さま。こう申すのも何でございますが、団平めにどうしても解せぬことが、一つだけございます」

重蔵はぐびりと酒を飲み、団平を見た。

「何だ。申してみよ」

「以前、橋場さまもご指摘になられましたが、常磐津の音若師匠は何ゆえにあの布袋屋のような男と、懇ろな仲になったのでございましょう。音若ほどの女ならば、ほかにいくらも口がございましょうに」

それを聞いたとたんに、重蔵の顔が急に苦にがしげになった。

「あのおりも申したとおり、男女の仲は蓼喰う虫も好きずき、というものだ。だれがだれに惚れようと、いっこうにかまわぬではないか」

余一郎の目には、重蔵がむきになっているように映り、それがいっそ奇妙だった。

余一郎は、雲行きが怪しくなりそうな気がして、さらに話題を変えた。

「それにいたしましても、今度の一件では町方の同心がわれらに出し抜かれて、かなり気分を害したと聞いております。南の池田筑後守さまから、組頭の方へ強い苦言がまいったそうではございませぬか」

重蔵は酒を飲み干し、ふうと大きく息をついた。

「気にすることはない。形だけのものだ。そもそも、オロシャのような異国の者が見世物に出て、勝手に江戸の町を動き回るのを黙許したのは、町奉行所ではないか。それを追及すれば、与力同心の首が三つ四つ飛ぶことは、目に見えておる。今度、高見や青柳が咎め立てしたら、そう言って脅しをかけてやれ」

酒を注ぎ足しに来たえんが、おおげさに袖で顔を隠してみせる。

「おお、恐ろしいこと。橋場の旦那に、そのようなことができるわけはございませんよ。近藤さまと違って、てんからのお人好しでいらっしゃいますから」

余一郎は、えんの遠慮のない憎まれ口にはらはらしたが、重蔵は珍しく何も言い返さなかった。

夜四つの鐘が鳴って、〈はりま〉の火も落ちた。

店を出た重蔵は、本郷の往還へ出ようとする余一郎と団平を無視して、壱岐坂の方へ向かった。

余一郎は、あわてて呼びかけた。

「近藤さま。組屋敷への道は、こちらでございますが」

「今夜は、組屋敷へはもどらぬ」

重蔵は振り向きもせず言い、早くも提灯の届かぬ闇へ消えようとした。

提灯を掲げた団平が、急いで重蔵のあとを追う。

重蔵は足を止め、二人を見返った。

「ついて来るな」

「この時刻に、どちらへ回られるので」

余一郎が尋ねると、重蔵は鞭で自分の肩をびしりと打った。

「なに、ちょっと赤城明神まで、足を延ばそうと思ってな」

「赤城明神」

余一郎と団平は、口をそろえて言った。

団平が、恐るおそる尋ねる。

「もしや、音若師匠のところでございますか」

「悪いか。さっきおまえは、どうしても解せぬことがある、と申したではないか。そのあたりを、おれがとっくりと聞いてきてやる」

余一郎は、あっけにとられた。

あのとき重蔵が、音若に捨てぜりふのように〈また来るかもしれぬ。覚えておけ〉、と言ったのを思い出す。

もしかして重蔵は、音若に一目惚れしたのではないか。

重蔵は、くるりときびすを返した。

「供はいらぬ。楽しみに待っておれ」

そう言い捨てると、びしりびしりと小気味のよい音を立てながら、闇へ向かって歩き出す。

第三話　七化け八右衛門

1

根岸団平は、女の悲鳴を聞いた。

足を止め、耳をすます。かすかに、争うような気配が伝わってくるが、とっさには方角が分からない。

その日の午後、団平は火盗改（かとうあらため）松平左金吾組の与力近藤重蔵の使いで、音羽に屋敷を構える三枝内膳正（さえぐさないぜんのかみ）を訪ねた。

内膳正の嫡子源太郎は、重蔵が開いた私塾〈白山義学〉の門弟の一人だが、このところ体調を崩し登塾を控えている。そのため、重蔵自身が朱を入れた『令義解（りょうのぎげ）』の抄録控えを、届けに出向いたのだ。

用件をすませた団平は、表神保小路にある組頭の役宅へもどろうと、護国寺の門前町から関口水道町をへて、神田上水の白堀（しらぼり）（開渠）沿いに、道を急いでいるところだった。

また、悲鳴が聞こえた。

白堀にかかる、幅一間長さ九尺ほどの小さな木橋の向こう側に、寺院の敷地らしい木立が広がっている。

その左手に、小日向台（こひなただい）へのぼる坂が見える。両側を深い藪（やぶ）に挟まれた、恐ろしく急な坂道だ。

坂の途中に、大きな榎（えのき）が道にかぶさるように枝を広げており、その下で人の争う姿が見え隠れする。

侍らしい羽織袴の陰から、ちらりと桃色の蹴出し（けだし）がのぞいた。

男と女が、揉（も）み合っているようだ。

団平は、急いで橋を渡った。

「待て待て、狼藉（ろうぜき）はよせ」

声をかけながら、急坂を駆けのぼる。見た目よりも、はるかに傾斜のきつい坂だった。

そばへ行く間もなく、榎の陰から若い女が逃げるように、坂によろめき出た。とたんに足を踏みはずし、団平の前まで転がり落ちて来る。

団平は、あわてて女を抱き止めた。

ふっくらした顔立ちの、はたち過ぎの女だった。

目を上げると、榎の陰から青白い顔をした痩身の侍が、ふらふらと出て来た。手に、菜切り包丁を握っている。

団平はどなった。

「真っ昼間からこの狼藉、いったいどういうつもりだ」

侍は、刀の柄頭をつかんで押し下げ、げっぷをした。

「狼藉ではない。その女がおれに、これで突きかかって来たのだ」

そう言って、菜切り包丁を振り立ててみせる。その口ぶりとしぐさから、酒を飲んでいることが分かった。

団平の腕の中で、女がもがきながら叫ぶ。

「杉野弥之助は、姉のかたきにございます。どうぞ、助太刀をお願い申します」

「姉のかたき」

団平は驚き、杉野弥之助と呼ばれた侍の顔を、つくづくと見た。

弥之助が、かっと目を見開く。

「よまい言を申すな。おきわは、勝手に自害いたしたのだ。おれのせいではない」

「おまえさまにだまされて、姉は自害したのでございます。おまえさまが殺したのと、同じことでございましょう」

団平の腕の中で、女が叫び返した。

弥之助は、せせら笑った。

「言いがかりも、たいがいにするがいい。自害は自害、おれが殺したわけではない。今度このような真似をしたら、容赦なく手討ちにしてくれるぞ。分かったか、おしの」

そううそぶくと、菜切り包丁を榎の幹にかつんと突き立て、ふらふらと坂をのぼって行く。

しのと呼ばれた女は、団平の腕にしがみついた。

「お願いでございます。どうぞ、助太刀を」

団平は当惑した。

「まあ、待て。いきなりそう言われても、返答に困る。事情も分からぬうちに、助太刀もなるまいが」

「お慈悲でございます。どうぞ」

目を吊り上げ、そこまで言ったとたんにしのは意識を失い、団平の腕の中でぐたりとのけぞった。

「おい、しっかりしろ」

坂道に膝をつき、抱いた体を強く揺さぶる。しかししのは、目を開かなかった。

途方に暮れ、あたりを見回す。

弥之助は坂の上の角を曲がり、すでに姿を消してしまった。

そのとき、どこから出て来たのか背後に人の気配がして、声がかかった。

「もし、どうなされました」

振り向くと、四十がらみの色の浅黒い商人風の男が、坂の途中で足を止めていかにも心配そうに、顔を見上げてきた。涙を含んだような、よく光る目をしている。

団平は、首を振った。

「どうもこうも、いっこうにわけが分からぬ。この女と侍が争っているところへ、たまたま来合わせたのだ。女は、侍を姉のかたきと申したが、相手は勝手に自害したのだと言い張って、そのまま行ってしまった」

「さようでございますか」

そう応じながら、男はそばへやって来た。

気を失ったままの、しのの顔をのぞき込んだとたん、声を上げる。

「おや、おしのさんじゃないか」

団平は、男の横顔を見た。

「おまえ、この娘を知っているのか」

男は頭を下げた。

「はい。てまえは、護国寺門前町の菓子司〈まつばや〉の番頭で、彦太郎と申します。この娘は、並びの茶屋で働くおしのさんに、間違いございません」

男は、半ば団平を押しのけるようにして位置を変わり、しのの体の下に腕を差し入れた。

そのまま、軽がると抱き上げる。細身の体に似ず、なかなかの強力と見えた。

男が続けて言う。

「上水沿いの小日向水道町に、存じ寄りの医師の家がございます。てまえがそこまで、おしのさんを運んでまいります。お手間を取らせまして、申し訳ないことをいたしました。おしのさんに代わって、お礼を申し上げます」

「坂道がきついぞ。手を貸そうか」

団平が言うと、男は急いで首を振った。

「いえ、だいじょうぶでございます。これでも若いころは、木場で重いものをかついでおりましたので」

「そうか。それならば、おまえに任せるとしよう」

団平は、なんとなく釈然としないものを感じながら、一歩身を引いた。

「それでは、失礼いたします」

彦太郎と名乗った男は、しのを一度軽く揺すり上げると、足元をふらつかせることもなく、悠々と坂をくだって行った。

団平は、男の姿が坂の角から消えるのを待ってきびすを返し、坂をのぼった。

坂道は、少しずつ傾斜を緩めながら、鉤(かぎ)の手に曲がっていく。右手に、寺の高い土塀が現れ、その向こうに鬱蒼(うっそう)と茂る木々の梢が見える。まだ昼八つ半ごろだが、人通りはまったくない。

突き当たりの丁字路に、辻番所があった。

団平は、二人の辻番のうち年配の方の男に、声をかけた。

「少々ものを尋ねたい。このあたりに、杉野弥之助どのが住まっておられる、と聞いてまいったのだが」

辻番は番所を出て、道の東を指差した。

「杉野さまのお屋敷は、そこの右手の二軒目でございます。杉野さまはつい今しがた、おもどりになられたようで」

近くに住まいがある、と睨(にら)んだがそのとおりだった。

「それは好都合。所用をすませて、出直してまいろう。ところで」

団平は、今のぼって来た坂を、指で示した。

「この先の坂には、名前があるのか。とてつもない急坂だが」

「ここらあたりでは、切支丹(キリシタン)坂と呼んでおります」

「切支丹坂」

「はい。ここを少し上がったあたりに、もと切支丹屋敷がございましたために、切支丹坂と呼ばれる坂がこの近辺に、二つほど残っております。もっともお屋敷の方は、すでに廃屋になっておりますが」

「なるほど、切支丹屋敷はこの界隈(かいわい)であったか」

団平は辻番に礼を言って、切支丹坂に引き返した。

途中、榎の幹に突き立った包丁を引き抜き、藪の中に投げ捨てる。

坂をくだり切り、小橋に立って上水沿いの道を見渡したが、彦太郎としの姿は見えなかった。

団平は、また上水に沿って役宅へ向かおうとしたが、すぐに足を止めた。

どうも気になる。

自分の苦労性を笑いながら、団平はまた護国寺門前町の方へ、もどって行った。

2

日が暮れる少し前。

近藤重蔵について、昼過ぎから市中見回りに出ていた橋場余一郎は、くたびれ果てて役宅にもどった。

寛政三年正月、すでに松も取れてだいぶたつが、冷え込みはなお厳しい。寒さに弱い余一郎にとって、寒風吹きすさぶ市中を休まず歩き回るのは、きつい仕事だった。できることなら綿入れ、襟巻き（えりまき）に股引き（ももひき）まで総動員して、防寒にこれ努めたいところだ。

しかし、与力の重蔵がごく普通の袷（あわせ）一枚でいるのに、同心の自分が厚着するわけにもいかない。だいいち、出先で変事が突発したとき、すばやい対応ができない。厚着のために、万が一にも勤めをしくじったりしたら、お役御免ではすまないだろう。

それにしても、重蔵の並はずれた精神力には驚かされる、というより呆れて（あきれて）しまう。

火盗改の場合、役所詰めの与力同心はさしたる激務ではないが、重蔵や余一郎のように召捕回り方を勤める者は、人一倍強い体力と太い神経を持っていないと、長続きしない。

召捕回り方といえども、与力の場合は同心と違って毎度毎度外回りに出る、というものではない。

ところが、重蔵は例外だった。

勤番の日は、どれだけ天候が悪くとも勤めを怠らず、精力的に外回りに出る。同心と違って、与力は羽織袴で勤めるのがふつうなのだが、重蔵はほとんど着流しで通す。

いつも大刀一本の落とし差しで、十手や脇差のかわりに例の赤い鞭(むち)を持ち歩く。よほど強い風雨、降雪でもないかぎり雨傘や雨合羽(あまガッパ)を使うこともなく、網代笠(あじろがさ)一つですませてしまう。

余一郎は、体力には自信があるが寒さにはがまんがきかず、少し歩くとすぐに茶屋か煮売り屋に飛び込んで、熱い茶や汁をすすりたくなる。しかし、一人ならばともかく重蔵が一緒では、そんなこともできない。

それでなくとも、正月があけてから急に盗賊の横行が目立ち始め、町奉行所や火盗改に対する期待と注文が、ひとしお厳しくなった。三年前に消息を絶ったきりの、怪盗〈七化け八右衛門〉と〈抜き錠の留五郎〉が、江戸に舞いもどって来たとの噂が流れたせいもある。

七化けの八右衛門は、だれも実の顔を見たことがない変わり身の名人で、あとになってのあときの銭差売りがそうだったとか、道端の鋳掛け屋に化けていたのだとか、疥癬病みの願人坊主が張本人に違いないとか、まちまちの証言に惑わされるのが常だった。あるときは、女に化けたとまでいわれる。

この八右衛門が天明当時、錠と名のつくものならあらゆる錠を抜く、と豪語する〈抜き錠の留五郎〉と組んで、天下無敵の大泥棒と高い評判を取った。

その二人が三年の無音をへて、またまた江戸へ姿を現したというのだ。

そうした噂が飛び交う中で、火盗改がのんびり役宅で茶をするわけにもいかず、この半月ほどのきつい御用勤めは重蔵らにとって、やむをえないことだった。

重蔵のすごいところは、火盗改の勤めぶりだけではない。

重蔵は、明け番の日にものんべんだらりと過ごさず、白山義学で朝から講義を持つ。それればかりか、昼からは塾生を相手に武道兵学の実地訓練を行なう、というからすさまじい。

白山義学は、重蔵が火盗改に駆り出されて御用繁多になったあと、父親の右膳が中心になって、学問教授方を引き受けている。近ごろは、その人脈で本多利明、塙保己一といった当代一流の学者が、入れ替わり立ち替わり来講するという。

武道兵学はときに応じて、四ツ谷伊賀町から平山行蔵が教えに来るらしいが、あまりにすさまじい実地訓練に怪我人が絶えず、塾生が音を上げていると聞いた。

余一郎も、白山義学に籍を置いていたころに一度、行蔵の教えを受けたことがある。そのときは長さ五尺、柄の太さ二寸五分ほどもある木刀で巻藁（まきわら）を四百回、打ち込むように命じられた。百七十八回まで数えたのは覚えているが、あとは意識が朦朧（もうろう）として倒れたために、記憶がない。

役宅の玄関にはいると、根岸団平が足すすぎの湯がはいった盥（たらい）を運んで来て、重蔵の足元に置いた。

重蔵だけかと思ったら、一度引っ込んだ団平がもう一つ同じ盥を用意して、余一郎の方に差し出す。

余一郎は、思わず声を上げた。

「おう、ありがたいぞ、団平。今日はとくに、冷え込みがきつかった。このままでは、足が氷柱（つらら）になるかと思った」

「いっそ、盥に足を入れたまま外回りをなされたら、よろしゅうございましょう」

団平にからかわれて、余一郎は笑った。

「そうできたら、どれほど楽だろうな」

さっそく湯に足を入れ、指先を動かしてみる。

自分で足を揉むうちに、手にも血行がもどってきた。

団平に足を洗われながら、重蔵が言う。

「三枝さまの屋敷には、行ってくれたか」

「はい。お預かりした手控えは、確かにお届けいたしました」

「源太郎の具合は、どうであった。そろそろ床が上がりそうか」

「内膳正さまのお話では、まだ当分無理のようでございます」

「そうか。頭のいい息子だが、体力がなくてはなんともならぬな」

一呼吸おいて、団平が言う。

「若旦那さま。それとは別に、ちょっとお耳に入れたい儀がございます」

「勤め向きのことか」

「今のところは、なんとも申し上げられませぬ」

「ならば、帰りにまた〈はりま〉にでも寄って、そこで話を聞こう」

用向きにもよるが、重蔵は役宅で勤め以外の話をするのを、あまり好まない。

重蔵が、上席の与力に報告を終えるのを待って、三人は役宅を出た。

本郷三念寺門前の一膳飯屋〈はりま〉に着いたときは五つに近かった。

例によって、店は近くの加賀藩の藩士たちで立て込んでいたが、奥の板の間は重蔵たちのために、あけてあった。

えんが衝立を立て回し、座布団と円座を用意してくれる。

「湯豆腐になさいますか、寄せ鍋になさいますか」

えんが言うと、重蔵はうるさそうに手を振った。

「なんでもいいが、とりあえずは酒を頼む。冷やでよいぞ」

余一郎は、何も言わなかった。

近ごろえんは、黙っていても余一郎と団平のために、熱く燗をしたちろりを持って来てくれるのだ。

酒がきたところで、団平が話を切り出した。

団平は昼間、重蔵の使いで音羽の三枝内膳正の屋敷へ行った帰りに、侍と若い女の争いに巻き込まれた。女は侍を姉のかたきと呼び、団平に助太刀を頼んだという。

話を全部聞き終わると、重蔵は大根の煮物を口にほうり込み、団平に尋ねた。

「その女、名はなんと申す」

「おしの、と呼ばれておりました」

「器量はどうだ」

団平は、困ったような顔をした。

「取り立てて美形、というわけではございませぬ。どちらかといえば、ふっくらしたおかめ顔、とでも申しましょうか」

重蔵は失望したように、顎をなでた。

「おかめ顔か。して侍の方は、なんという男だ」

「おしのは、杉野弥之助と呼んでおりました。二人が争った切支丹坂の上に、屋敷がございますようで」

「杉野弥之助か」

団平が、膝を乗り出す。

「ご存じでいらっしゃいますか」

「面識はないが、噂は聞いておる。御持弓頭、杉野伊織の三男坊で部屋住みの身だが、女癖が悪いというもっぱらの評判だ」

団平はなるほど、というようにうなずいた。

「それでは、姉のかたきと狙われても不思議はない、ということでございますな」

重蔵が答えなかったので、余一郎はそばから団平に言った。

「かたきといっても、杉野はその姉が勝手に自害した、と申し立てているのだろう」

団平が、余一郎に目を向ける。

「おしのによれば、姉のおきわが自害したのは杉野にだまされたためだ、ということでございます。さすれば、おしのにとって杉野はやはり、姉のかたきになりましょう」

余一郎は、腕を組んだ。

「かたき討ちとなれば穏やかでないが、少なくとも火盗改が乗り出す事件でもあるまい。その侍と若い女の、内輪の話にすぎぬではないか」

「杉野弥之助については、しばらくおくことにいたします。気になりますのは、おしのを医者へ連れて行くと申して運び去った、もう一人の男の方でございます」

余一郎は、団平の顔を見直した。

「その、なんとかいう菓子司の、番頭のことか」

「はい。〈まつばや〉の彦太郎と名乗りましたが、どうにもその男のことが気になりましてな。そのため、〈まつばや〉の店があるという護国寺の門前町まで、引き返したのでございます」

そこへ、気を利かしたえんが七輪を運んで来て、早めに寄せ鍋の支度を始めた。

七輪に炭を足しながら、独り言のように言う。

「また、むずかしいお話でございますか。お酒を召し上がるときくらい、お勤め向きのことはさっぱり忘れて、楽しくなさればよろしいのに」

壁にもたれた重蔵が、ぎろりと目をむく。

「おれは楽しんでいるぞ、おえん。この二人が、やぼなのだ」

「でも、近藤さまときたらいつも苦虫を噛(か)みつぶしたように、こわい顔をなさって」

「これ、おえんさん。そうむきつけに、言うものではないぞ」

余一郎がたしなめると、えんはへこたれる様子もなく七輪に鍋を載せ、重蔵を横目で睨んだ。

「かまやしませんよ。どうせ近藤さまは、女子(おなご)の言うことなど気にも留めない、石の鳥居のようなおかたでいらっしゃいますから」

重蔵は肩を揺すり、野放図に笑った。

「おえん、ようできた。石の鳥居は、確かに鳥を木に留めぬ。うまいしゃれだぞ」

余一郎は苦笑して、早々にえんを下がらせた。

余一郎が、えんに代わって鍋の支度をする間に、団平は話をもどした。

「さて、護国寺の門前町を両側とも一歩きしてみましたところ、〈まつばや〉という菓子司はないことが判明いたしました」

豆腐を鍋に入れようとして、余一郎は思わず箸(はし)を止めた。

「まことか」

団平はうなずいた。

「そればかりではございません。いくつか軒を並べた茶屋に、おしのという女を使っている店も、なかったのでございます」

余一郎は豆腐を鍋にあけ、箸を置いた。

「すると、その彦太郎と名乗った男は自分のことも女のことも、まるっきり偽りを述べたことになるぞ」

「そのように見受けられます」

「おしのという名前だけ、合っていたわけだな」

余一郎が念を押すと、重蔵が壁から体を起こした。

「それとても、物陰から杉野弥之助やおしのの話を耳にして、聞き覚えただけかも知れぬぞ。おしのが意識を失っていたとすれば、その男と面識があるかどうか分かるまい」

団平は重蔵に、頭を下げた。

「おおせのとおりにございます。おおかたあの男は、おしのをどうにかするために偽りを述べ立て、連れ去ったのでございましょう」

余一郎は、また腕を組んだ。

「その男、もしかすると杉野弥之助の、遊び友だちかもしれぬ。杉野が襲われたので、おしのをこらしめようとしたのではないか」

重蔵が、湯のみの酒から目を上げる。

「それならば、団平よりも早く駆けつけるはずだ。確かに、奇態な話ではあるわ」

年が明けて、やっと二十一歳になったばかりだというのに、重蔵の口のきき方はどこか年寄りじみている。

団平は膝を正した。

「団平めは、どうもあのおしのという女のことが、気になります。姉のかたき、と申したあのときの目は、偽りではないように思われます。彦太郎と名乗った男が、いかなる所存でおしのを連れ去ったのか、調べてみたいと存じます。今思えば、彦太郎は商人にしては険のある顔つきで、腹に一物あったに相違ございません。彦太郎が、もし無宿者のごろつきということになれば、火盗改のご詮議のうちにはいりましょう」

重蔵は口元をゆがめ、団平を上目遣いに見た。

「まさかそのおしのという女に、一目惚れしたわけではあるまいな、団平」

いつも冷静な団平が、珍しくどぎまぎする。

「めっそうもないことでございます。団平めは、ただおしのの思い詰めたような目が、気になるだけでございまして」

「できれば、かたきを討たせてやりたい、か」

重蔵に畳みかけられ、団平は返事に窮した。

その様子を見て、余一郎はかたわらから助け舟を出した。

「団平も、そこまでは申しますまい。おしのの話だけで、杉野をかたきと呼ぶのは早計にすぎましょう。そもそも、火盗改のお勤めのうちにかたき討ちの助太刀は、はいっておりませぬ」

重蔵は、湯飲みを手にしたまま少し考えていたが、やがてうなずきながら言った。

「よし。余一郎は、明日にでも南と北の町奉行所を回って、ここ二、三年の記録を調べてまいれ」

余一郎は、背筋を伸ばした。

「何を調べれば、よろしいので」

「知れたことよ。おきわという女の、自害届けを探し出すのだ。少なくとも、おきわが御府内に住まっていたとすれば、南北いずれかの奉行所に記録が残っていなければならぬ。もぐりの医者でもないかぎり、自害も含めて変死を遂げた者については、遺族、家主と連名で、かならず届けを出したはずだ」

「承知いたしました。さっそく、調べてまいります」

余一郎が応じると、重蔵は団平に目を移した。

「それから、団平。おまえは、もう一度切支丹坂の界隈を歩き回って、彦太郎とおしのらしき女を見た者がいないかどうか、聞き込みをしてまいれ。杉野弥之助についても、町の噂を集めるのだ」

何か思うところがあるらしく、重蔵の顔は真剣だった。

団平が、頭を下げる。

「かしこまりました」

寄せ鍋が煮え、食事が始まった。

余一郎は、熱くなった豆腐を口に入れながら、なんとなく気が重くなった。

町奉行所はこのところ、火盗改の長谷川平蔵組と松平左金吾組の評判が高いため、南も北もあまりいい感情を抱いていない。

すなおに、記録調べに協力してくれるかどうか、不安だった。

3

根岸団平は、切支丹坂を見上げた。

神田上水沿いの道から、小日向台へ上がる道筋は大日坂、服部坂、荒木坂など、ほかにもたくさんある。

どの坂も、胸突き八丁の急坂だった。

そうした坂をのぼりおりして、あちこち尋ね歩くうちにさすがの根岸団平も足が疲れ、一息入れたくなった。

上水沿いの道を、東に向かう。

左側には善宝寺、月輪寺、光楽寺、称仁寺と寺が四つ、山門を並べている。いずれも、上水にかかる長さ一間半ほどの石橋を渡らなければ、門にはいることができない。

右側は御持筒組の大縄地で、間口の狭い組屋敷が長ながと軒を連ねる。

称仁寺の前を過ぎると、その並びに小さいながら門前町があり、その中ほどを小日向台にのぼる坂が、まっすぐに通っている。荒木坂だった。

橋のたもとに、茶店が見える。

団平は橋を渡り、障子戸をあけて店にはいった。

先客が二人いた。

金太郎飴（あめ）の箱を膝に抱えた中年の男と、大きな風呂敷に本を包んだ貸本屋らしい男が、同じ座台にすわって話をしながら、茶を飲んでいる。

団平は別の座台に腰を下ろし、小女に甘酒を注文した。

「舌が焼けるほど、熱くしておくれ」

この日は念のため、商家の手代のように見えるいでたちで来たので、それらしい言葉を遣う。

甘酒が運ばれて来るのと入れ違いに、二人の男は茶代を置いて出て行った。

団平はあまり期待もせず、小女に問いかけた。

「ちょっと聞きたいのだが、昨日の今時分おまえさんより五つ六つ年上の、ふっくらしたおなごを腕に抱きかかえた男が、このあたりを通らなかったかね」

小女は前掛けで手をふき、こくんとうなずいた。

「ああ、通っただよ。お寺さんへ、お饅頭(まんじゅう)届けに行ってもどって来たらはあ、前の坂を男の人が女の人さ抱いて上がって行く後ろ姿が、見えましただに」

団平は身を乗り出した。

「ほんとうかい」

朝から、あちこちで同じ質問をしたのにいっこうらちがあかず、半ばあきらめていたところだったので、にわかには耳が信じられなかった。

小女は、ぷっと頬をふくらませた。

「嘘じゃねえだよ。あとで道を掃いてたらはあ、店の前にこれが落っこちていただよ」

どこの出か知らぬが、小女は訛りのきつい言葉でそう言いながら、袖を探って何か取り出した。

受け取ってみると、それは鼈甲の櫛だった。

「その女子のものと、どうして分かるんだね」

「だってはあ、おらがお寺さんへ行くのにここを出たときは、こんなもの落っこちていなかっただ」

団平は苦笑した。

「なるほど、それは分かりやすい理屈だ」

「また通るかもしれんと思うて、だいじに持っとるのにだれも取りに来ん。どうしたもんかの。お客さん、あの二人を知っとられるかね」

小女に聞かれて、とっさにうなずく。

「ああ、知っているともさ」

ほんとうではないが、まったく嘘というわけでもない。

「だったら、取りに来るように言ってもらえねえだか」

「いっそこれを預かって、わたしから返してやろうかね。あれはおしのという、存じ寄りの女子なのだよ」

小女は、屈託のない笑いを浮かべた。

「だったら、お願いしますだ」

「おしのは、昨日親戚へ行く途中差し込みが起きて倒れたところを、通りがかりの男に助けられたのさ。その男を探して、一言礼を言いたいと思っているのだが、おまえさんに心当たりはないかね」

小女は、少し考えるようなしぐさをしたが、すぐに首を振った。

「後ろ姿しか見とらんし、よく分からねえだ」

団平は櫛を懐にしまい、かわりに巾着から南鐐（二朱銀）を取り出して、小女に手渡した。

「これは、拾ってくれたお礼だ」

小女は、目を丸くした。

「こんなにもらったら、罰が当たるだよ」

「なに、たいしたことじゃないよ。遠慮なく、取っておきなさい」

小女は南鐐を押しいただき、奥へ引っ込んだ。

団平は、熱い甘酒をふうふういいながら飲み干し、代を置いて茶店を出た。

そのまま、荒木坂をのぼる。

上へ行くにしたがって、門前町らしいにぎわいはすぐに途切れ、普通の町屋になった。

突き当たりは丁字路で、組屋敷らしい門構えの家が何軒も、左右に広がっている。

右へ曲がると、格子戸の門がついたしもた屋風の家があり、そこで町屋が終わった。その先には、別の武家屋敷がある。

あともどりをして、左の道をとった。

称仁寺の裏手らしく、高い白壁が続く。

道なりに、右へ曲がった。武家屋敷の土塀が、延々と伸びている。気味が悪いほど静かで、まったく人の行き来がない。

しばらく歩くと、左手に別の道が現れた。

のぞいて見ると、だいぶ先に辻番所が見える。前日、杉野弥之助の住まいを尋ねた辻番が、六尺棒を持って立っていた。同じ道の、反対側に出たらしい。

団平は角の多い道を、さらに歩き続けた。

やがて、左手に崩れかかった古い土塀が、姿を現した。その向こうに、冬枯れた木立が見える。

消えかかった文字で、〈無用ノ者立チ入リヲ禁ズ〉と書かれた立て札が、雨ざらしになっている。

土塀の隙間から、中の様子をうかがった。

伸び放題の雑草の間から、腐った木造の建物や屋根の落ちた土蔵、崩れた石垣や壊れた井戸枠などが、見え隠れする。

どうやらこれが、辻番の言った切支丹屋敷の跡地らしい。

切支丹屋敷については、白山義学で『西洋紀聞』『采覧異言』の講読を受けたとき、重蔵の父右膳からいろいろと話を聞かされた覚えがある。新井白石は、切支丹屋敷に幽閉されたその当時最後の伴天連（バテレン）、ヨハン・シドチから聞いた話をもとに、それらの述作を著したのだ。

シドチが死んだのは、確か正徳五年（一七一五年）のことだったから、ざっと八十年近くも前になる。それよりのち、この屋敷に幽閉される伴天連も絶えてなくなり、敷地はしだいに削られて旗本屋敷に替わった、と聞く。

ことに火事で建物が全焼した享保以後は、わずかな数の役人が焼け跡を管理するだけにとどまり、今ではそれさえ行なわれなくなったようだ。

団平も、切支丹屋敷を目の当たりにするのは初めてだが、この様子ではおっつけ廃屋も荒れた庭もきれいに始末され、すべて旗本屋敷に建て替わることになるだろう。

団平はその場を離れ、もと来た道を引き返した。

角を曲がったとき、先刻前を通った例のしもた屋風の家から、頭に置き手拭いをした行商人が、小さな箱を背負って出て来た。煙草売りのようだった。

その横顔を見て、とっさに団平は背を向けた。その場にしゃがみ込み、はずれたこはぜを直すようなふりをして、足袋をいじくり回す。

肩越しに背後をうかがうと、煙草売りは団平の方にちらりと目を向けただけで、荒木坂の方に姿を消した。

それを確かめてから、団平は体を起こした。

その煙草売りは、前日しのを腕に抱いて運び去った、自称彦太郎に相違なかった。浅黒い顔と、よく光る目に見覚えがある。

菓子司の番頭から煙草売りとは、ずいぶん変わり身が早い。ただ者ではなさそうだ。

団平自身、前日の若党姿から商家の手代風に装いを変えてきたので、彦太郎もちらりと後ろ姿を見た程度では、切支丹坂で出会った男と見抜けなかったはずだ。

団平は少し間をおいて、荒木坂を上からのぞき込んだ。

彦太郎の姿は、すでになかった。

4

翌日、七つどき。

橋場余一郎は近藤重蔵とともに、日本橋小舟町の出合い茶屋〈たかさご〉の離れで、根岸団平を待っていた。

団平は、高値で知られる近くの料理屋〈鶴亀〉まで足を運び、そこで働くしのを連れて来る手筈なのだ。

離れは火の気がなく、冷えびえとしていた。

余一郎は、熱い茶のはいった湯飲みを後生大事に両手でかかえ、寒さと必死に戦った。

重蔵は例によって、冷や酒を飲んでいる。

余一郎は前夜、南町奉行所の定町回り同心青柳隼人を、八丁堀の組屋敷に訪ねた。隼人の好きな酒と、最近凝っていると聞いた松の盆栽を手土産に、持って行った。

火盗改に敵愾心を燃やし、市中で余一郎と顔を合わせるたびにいやみを言う隼人に、ものを頼むのは気が進まなかった。

しかし、町奉行所にほとんど顔つなぎのない余一郎にすれば、ほかに相談できる相手がいなかった。門前払いを食わされる恐れも十分にあったが、この際当たって砕けるしかなかったのだ。

案の定、隼人は余一郎の突然の訪問に警戒の色を浮かべ、最初は門前払いを食わせようとした。ところが、余一郎が手にした酒徳利(さかどっくり)と盆栽を見るなり、急に相好を崩した。上がりがまちでいい、と遠慮する余一郎を無理やり部屋に引き上げ、手の裏を返したように愛想をふりまく。余一郎の方が、かえって面食らったほどだ。

盆栽は、余一郎が引退した父親の別宅から失敬した、そこそこの年代物だった。これがよほど効いたとみえる。その価値が分かる程度には、隼人の盆栽好みも年季がはいっているらしい。

隼人はすでに両親が他界し、年上の妻女と二人暮らしだと聞いていたが、そのときは不在でほかに人けがなかった。

二人は、手酌で飲み始めた。

余一郎は、彦太郎のことだけぼかして、しのと杉野弥之助に関するいきさつを、簡単に述べた。それからしのの姉、きわの自害届けが出ているかどうか、奉行所の記録を閲覧させてもらえないか、と頼み込んだ。

隼人は盆栽に気を取られ、余一郎の話を上の空で聞いていた。

旗本がらみのもめごとは、どうせ町方の扱いではないと決めてかかったのか、適当に聞き流したようだ。思ったよりもあっさりと、翌朝役所で担当の物書同心に引き合わせてやる、と約束してくれた。

この月、南町奉行所は月番に当たっていなかったが、朝になって余一郎が数寄屋橋御門内を訪ねると、隼人はすでに役所に姿を見せていた。たとえ非番の月でも、市中の見回りだけは南北共同で行なうのが、近ごろの慣習だった。広い江戸を取り締まるのに、それでも与力同心の数が足りないほどなのだ。

隼人は、いつもの仏頂面にもどっていたものの、約束どおり磯田甚内という中年の物書同心に、引き合わせてくれた。

甚内は、火盗改に特別悪感情を抱く様子もなく、淡々と余一郎の用件を聞いて、すぐ仕事に取りかかった。

どうやら心当たりがあったとみえ、甚内は小半刻もしないうちに目的の届書を、探し当てた。南がだめなら、北を当たるつもりでいた余一郎は、ほっとした。

届書は半紙一枚の簡単なもので、余一郎はそれを持参の覚え帳に書き写した。

きわは、下総(しもうさ)船橋宿(じゅく)の商家の出で、死亡時は二十三歳。前年の寛政二年九月に、神田松永町の喜兵衛店(だな)と呼ばれる長屋で、右耳の下を包丁で突いて自害した。自害の理由は、書かれていない。検死をしたのは、神田相生(あいおい)町の医師、江田方庵。届け人は方庵、大家の喜兵衛、妹のしのの三名だった。

きわ、しのがいかなる理由で、またいつごろ江戸へ出て来たかは、明らかでない。

事件当時、この姉妹は喜兵衛店で一緒に暮らしており、二人とも日本橋小舟町の料理屋〈鶴亀〉で、仲居をしていたことが分かった。

余一郎は、帰りに神田松永町へ回って喜兵衛店を訪ね、しのが今も同じ長屋に一人で住み、相変わらず〈鶴亀〉で働いていることを知った。

喜兵衛の話では、しのは前々夜長屋の木戸が閉まる前に、帰って来たという。だとすれば、かどわかされたわけでもないようだ。

余一郎は役宅へもどり、待機していた重蔵と団平に、そのことを報告した。

ついでに、しのが無事に帰宅したと分かった以上、ほうっておいてもよいのではないか、と意見を述べた。

しかし、重蔵は何か気になることでもあるのか、一度しのに会って話をしたいと言った。

それで、こうして小舟町まで出向いて来た、という次第だった。

重蔵は、御用の向きと称して女将(おかみ)に無理を言い、この店の離れを提供させた。

御用と言いながら、冷や酒を所望する重蔵に女将は不審の目を向けたが、結局はその押しの強さに負けたとみえて、言われたとおりにした。

ほどなく廊下に足音がして、団平と若い女が女将に案内され、離れにやって来た。年のわりに、地味な小豆(あずき)色の綿入小袖に身を包んだ、小柄な女だった。団平はおかめ顔と言ったが、色の白い愛嬌のある顔立ちをしている。

女将がいなくなると、重蔵は女に声をかけた。

「その方がおしのか」

「さようでございます。お見知りおきくださいませ」

しのは深く一礼したが、すぐに顔を起こして胸を張った。

「勤めのさなかに呼び出して、すまぬことであったな。おれは火盗改の、近藤重蔵だ。ここにおるのは同心の橋場余一郎、その方を迎えに行ったのは、根岸団平と申すおれの若党だ。覚えておくがよい」

「恐れ入りましてございます」

しのは、青白い頬を緊張でこわばらせながら、軽く頭を下げた。

「そう固くならずともよい。その方に少し、尋ねたいことがある。一昨日団平と、小日向の切支丹坂で、行き合ったそうだな」

「はい。お世話にあいなりまして、まことにありがとう存じました。本日はまた、わざわざ落とした櫛までお届けいただき、お礼の申しようもございませぬ」

「それはもうよい。そのとき、その方は御持弓頭杉野伊織の三男、弥之助という男に包丁をもって、切りつけたそうだな」

しのはうつむき、小さな声ではい、と返事をした。

重蔵が続ける。

「弥之助に包丁を奪われると、今度は団平に姉のかたきだから助太刀をしてくれ、と頼んだというではないか」

しのは平伏した。

「申し訳ございませぬ。頭に血がのぼっておりましたために、心にもないことを口走ってしまいました。どうぞ、お許しくださいませ」

重蔵の目が、ぎょろりと光る。

「心にもないこと、と申すか。その方の姉、おきわが昨年九月に自害いたしたことは、南町奉行所への届書によって、すでに判明しておる。おきわが自害するにいたった事情を、ありていに申してみよ」

しのは、なおも体を縮めた。

「恐れ多いことでございます。一昨日のことは、わたくしの考え違いでございました。どうぞ、お捨ておきくださいませ」

余一郎は、団平に目を向けた。

団平は憮然として、わけが分からぬという風に、小さく首を振る。

「察するに、おきわは弥之助にいいようにもてあそばれ、そのあげく捨てられたのではないか。それが、自害の理由であろう」

重蔵が追及すると、しのは少し間をおいて応じた。

「さようでございます」

重蔵は、さもあろうと言わんばかりに、うなずいた。

「それでその方、姉は弥之助に殺されたも同然と思い詰めて、包丁を振るったのだな」

「お察しのとおりでございます。とはいえ、男女のいきさつは当人同士でなければ分からぬこと、ひとえに杉野さまだけが悪いと思い込んだわたくしにも、とがございます。あまつさえ、初めてお目にかかりました根岸さまに助太刀をお願いするなど、身のほどもわきまえぬ所業でございました。失礼の段を、どうぞお許しくださいませ」

しのは団平に向けて膝を正し、あらためて深ぶかと頭を下げた。

余一郎は拍子抜けがして、しのに問いかけた。

「すると、かたき討ちはあきらめる、というわけか」

しのが、余一郎を見る。

「あきらめるも何も、これはかたき討ちではございませぬ。わたくし一人の、思い込みにすぎないのでございます。姉の自害は口惜しゅうございますが、今さら杉野さまを責めたところで、姉が生き返るものでもなし。きっぱりと、あきらめることにいたします」

若い女に似ず、落ち着いたものの言いようだった。口のきき方も、しっかりしている。さだめし船橋宿の商家でも、れっきとした家柄に違いあるまい。

それにしても、いささかあきらめがよすぎるのではないか。

団平も同じ思いらしく、おもむろに口を開いた。

「ほんとうに、あきらめられるのかね、おしのさん。一昨日のおまえさんの様子では、とてもそういう風にはみえなかったが」

しのは、唇を引き締めた。

「あのおりは、分別をなくしていたのでございます。杉野さまに、その場で返り討ち、と申しましょうか、手討ちにされても、いたしかたのないところでございました。それを根岸さまにお助けいただき、すっかり目が覚めましてございます。今後、あのような愚かな真似はいたしませんので、どうぞお許しくださいませ」

話が途切れて、その場に静寂が流れる。

それを破るように、突然重蔵が言った。

「その方を、団平から引き取って連れ去った男は、何者だ。その方の、存じ寄りの者か」

しのはかすかにたじろぎ、顔を伏せた。

「いいえ、存じ上げぬおかたでございます。気がついてみますと、わたくしはどこかの家の土間に寝かされ、かたわらにあのおかたがすわっておられました。彦太郎と名乗られましたが、わたくしは別のおかた、つまり根岸さまに助けられたと思っておりましたので、ずいぶん驚いたのでございます」

「その男、どこで何をしておる者だ」

「恥ずかしながら、聞きそびれました。駕籠を雇ってくださいましたが、わたくしは家の前からまっすぐ喜兵衛店にもどりましたので、道筋も覚えておりません。あのおかたがどこのどなたか、いっこうに分からないのでございます」

5

杉野弥之助は振り返り、提灯をかざして闇を見透かした。

犬の子一匹いない。

ほっとしたのもつかの間で、いっそう強い不安が込み上げてくる。

神楽坂の小料理屋で、同じ小普請組の朋輩数人と酒を飲んで騒いだあと、神田川沿いに一緒に歩いて帰ってきた。

船河原橋でその半数と別れ、今度は江戸川沿いに北へ向かった。途中でさらに人数が減り、龍慶橋のたもとを過ぎたところで、とうとう一人になった。

神楽坂の帰りはいつもこの道筋を通るので、迷ったり踏みはずしたりする心配はない。気になるのは、きわのことだった。考えまいとすればするほど、きわの顔が頭に浮かんでくる。

きわが自害したのは、むろん自分のせいだと分かっている。確かに、夫婦になると口約束はしたが、それはきわを籠絡する方便にすぎなかった。

旗本、御家人が町家の娘を娶ることは、当然ながら許されていない。少なくとも、正妻にして家に入れることはできず、妾としてどこかに囲うしかない。抜け道もあるにはあるが、ひどく煩瑣な手続きと裏金が必要になる。

杉野家は、家禄こそ四百石にすぎないが、父親の伊織は役高千五百石の御持弓頭を、長く勤めている。それでなくとも、三河以来の直参という誇りがいまだに強く、たとえ三男の嫁取りといえども、うるさく口を出すに違いない。きわとの婚姻など、所詮は絵に描いた餅なのだ。

それにしても、あのおとなしい妹のしのが真っ昼間から、包丁でかかって来ようとは思いもしなかった。ある意味では、きわの自害を知ったときより、驚きが大きかった。

きわは思い詰めるたちで、別れ話を持ち出せば自害する恐れがあることは、ある程度予測できた。しかし、父親と同じ御持弓組の筋から別の縁談が持ち込まれ、その相手が評判の美女ともなれば、是非もない。

きわとは、はなから別れるさだめにあったのだ。

江戸川の土手に沿って、このまままっすぐ歩くと川筋はほとんど直角に、西へ曲がる。川を挟んだ向こう岸には、辻番所の行灯(あんどん)の明かりがかすかに見えるが、こちら側には何もない。

冷たい川風が、土手から強く吹き上げてきて、弥之助は思わず身を縮めた。

これでは、寝酒にもう一杯やらないことには、凍え死んでしまう。

龍慶橋から三町(約三百三十メートル)ほど歩き、川筋に沿って道を左に曲がろうとしたときだった。

やにわに、土塀の角からばらばらと黒い人影が三つ、飛び出して来た。手にした道中差しが、夜目にきらりと光る。

弥之助は足を止め、あわてて土塀を背にした。

「なんだ、おぬしらは。おれは御持弓頭、杉野伊織の一子弥之助だ。人違いいたすな」

相手を牽制しようと、父親の名前を出して呼ばわった。

しかし、遊び人風の人相の悪い男たちは口もきかず、すばやく三方に展開した。じりじりと、間合いを詰めてくる。

「それとも、その方らは物盗りか」

返事がない。

きびすを返して逃げ出すにも、すでに退路をふさがれてしまった。

腕には多少自信があるが、三人一度に切りかかられては、さすがに防ぐすべがない。

弥之助は、刀の鯉口（こいぐち）を切った。

「やめろ。やめないと、手は見せぬぞ」

そう言って提灯を投げ捨てたとき、土塀の陰から別の明かりがのぞいた。

まるで、あたり一面を照らし出そうとするように、長い竿の先につけられた提灯が弥之助の頭上に、高だかと掲げられる。

弥之助が捨てた提灯は、たちまちめらめらと燃え上がった。

長柄提灯を持っているのは、浅黒い顔に油断のならぬ鋭い目をした、四十がらみの男だった。

股引きをはき、小袖の裾(すそ)をからげたいでたちは一見職人風だが、そうでないことは人相からすぐに察しがつく。

男は言った。

「お武家さんに、ちょいと意趣がある。話を聞いてもらおう」

どうやらこの男が、首領格らしい。

「なんだ。さっさと申してみよ」

男が、背後を見返る。

男の陰から、おずおずと進み出た女を見て、弥之助は愕然(がくぜん)とした。

それは、しのだった。

「おしの。これはいったい、どういうことだ」

思わず問いかける弥之助を、しのは思い詰めた顔で睨みつけた。

「知れたこと。姉のかたきを討つのでございます。覚悟なさいませ」

そう言って、短刀の鞘(さや)を払う。

弥之助は、反射的に身構えた。

「まだ、そのようなことを。そもそも、この男たちはいったい、何者だ」

「助太刀にございます。過日、切支丹坂でのいきさつをひそかにごらんになり、この彦太郎どのがわたくしを哀れと思し召して、助太刀を買って出られたのでございます」

長柄提灯の明かりの下で、彦太郎と呼ばれた男がうそぶく。

「そのとおりよ、お武家さん。今どき姉のかたき討ちとは、まことに殊勝な心がけだ。覚悟を決めて、いさぎよく討たれてしまえ」

「ば、ばかな。あのときも申したように、おきわは自害いたしたのであって、おれが殺したわけではない。あれは、世をはかなんでの自害だ」

「何ゆえに世をはかなんだかは、杉野さまがよくご存じでございましょう。夫婦になる、などとできもしない約束をしたあげく、他の娘御との縁談が持ち上がったとたん、手の裏を返したように姉をお見捨てになりました。そのために、姉は自害したのでございます。姉はおなかに、おまえさまのややこを宿しておりました。さぞ無念だったに違いありませぬ。考えるだに、はらわたのちぎれる思いがいたします。その恨みを、姉に代わってはらさせていただきます」

しのは決然と言い、胸に短刀を構えた。

そのとたん、右手にいた頬に傷のある男が不意をついて、弥之助に切りかかった。

弥之助はその刀をはねのけ、中央にいる主力らしい坊主頭の男を一撃しようと、切っ先をずいと突き出した。

とたんに、左側にいたすばしこそうな小男が体をかがめ、道中差しを横に払う。

その刃先が、あわてて飛びしざろうとした弥之助のすねを、わずかにえぐった。

「ち」

弥之助は舌を鳴らし、たたらを踏んで土塀に背を打ちつける。

「やっちまえ」

彦太郎がどなったとき、坊主頭が急に悲鳴を上げてその場にうずくまった。

彦太郎は、あわてて長柄提灯をぐるりと巡らし、土手の上を照らした。

土手下から上がって来たらしい、背の高い着流しの浪人者が抜いた刃を上に向け、その場にのそりと立っていた。

どうやら坊主頭は、浪人者に峰打ちを食らったらしい。道中差しを投げ出し、地面に転がって唸(うな)り声を上げる。

「な、なんだ、てめえは」

彦太郎がわめくと、浪人者は口元に冷笑を浮かべた。

「うるさくて、夜釣りもできぬわ。見れば、このざまだ。一人を相手に、寄ってたかって切りかかるとは、理不尽ではないか」

「黙りやがれ。こいつは、れっきとしたかたき討ちだ。おめえさんには関係ねえ。すっ込んでいてもらおう」

「かたき討ち。それがまことなら、このような闇討ちはすまいに」

それを聞いた弥之助は、肩で息をしながら言った。

「さよう、これは闇討ちでござる。拙者は御持弓頭、杉野伊織の一子弥之助と申す者。ごらんのとおり、不意をつかれて難儀をいたしております。どうか、ご助勢を」

しのが叫ぶ。

「杉野弥之助は、まことにわたくしの姉きわの、かたきでございます。女一人には荷が重すぎまするゆえ、余儀なくこのみなさまに助太刀をお頼み申しました。どうぞお手出しは、ご無用に願います」

彦太郎が、それをさえぎるようにどなった。

「いいから、やっちまえ。一人も二人も同じことだ」

頬に傷のある男と、もう一人の小男が弥之助から目を転じて、浪人者に向かう。

そのすきに、しのが短刀を諸手(もろて)に構えて、弥之助に迫って来た。

「やめろ、おしの。おまえを切りたくない」

それは本心だった。相手が自害するのは勝手だが、女を自分の手にかける度胸はない。

しのは何も言わずに、突っ込んで来た。

弥之助は危うくそれをかわし、のめったしのの肩を右手でどんと突いた。

しのが声を上げ、土の上に突っ伏す。

その間にも他の二人の男は、浪人者のすさまじい太刀さばきに土手際へ追い立てられ、右往左往していた。

彦太郎があわてて、長柄提灯をたぐり寄せる。

「くそ、出直しだ。引け、引け」

そうどなって、あいた手で倒れたしのを引き起こした。急いでその場を、立ち去ろうとする。

二人の男も刀を引き、傷ついた坊主頭の仲間に手を貸して、彦太郎のあとに続いた。

と、彦太郎は急に足を止めて弥之助を見返り、言葉を投げつけた。

「これであきらめた、と思うなよ。おめえの屋敷は、とうに調べがついてるんだ。赤穂浪士じゃあねえが、近いうちに討ち入りとしゃれこんでやる。こりゃ、脅しじゃねえ。素っ首洗って、待っていやがれ」

五人は足音を乱して、そのまま闇の中に消えた。

弥之助は、へなへなと地面に尻をついた。

気がつくと、浪人者が自分のものらしい提灯に灯を入れて、土手から上がって来た。

「だいじょうぶか。袴の裾が、切られているようだが」

弥之助は、土塀に手をついて立ち上がった。

「すねを切られましたが、たいしたことはございません。かたじけない、おかげで助かり申した。おてまえは、なんとおおせられるか」

「武州浪人、笠原小源太と申す。お住まいは、このお近くか」

「ついそこの、川向こうでござる。お差し支えなくば、お手をお貸しくださらぬか。屋敷へもどって、ゆっくりこの礼をさせていただきたい」

笠原小源太と名乗った浪人者は、提灯を持ったまま少し思案した。

「よかろう。このまま、ほうっておくわけにもいくまい。肩につかまられよ」

弥之助は小源太の肩を借り、土塀の角を曲がって江戸川沿いの道を西へ向かった。一、二町先に中ノ橋があり、それを渡って御持筒組の大縄地を抜ければ、小日向台へのぼる坂道に出る。

歩きながら、弥之助は考えを巡らした。

彦太郎と名乗った男は、いったい何者だろう。

切支丹坂でのいきさつを見たというが、それだけであれほどしのに肩入れするものだろうか。しのに惚れたとか、いい仲になったというわけでもなさそうだ。何か、下心があるに違いない。

いずれにせよ、彦太郎が残した捨てぜりふが気になる。実際に、屋敷などへ討ち入られた日には、たまったものではない。

今の屋敷はもともと、父の親戚筋にあたる杉野清右衛門が拝領したものだった。

清右衛門は二年ほど前、労咳(ろうがい)にかかって妻ともども伊豆へ療養に行くことになったが、子供がいないため杉野伊織に屋敷の管理を頼んだ。

伊織は二つ返事で引き受け、そこに弥之助を住まわせることにした。

弥之助は三男で、本来は家を継ぐ立場にない。そのため、小普請入りをして役がつくのを待つ身だが、兄二人はまじめなだけでともに体が弱い。場合によっては、跡継ぎに指名される可能性もないではない。

ただし今のところ、父親はとかく行跡の悪い弥之助を好ましく思わず、当座実家から遠ざけて様子をみよう、と考えたようだった。弥之助にしても、うるさい親元から離れれば羽が伸ばせるので、渡りに船と清右衛門の屋敷に引き移った。

気楽なのはありがたいが、屋敷には雑用をする老僕と飯炊きの小女がいるだけなので、日常の暮らしには不自由する。そのため、取り替え引き替え女を屋敷に連れ込むことになったが、きわもその一人にすぎなかった。

ただし、近ごろ縁談が持ち上がったため、女の出入りは差し止めにして、小普請組の朋輩を二人ほど、居候させている。

しかし、この二人は道場仕込みの棒振り剣術で、あまり頼りにならない。かりに彦太郎が、新手を雇って押しかけるようなことになった場合、用心棒の役には立たないだろう。

そこへいくと、先刻目にした笠原小源太の太刀さばきは、実戦で鍛えた迫力がある。かなりの腕の持ち主と見た。

中ノ橋を渡りながら、弥之助は思い切って話を持ちかけた。

「おてまえの腕を見込んで、いささか相談ごとがございます。しばらくわが家に、ご逗留いただくわけにまいりませぬか」

6

杉野弥之助と浪人者は、屋敷の中に姿を消した。

しばらく様子をうかがってから、橋場余一郎は急いで本郷元町へ向かった。

三念寺門前の〈はりま〉は、すでに戸をたて店じまいをしていた。

羽目板をたたくと、えんが戸をあけてくれた。

奥の板の間で、近藤重蔵と主の為吉が酒を飲みながら、鍋をつついている。

為吉は、もと播磨灘沖右衛門と名乗った幕内の角力取りで、背は重蔵よりも二、三寸低いが、肩幅の広いがっしりした体格の持ち主だった。どこにそんな才覚があったものか、えんの父親が死んだあとは一人で厨房に立ち、えんも驚くほどの調理の腕を発揮した。太い指を器用に使って、大根を桂むきにしたり繊切りにしたりするさまは、ちょっとした見ものだ。

余一郎は板の間に上がり、できるだけ鍋に体を近づけた。腹も減っているが、底冷えのする夜道を歩き続けて来たので、死ぬほど火の気が恋しかった。

重蔵が、冷や酒をあおって言う。

「遅かったな。何か、動きがあったか」

余一郎はその日一日、弥之助のあとをつけ回していたのだ。

「はい。おしのがまた、杉野弥之助を襲いました。例の彦太郎とその仲間が三人、助太刀に加わりました」

「場所は」

ざいました」

「神楽坂の小料理屋からの帰り道で、牛込と小石川、小日向を挟む江戸川の、土手上でご
「して、首尾はどうであった」

「多勢に無勢で、危ないところでございましたが、そこへ思わぬ助勢がはいりました」

「助勢。何者が、どこから現れたのだ」

「浪人者が、土手下から上がってまいりました。夜釣りをしていたらしゅうございます。

笠原小源太と名乗る、三十半ばのかなり腕の立つ浪人者でございました。彦太郎一味は、
ひとたまりもなく蹴散らされて、おしのともどもほうほうの体で逃げ去りました」

「団平はどうした」

根岸団平は、しのを見張りに回っていた。

「どこかに隠れていたと存じますが、暗闇のこととて顔を合わせる暇もなかったのでござ
います。そのまま、彦太郎とおしののあとを追って行ったはずでございますから、ほどな
くもどってまいると存じます」

重蔵は、懐に入れた手を襟元からのぞかせて、顎をなでた。

「それから、どうした」

「笠原小源太は、すねを切られた弥之助に肩を貸して、小日向台の屋敷へ送ってまいりま

した。一緒に中にはいったまま、なかなか出て来る気配がございませんので、わたくしも引き上げて来た次第でございます。弥之助は、彦太郎が逃げ際にこの次は屋敷に討ち入る、とか捨てぜりふを残したのを聞いて、小源太を用心棒として泊めることにしたのかもしれませぬ」

えんが、湯気の立つちろりを下げ、板の間に上がって来る。

「聞いていれば、とんだ浪人者じゃございませんか。わたしなら、そのおしのという娘に加勢して、かたきを討たせてやりますよ」

そういうえんを、為吉がたしなめる。

「人情はそうでも、理屈が通らぬ。かたき討ちなら、お奉行所へ正式に届け出て許しを受けるとか、それなりの筋道というものがある」

おえんは、為吉を睨んだ。

「それは、お武家さまの定法だよ。町家の者が、まして自害した姉のかたき討ちを願い出たところで、お許しの出るわけがない。だからこそ、おしのはごろつきに助太刀を頼んでまで、自分でかたきを討とうとしたんじゃないか」

余一郎は、重蔵を見た。

「そこでございます。あの彦太郎一味が損得抜きで、ただおしのを哀れに思って助太刀を買って出たとは、どうしても思えませぬ。団平に嘘を申して、おしのを連れ去ったことといい、やはり裏に何かあるような気がいたします」

「うむ」

重蔵はうなずいただけで、何も言わなかった。

えんが、じれったそうに口を開く。

「裏に何かあるって、それはどういうことでございますか、橋場の旦那」

「たとえば、おしのが小金を貯めていて、それを助太刀料に巻き上げるとか、だな」

えんは、口元に手を当てて笑った。

「そんなけちなごろつきでは、とても助太刀になぞなりますまい」

「あるいは親元から、もっと金を引き出すつもりかもしれぬ。おしのの立ち居振る舞い、口のきき方からしてよほどの商家の娘、という気がするのだ」

「いいお家柄だとしても、姉妹そろって江戸の料理屋へ働きに出るからには、だいぶ傾きかかった商家に違いございませんよ」

えんが決めつけると、重蔵は苦笑いをした。

それから、思い出したように口を開く。

「団平の報告によると、杉野の屋敷の南側斜面、神田上水の白堀に面して、寺が三つか四つ並んでいる、という話であったな」

　余一郎は、記憶をたどった。

「さようでございます。確か、西側から善宝寺、月輪寺、光楽寺、称仁寺と、四つ山門を並べている、と申しておりました」

　為吉が、余一郎を見る。

「橋場さま。コウラクジとは、光る楽しみと書くのでございますか」

「さよう、その光楽寺だ。知っているのか」

　為吉は、軽く眉をひそめた。

「はい。小日向の光楽寺でございましたら、よからぬ噂を耳にしております」

「よからぬ噂。女犯か」

「その程度なら、珍しいことではございません。光楽寺の住職、日乗和尚はひそかに高利の金貸し業を営み、巨額の富をむさぼっておるそうでございます。借りた者が、きつい返済の催促にひどく難儀をする、といわれております」

　えんがあとを受ける。

「そうそう、つい先日もここで加賀藩の若い藩士のみなさまが、日乗に金を借りて返せなくなり、入水した旗本のご新造さまの話をしておられました。ずいぶんあこぎな坊主だ、という声をあちこちで耳にいたします。お寺の蔵に、千両箱が十も二十も積んである、ともっぱらの評判でございますよ」

余一郎はうなずいた。

「言われてみれば、その噂は聞いたことがある。小日向の光楽寺とまでは、はっきり覚えておらなかったが」

重蔵が口を開く。

「だとすれば、少々気のきいた盗賊が光楽寺の金蔵を破って、千両箱を頂戴しようという気になっても、おかしくないな」

余一郎が聞き返すと、重蔵はまた顎をなでた。

「気のきいた盗賊、とおおせられますと」

「たとえば、七化けの八右衛門よ」

余一郎は驚き、杯を宙に止めた。

「七化けの。あの八右衛門が、噂だけでなく実際に江戸へもどって来た、とお考えでございますか」

「古い調書を繰ってみたのだが、八右衛門は消息を絶つ三年前までの二年間に、御府内で六件の盗みを働いておる。そのうち半数の三件が、寺への押し込みだ。いずれも金貸し、賂の取り次ぎなどで巨利をむさぼる、評判の悪い寺ばかりであった。寺に関わる盗難は、むろん寺社奉行の支配だが、ほとんど探索の手がついておらぬ。八右衛門が、こたび光楽寺に目をつけたとしても、不思議はないと思わぬか」

余一郎は杯を置き、重蔵の方に膝を詰めた。

「すると、あの彦太郎とやらが八右衛門ではないか、とおおせられますか」

「彦太郎か、それ以外の仲間の者かは分からぬが、そう考えても不都合はあるまい」

長柄提灯の下に浮かんだ、色浅黒く目つきの鋭い彦太郎の顔が、まぶたによみがえる。あの男が悪名高い、七化け八右衛門なのか。

為吉が乗り出す。

「しかし、近藤さま。光楽寺は、四方とも忍び返しつきの高い土塀に囲まれた、砦のような寺と聞いております。千両箱一つ持ち出すにも、滑車の仕掛けが必要になりましょう。それに、坊主の中には宝蔵院流の槍術を極めた猛者もいる、という話でございます。あの寺に押し込むのは、なかなかにむずかしいと存じますが」

「八右衛門はこれまで、門を打ち破って押し込むような荒ごとは、したことがない。狙いをつけたとすれば、何か別の手立てを講じておるはずだ」

余一郎は、急き込んで尋ねた。

「たとえば、どのような」

重蔵はおもむろに冷や酒をあけ、えんにお代わりを言いつけた。

えんが、徳利から湯飲みに冷や酒を注ぐのを待って、重蔵は口を開いた。

「おれは去る年、駿河台の中川さまのお屋敷で、切支丹屋敷にまつわる古文書を見たことがある」

「まことでございますか」

余一郎は、思わぬ話の展開に不安を覚えつつ、聞き返した。

中川勘三郎は三年前の天明八年、三十六歳で小普請組支配から目付に昇進した、切れ者の旗本だ。

かつて重蔵の父右膳は、勘三郎の屋敷へ四書五経の進講に訪れるとき、しばしば重蔵を帯同した。勘三郎は重蔵の利発を喜び、何かにつけ屋敷に呼んでは古文書、書誌の話に熱中した。それ以来二人の間に、親交が深まったと聞く。

とはいえ、切支丹信仰は慶長以来固く禁じられており、切支丹に関する書籍や遺物をひそかに所持し、あるいはみだりに閲覧させることもご法度、とされている。そのような話が外に漏れたら、勘三郎も重蔵もただではすむまい。

重蔵は、顔色を見て余一郎の不安を察したらしく、にやりと笑った。

「心配いたすな、余一郎。おまえたちが告げ口でもしないかぎり、この話はどこにも漏れはせん」

「告げ口などと、めっそうもない」

余一郎が言うと、えんも眉を吊り上げて同調する。

「そうでございますとも。わたしどもは口が裂けても、ここでのお話を外へ漏らすものじゃございません。ねえ、おまえさん」

そう念を押されて、ぼうっとしていた為吉もあわててうなずく。

「おえんの申すとおりでございます。して、その古文書にはどのようなことが、書いてございましたので」

「小石川の切支丹屋敷ができたのは、今から百五十年ほど前の正保年間のことだ。頑固な伴天連や切支丹を捕らえて吟味し、場合によっては牢問い、拷問にかけるなどして、棄教させるのが目的だった。和名を岡本三右衛門と申す伴天連は、棄教したあとも解き放たれることなく、都合四十年も屋敷から一歩も出ずに暮らしたそうだ」

えんが、袖で口をおおう。

「まあ。四十年も、でございますか。聞いただけで、気が遠くなります」

それにかまわず、重蔵は続けた。

「そうやって、伴天連も切支丹もしだいに死んで数が減っていくと、切支丹屋敷もそれほど広い敷地がいらなくなる。時代がくだるにしたがって地割りを削られ、そのあとに旗本屋敷が建つことになった。享保年間に、建物が火事で焼失したあとは、建て替えも行なわれておらぬ。今は役人も管理を怠りがちで、草ぼうぼうだと団平が申しておった。おそらく、ここ一、二年のうちに取り壊されて、あの一帯はすべて旗本屋敷になるだろう」

余一郎は咳払いをして、ためらいがちに口を挟んだ。

「して、近藤さま。その切支丹屋敷と、七化け八右衛門の光楽寺押し込みとの間に、どのような関わりがございますので」

重蔵は体を乗り出し、少し声を低くした。

「実は、中川さまご所持の古文書の中に、切支丹屋敷の絵図面があってな。そのことを思い出して、今日の昼にもう一度閲覧をお願いしたのだ」

そこまで言ったとき、表の戸がことことと軽い音を立てた。

余一郎はぎくりとして、為吉と顔を見合わせた。

えんが席を立ち、土間へおりて表戸に近寄る。

「どなたさまでございますか」

声をかけると、団平でございます、と返事があった。

「なんだ、団平か」

余一郎はほっとして、肩の力を抜いた。

重蔵は話を中断して、板の間に上がった団平にまず熱い酒を一杯飲ませ、それから報告を求めた。

団平は、鍋のかかった七輪に手をかざしながら、話を始めた。

しのはその日、〈鶴亀〉を休んで喜兵衛店の長屋に、引きこもっていた。

日が暮れてほどなく、みるからに身ごなしの軽そうな遊び人風の小男が、しのを訪ねて来た。

二人は連れだって、喜兵衛店を出た。

団平があとをつけると、二人は例の彦太郎が煙草売りのなりで出て来た、小日向台のしもた屋風の家にはいった。

小半刻ほどして、しのがふたたび姿を現したときは、小男のほかに彦太郎、それにもう一人坊主頭の男と、合わせて四人に増えていた。

長柄提灯をぶら下げた彦太郎を先頭に、四人は神田上水、江戸川を渡って例の土手の曲がり角へ行った。

「そこで、土手下の草むらにかくれて小半刻ほど、待たされました。やがて、暗闇の中をだれかが龍慶橋の方から駆けてまいり、弥之助がやってくることを報告いたしました。頬に傷のある、若い男でございました」

団平が言うのに、余一郎は言葉を補った。

「それが彦太郎の、三人目の子分だ」

団平はうなずき、話を続けた。

「そのあと、一味は弥之助を待ち伏せして、かたき討ちが始まったのでございます」

重蔵が、おもむろに言う。

「途中で、笠原小源太が現れて弥之助を助けたことは、先刻余一郎から話を聞いた。彦太郎一味とおしのが、その場を逃げ出してからあとのことを、聞かせてくれ」

「彦太郎一味とおしのは、龍慶橋のたもとで別れましてございます。ただ、迎えに行った小男がまたおしのを、喜兵衛店まで送ってまいりました。彦太郎ら残りの三人は、龍慶橋から例のしもた屋へもどったもの、と存じます」

重蔵は、髭(ひげ)で青みを増した顎を指先でこすりながら、視線を宙に浮かせた。

「ふむ。また子分に、おしのを家まで送らせたか。ずいぶん、律義なごろつきだな」

団平も今さらのように、感じ入った面持ちで腕を組んだ。

「よく考えますと、まことにそのとおりでございますな」

重蔵は、余一郎と団平を見比べた。

「七化け八右衛門は、これまでの押し込みで一人も人を殺めておらぬ。六件の働きで、八右衛門が手傷を負わせた者は、わずか二人にとどまる。それも大仰に騒ぎ立てたり、ひどく抵抗したりした者ばかりで、いずれもたいした手傷ではない。その律義なやり口が、やつめの正体を示してくれるやもしれぬ」

7

一町ほど先に、辻番所の灯がぼんやりと見える。

しのは、土塀に沿って彦太郎の後ろを歩きながら、体の震えを抑え切れなかった。

切支丹坂での一件から、すでに十日ほども過ぎている。

あの日、根岸団平の腕の中で意識を失ったしのは、気がついてみるとどこかの家の蒲団に寝かされ、そばに団平ならぬ見知らぬ男が控えていた。

それが、彦太郎だった。

彦太郎は、ものかげから切支丹坂でのいきさつを見ていた、としのに告げた。不憫に思ったので、あの若党らしき男からわざわざしのを引き取り、近くの家へ運んで来たのだという。

しのが落ち着きを取りもどしたころ、彦太郎は姉のかたきを討とうという殊勝な心根に打たれたので、その手助けをしたいと言い出した。

しのは、見も知らぬ男が示した突然の好意に、不審を覚えぬでもなかった。しかし、姉の恨みを晴らしたい一心で、その申し出を受け入れた。

助太刀料もいらぬ、という彦太郎の義俠心(ぎきょうしん)にますます驚きながら、藁(わら)にもすがる思いでその言葉を信じた。あるいは彦太郎自身が、杉野弥之助に恨みを抱く身なのかもしれぬ、という考えもちらりと浮かんだ。

そのかたき討ちが、正式の許可を得られないものである以上、助太刀についても他言無用、と彦太郎は釘(くぎ)を刺してきた。むろんしのに、否やはなかった。

翌々日、団平に〈鶴亀〉から連れ出されて、近藤重蔵や橋場余一郎から事情を聞かれたとき、かたき討ちをあきらめるふりをしたのも、そのためだった。

江戸川沿いの土手で、弥之助を討ち漏らしたときはさすがに気落ちして、もうあきらめるしかないと思った。

しかし、彦太郎も仲間の男たちもあきらめてはならぬ、としのを励まし続けた。
二、三日して彦太郎から、あのとき土手下から現れて弥之助に助勢した浪人者が、杉野たわむれにも討ち入りなど叶わなくなった、と一時はかたき討ちを断念しようとしたのだ。ところがこの日の早朝、いつも送り迎えをしてくれる小助が喜兵衛店へ姿を現し、今夜討ち入るから店を早引けするように、との彦太郎の言づけを伝えた。

承知した、と小助に返事をしたもののあとで不安が募り、例の浪人者がいなくなったのだろうか、それとも新手の助太刀でも雇ったのだろうかと、あれこれ思い悩んだ。

その不安は、弥之助の屋敷に向かって闇の中を忍び歩く今も、消えていない。新手の助太刀が加わった様子はなく、浪人者が姿を消したという知らせもない。

空は厚い雲におおわれ、身を切るような寒風が裾を乱す。

気がつくと、夜目にも白いものがちらちらと中空に舞い、頰を冷たいものが濡らした。雪だった。雪が降り出したのだ。

先頭に立つ彦太郎が言う。

「雪になったぜ。急いだ方がいいな」

しののうしろで、清七が小声で応じた。

「まずいじゃねえか。足跡が残るぜ」

清七は頰に傷のある、しのと同じ年ごろの若者だった。

その後ろで、今度は坊主頭の長元坊と名乗るえせ坊主が、かすれ声でささやく。

「心配するない。このまま降り続けりゃあ、朝方までには足跡を消してくれるわ」

「しかし、降り積もればかえってこの黒装束も、人目につくぞ」

不安そうに言う清七に、彦太郎が応じる。

「心配するな。隠れ家は、つい目と鼻の先だ。ブツを運び込むのに、さして時もかかるめえよ」

その一言で、やり取りは終わった。

ほどなく左手の闇に、古い両扉の冠木門が浮かぶ。

辻番所の灯は、ここまで届いて来ない。まだ雪の量はたいしたことがないから、かりに闇を透かして見ても、黒装束に気づかれることはないだろう。

「行くぞ」

彦太郎は短く言って、門の脇のくぐり戸を押した。だれかが閂をはずしたのか、戸は難なく開いた。

全員がはいるのを確かめて、長元坊がくぐり戸を閉める。

彦太郎が、しのの耳に口を寄せた。

「どんなことがあっても、声を出しちゃあならねえよ。おれっちの言うとおりにすりゃ、かならずかたきを討たせてやるからな」

「はい」

しのは武者震いしながら、彦太郎のあとについて石畳を伝った。

顔に降りかかる雪が、いっそう冷たくなる。木立が風を受け、重い音を立てて揺れた。

暗くてよく分からないが、敷地も屋敷もかなりの広さのようだ。

闇に沈む建物に沿って、植え込みの中を庭とおぼしき方へ回って行く。

物置の前を抜け、突き出た建物の角を曲がったとき、前方の庭がほんのりと明るいのに気づいた。屋敷の中から、明かりが漏れているのだった。

彦太郎がためらいもせず、ずかずかと庭先に踏み込む。

しのも思い切って、そのあとに続いた。

雨戸の開いた縁先から、燭台を数本立て回した広い座敷をのぞき見て、しのは思わずたじろいだ。

先日、江戸川沿いの土手でかたき討ちのじゃまをした、あの背の高い浪人者が大刀の柄を敷居に突き、柱にもたれて立っている。着流しの袷の、肩口や裾のあたりに泥がこびりついたような、土色の汚れがある。

一瞬身構えたしのは、さらに座敷を見回してあっけにとられた。

座敷の畳が何枚か上げられ、中央に黒ぐろと床下が口をあけている。

しかも、立てられた畳の前に、高手小手に縛り上げられ、猿ぐつわをかまされた侍が三人、転がっているではないか。

彦太郎が恐れる風もなく、浪人者に声をかける。

「上首尾のようだな、七化けの」

七化け。

しのは驚き、浪人者の顔を見た。

年のころは三十五、六、そげた頬に切れ長の目、これで肉がつけば役者にしてもいいほどの、いい男だった。

彦太郎の口のきき方から、二人が敵同士でないことはすぐに分かった。

いったいこれは、どういうことだろうか。

浪人者が言う。

「見てのとおりだ、抜かりはない」

「下働きのじじいと、飯炊きの小女はどうした」

「縛り上げて、物置にほうり込んである」

「よし。例の抜け道は、それか」

「そうだ。床下の穴を南へ伝って行くと、光楽寺の裏の墓地へ出る。金蔵はそこから、三十間ほど東へ寄ったところにある。かなり手ごわい錠前だが、あとはおぬしの仕事だ。腕を見せてもらうぞ、抜き錠の」

「任せておけ」

抜き錠と呼ばれた彦太郎は、長元坊らに顎をしゃくって座敷に上がり、床下の穴に飛びおりた。子分たちも、それに続く。

その姿が消えると、浪人者がやおら言った。

「そこは雪に濡れる。縁先に上がれ」

しのはわれに返り、言われたとおりにした。つい、草履(ぞうり)を脱いでしまう。

その場に転がされた侍のうち、一人は杉野弥之助だった。あとの二人は見たことのない顔で、薬でも盛られたのかぴくりともしない。

弥之助一人が目をむくようにして、しきりにしのから離れようともがく。浪人者にやられたらしく、目の縁に青あざができている。

しのは、ようやく得心がいった。

浪人者を見て言う。

「おまえさまがたは、盗っ人だったのでございますね。わたくしのかたき討ちにこと寄せて、本心はお隣の寺に押し込む魂胆だったのでございましょう」

浪人者は、低く笑った。

「そうだ、そのとおりだ。おれは七化けの八右衛門、おまえが彦太郎と呼んでいた男はおれの相棒で、抜き錠の留五郎という。もしおまえが、奉行所なり火盗改の調べを受けることになったら、正直におれたちのことを話していいぞ」

七化けの八右衛門。抜き錠の留五郎。

それは、ここしばらく鳴りをひそめていたものの、いずれもひところ江戸市中を大いに騒がせた、盗賊の名前だった。

しのは、唇を嚙み締めた。

知らぬこととはいえ、法をあざむく盗賊の一味に助太刀を頼んでしまったとは、泣くに泣けない気持ちだった。

「留五郎らがもどるまでに、半刻ほどかかるだろう。その間に、おまえのかたき討ちをすませるのだ。おまえを利用したのは確かだが、約定を違（たが）えるつもりはない。おまえが、その弥之助の息の根を止めるのを、ここで見届けてやる。場合によっては、手助けもしてやろう。みごとに、かたきを討ってみよ」

そう言われて、しのはわれ知らず短刀を抜いた。

七化けの八右衛門は、これまでだれにも素顔を見せたことがない、といわれている。今の侍姿が、実の八右衛門の正体かどうかは分からないが、とにかく自分は顔を見てしまった。八右衛門はおそらく、生きて自分を帰すつもりはないだろう。

それならばいっそ、姉きわのかたきを討ってから、あの世に行きたい。

しのは縁に膝をつき、右手に短刀を構えると、左手で弥之助の髻(もとどり)をつかんだ。これで喉(のど)を突けば、弥之助もさして苦しまずに成仏するだろう。

猿ぐつわの下で、弥之助が何か言おうとする。

今さら命乞いをしても、遅すぎる。たとえ夫婦になれなくとも、弥之助が誠を通すべきはほかにもあったはずだ。そうすれば、姉も自害せずに弥之助の子を生み落として、別の道をあゆむこともできたかもしれない。

短刀を、ぐいと喉元に突きつける。

弥之助の目に、恐怖の色がやどった。芋虫のようにもがき、畳をすさって逃れようとする。しのは髻をつかみ直し、もう一度切っ先を向けた。

そこで不意に、体が動かなくなった。

背後から、八右衛門が言う。

「どうした。とどめを刺せぬのか。なんなら、手伝ってやってもよいぞ」

しのは、少しの間弥之助を睨んでいたが、結局つかんだ髻を放した。

短刀を、庭に投げ捨てる。

八右衛門は、驚いたように声を上げた。

「どうしたのだ。気後れしたか」

「かたき討ちは、やめにいたしました。助太刀も、もはやご無用でございます」

それを聞いた弥之助の目に、安堵の涙が浮かぶ。

しのは、体の中に雪が吹き込んだような気がして、身震いした。

八右衛門の、途方に暮れた声が響く。

「やめにする、とな。なぜだ」

「このような男を殺しても、何にもならないからでございます。今そのことに、気がつきました。弥之助どのが死んだとて、姉が生き返るわけでもございませぬ」

「そうか」

八右衛門は、そのまましばらく押し黙っていた。

やがて、しのを静かに押しのけると、弥之助のそばに膝をついた。

大刀を置き、脇差を抜く。

しのは、その腕を引き留めた。

「何をなさいます。助太刀はご無用、と申し上げたはず」

「心配するな、殺しはせぬ。ただ、このままですましては、なんの薬にもならぬからな」

八右衛門はそう言って、弥之助の髻を根元から断ち切った。

ざんばらになった髪を、つかんでは切り、つかんでは切りする。弥之助の頭は、たちまち見苦しい坊主になった。

情けない顔ですすり泣く弥之助を見て、なぜか腹のそこから込み上げてくるものを、こらえ切れなくなった。

しのは、とめどもなく笑い出していた。

8

薄く雪の降り積もった道に、黒い影が二つ、三つと姿を現した。

杉野弥之助の屋敷から出て来た人影は、今や合わせて六人になった。そのうち五人は、肩に何か重そうな荷物を、かついでいるように見える。

一刻も前から、荒れ果てた切支丹屋敷の跡地に待機していた火盗改、松平左金吾組の与力同心小者、総勢三十名は半数ずつの二組に分かれ、杉野弥之助宅に続く道の両側の角に潜んで、今や遅しと合図を待っている。

人影が土塀に沿って、ひたひたとこちらへ向かって来た。

鎖帷子（くさりかたびら）、籠手（こて）にすね当てをつけ、捕物姿になった橋場余一郎は、長十手を強く握り締めて、近藤重蔵の顔を振り仰いだ。

陣笠をかぶり、火事羽織りに野袴の正装に身を固めた重蔵が、右手を上げて短く下知する。

「龕灯（がんどう）」

同心、小者の持つ龕灯に、ただちに灯が入れられた。

鞍上に控えた組頭の松平左金吾が、馬に軽く一鞭くれて道に乗り入れる。

たちまち龕灯がいちどきに巡り、雪道をやって来る人影の群れに向けられた。

左金吾が、大音声で呼ばわる。

「火盗改の松平左金吾である。その方ら、七化けの八右衛門、抜き錠の留五郎、およびその一党の者どもと見た。いささか詮議の筋あるによって、ただ今この場で召し捕る。神妙にいたせ」

龕灯に目を射られた一味が、ののしり声を上げて肩の荷物を投げ出し、もとの道を駆けもどる。壊れた箱の一つから、雪の上に金色に光るものがにぎやかな音を立てて、こぼれ散った。

逃げる一味を迎え撃つように、道の反対側から筆頭与力佐田陣十郎（さたじんじゅうろう）の率いる分隊が、どっと攻め寄せて来る。

一味は挟み撃ちにされ、たちまち浮足立った。

中の一人、背の高い浪人者が黒装束の一人を腕にとらえ、大声で叫んだ。

「寄るな、寄るな。いかにもおれは、七化けの八右衛門よ。そしてこれは、われらが人質、罪もない町家の女だ。手を引かねば、容赦なく切り捨てるぞ」

抜いた大刀の刃を、黒装束の女の喉元に突きつける。

引きつったその顔は、過日江戸川の土手上で弥之助に助勢し、彦太郎一味を追い払った浪人者だった。

余一郎は、一瞬棒立ちになった。

七化けの八右衛門が、彦太郎ではなくこの浪人者だったとは、思いも寄らなかった。

そして、八右衛門の腕の中で身をすくませている女は、まさしくしのだった。

余一郎は、重蔵に向かって叫んだ。

「近藤さま。あれは、おしのでございます。捕り方を、おとどめください」

それより早く、馬上の左金吾がどなる。

「捕り方、待て。その場に控えよ」

にじり寄った同心、小者たちはいっせいに足を止めて、様子をうかがった。

余一郎も息を詰め、成り行きを見守る。

黒装束の男たちは、浪人者としのを守るように取り囲み、必死の形相で道中差しを構えた。彦太郎をはじめ、いずれも江戸川の土手上で弥之助を襲った、おなじみの面々だ。浪人者が八右衛門とすれば、彦太郎は抜き錠の留五郎の変名だろう。

捕り方の中から、重蔵がずいと進み出る。

その並はずれた体軀に、さすがの八右衛門もたじろいだ。

重蔵が呼びかける。

「往生際が悪いぞ、八右衛門。その女は、人質にならぬわ。許しも得ず、私に姉のかたき討ちを図るとは、ご定法にそむく不届きな振る舞いである。その方の刃にかかったとしても、自業自得というものであろう。神妙にいたさぬと申すなら、女ともども切り捨ててくれるぞ」

「ぬかせ」

坊主頭の男が、刀を振りかぶって切りつける。

重蔵は、大きな体をすいとかがめて切っ先をはずし、手にした鞭でたたらを踏んだ坊主頭の首筋を、したたかに打ちのめした。

坊主頭は道中差しを投げ出し、雪の上に這いつくばって、喪心した。

さらに重蔵は羽織りの裾をひるがえし、ここぞとばかり切りかかる彦太郎ら一味を、瞬く間にその場に打ち据えた。

捕り方が飛びかかり、男たちに容赦なく縄をかける。

重蔵はあらためて、八右衛門の方に向き直った。

「一つ聞こう。その方、このおしののかたき討ちに手を貸し、杉野弥之助をみごとに仕留めたか」

八右衛門は、なおもしのの喉から刃先を離さず、しゃがれ声で応じた。

「弥之助は、生きておる。かたきを討たせてやろうとしたが、この女、急にかたき討ちはやめにしたと申して、短刀を投げ出したのだ。ほうっておくのも業腹ゆえ、弥之助を丸坊主にしてくれたわ」

重蔵が、声を励まして言う。

「その方、光楽寺に押し込むためにおしのを利用しながら、かたきを討たせようとの約定を守ったこと、まことに殊勝である。これまでの押し込みで、一人も人を殺めなかったことも、悪党ながら仁義ありとほめてつかわす。この上はおとなしく、お縄につくがよかろう」

八右衛門はためらい、いまいましそうに聞き返した。

「なぜおれが、光楽寺に押し込むと分かった」

重蔵は、鞭で自分の首を軽く叩いた。

「さて、それはむずかしい問いだな。その方が手に入れたのと、同じ手がかりをこちらも目にするおりがあった、とだけ申しておこう」

八右衛門の目に、驚きの色が浮かぶ。

「あの絵図面を、か」

「かも知れぬな」

重蔵が応じると、八右衛門は少しの間ぎりぎりと歯噛みをしていたが、やがて肩の力を抜いた。

しのを放し、重蔵の方へ突き出す。

「くそ、おれの負けだ。どうともしろ」

重蔵は天を仰いで笑い、それから八右衛門を見据えた。

「まことにもって、神妙である。今一度、ほめてつかわす。なれど、町家の女を盾に取ったは卑怯未練の振る舞い、こうしてくれるわ」

そう言い放つと、鞭を振り上げて八右衛門のむき出しの額を、はっしとばかり十字に打った。

八右衛門が声を上げ、雪の上に膝をつく。

それを見た左金吾が、馬上から鋭く声を発した。

「重蔵、それくらいにしておけ。神妙にいたした者を打つのは、いささか不調法であるぞ」

重蔵は向き直り、恐れげもなくうそぶいた。

「いかにも。なれど、これでこの者の面体を見れば、だれにも一目で分かりましょう。たとえ牢破り、島抜けをいたして娑婆(しゃば)にもどったにせよ、二度と七化けとは名乗れぬはずでございます」

寺院に関わる事件は、本来寺社奉行の扱いになるのが定法だが、捕り物が天下の公道で行なわれたためか、特別の沙汰は行なわれなかった。

重蔵の話によれば、目付中川勘三郎の屋敷で閲覧した絵図面には、切支丹屋敷の中から外部に通じる抜け道が一本、描かれていたという。それは、屋敷の井戸の横腹から始まって、最終的に神田上水の白堀の手前まで届く、長大な地下通路だったらしい。

掘ったのは、屋敷に幽閉された切支丹信者に違いあるまいが、だれのしわざとも分かっていない。たぶん一人ではなく、複数の信者が脱走を目的に掘ったもの、と思われる。ただし、出口に届くまでに露見してしまったのだろう。

抜け道は、入り口から十間ほどまで埋めもどされたが、それから先は手つかずのまま残った。

絵図面には、その実態が明らかにされていた。

図面の端に〈藤兵衛コレヲ写ス〉とあり、勘三郎が調べたところでは藤兵衛は切支丹屋敷の使用人で、享保の火事で全焼するまで勤めた老僕らしい。

勘三郎は、その絵図面を浅草のさる古書店で、買い求めた。店主の話では、その種のものはかならず持ち主が控えを取るので、当然写しが何枚か世に出回っているはずだ、という。七化け八右衛門も、おそらくその一枚を手に入れたのだろう。

根岸団平が、切支丹坂でしのを助け起こしたとき、彦太郎がどこからともなく現れたのは、坂の途中の薮の中で抜け道の痕跡を探していた、との自白で筋道が立った。

結局、抜け道は杉野弥之助の屋敷の真下を通り、光楽寺の墓地から神田上水へ抜ける直前で、途切れていることが分かった。

八右衛門は、弥之助の屋敷にはいり込んで調べるため、しののかたき討ちを口実にして、一芝居打った。

弥之助はまんまとそれにのり、八右衛門を屋敷へ引き入れてしまったわけだ。

八右衛門は夜半、弥之助や他の居候が寝静まったあと、ひそかに屋敷の中を調べた。その結果抜け道が、庭に面した広い座敷の下を通っていることを、突きとめた。

押し込みの当夜、八右衛門は屋敷内にいた五人の男女を、すべて縛り上げた。

そのあと、座敷の畳を上げて抜け道の穴を露出させ、門のくぐり戸の閂をはずして一味の到着を待った、というわけだ。

八右衛門一味はその後、小伝馬町の牢屋敷でお裁きを待っている。

しのは、光楽寺の押し込みについて何も知らなかったため、〈おかまいなし〉になった。

また、私にかたき討ちを企てたことについては、そこにいたる心情に斟酌の余地がなきにしもあらず、しかも最後には弥之助への報復を思いとどまったことから、〈叱り〉だけですんだ。

一件落着したあと、余一郎は重蔵に誘われて団平とともに、〈はりま〉へ行った。

そのとき重蔵は、思いついたように為吉夫婦を誘った。

日をあらためて、しのが働く〈鶴亀〉へ五人で繰り出し、好きなだけ飲み食いしようではないか、というのだ。

えんはそれを聞いて、つっけんどんに言った。

「いったい、どういう風の吹き回しでございますか、近藤さま。〈鶴亀〉といえば、わたしどものような店とは比べるすべもない、豪奢な料理屋でございましょう。どれだけ費用がかかるか、考えただけでも身震いが出ます。橋場の旦那と、団平さんだけならともかく、うちの人とわたしにまでお声をかけてくださるとは、うれしいのを通り越して気味が悪うございますよ」

相変わらずの率直な物言いに、余一郎ははらはらして重蔵を見た。

重蔵は珍しく上機嫌で、えんの言い分を軽く受け流した。

「気にせんでよいぞ、おえん。思わぬ金がはいったのだ」

「思わぬ金、とおっしゃいますと」

えんが聞き返し、余一郎も団平も興味を引かれて、重蔵の返事を待った。

重蔵は冷や酒を飲み干し、座卓に湯飲みをとんと置いた。

「八右衛門一味が、光楽寺から運び出した千両箱は、締めて五つあった。そのうち二つには、それぞれ二千両が詰まっていた。合わせて七千両、という勘定になる。これがそっくり、手元にもどったのだ。ごうつくばりの日乗和尚が、どれだけ喜んだか想像がつくだろう。もどった七千両のうち、五分ほど礼金として火盗改に納めてもらっても、罰は当たるまい。どうせ、あこぎな金貸しと賂で貯めた、あぶく銭だからな」

余一郎は、あっけにとられた。

「そ、それで組頭は、その金子をお受け取りになられたので」

あの堅物の松平左金吾が、そうした不明朗な金を受け取るとは思えない。

「まともに持ち込んだところで、受け取るおかたではない。それゆえ、役宅の庭先に投げ込んであった、と申し上げたのだ。おぬしも知るとおり、われらのお役目はとかく不時の出費がかさみがちで、台所は火の車になっておる。どの組頭も、火盗改の加役を好んで勤めたがらぬのは、そのためなのだ」

「それは重々、承知しております」

「組頭も、このところそうした費用を捻出するのに、四苦八苦しておられる。そのゆえにこそ、お勤めのためにはそうした臨時の収入も拒まぬ、と腹を決められたのだ。むろん、おれが光楽寺の和尚から無理やり吐き出させたことは、お見通しに違いない。ともかく、三百四十両がはいった革袋はそのまま、雑物掛の納戸に収まったわ」

余一郎は、重蔵の顔を見直した。

「お待ちください。七千両の五分と申せば、三百五十両ではございませぬか。まるまる十両、足りぬ気がいたしますが」

　重蔵が、仏頂面をする。

「血の巡りの悪いやつだな。その十両で、〈鶴亀〉へ行こうというのではないか」

　どっと笑いがはじけて、余一郎は穴があったらはいりたくなった。

第四話　茄子(なすび)と瓜

1

寛政三年（一七九一年）二月二十一日。

根岸団平は、寺の東側を流れる灌漑(かんがい)用の小川に沿って、門前町へ向かった。

数日前まで寒さが厳しかったが、ようやくこの二、三日は春らしい、暖かい日が続いている。あと十日もすれば、桜の便りも聞こえてくるだろう。

小川の流れは、北側に広がる早稲田村を縫って関口水道町へ抜け、江戸川に注ぐ。川べりでは、四つか五つから十二、三歳くらいまでの子供たちが十人ほど、囃(はや)し声を上げながら駆け回っている。

「子を取ろ子取ろ、どの子を取ろか」

いずれも近在の、農家や商家の子供らしい。

団平は足を止め、しばらく子供たちのにぎやかな声に、耳を傾けた。

この日団平は、近藤重蔵と隠居した父親の右膳の供をして、ここ早稲田村の南にある宗仙寺にやって来た。

宗仙寺の住職寂円は、学識、徳ともに備わった名僧、との評判が高い。また、尋常ならぬ法力を持ち、境内に迷い込んだ狐(きつね)が寂円の説法を聞いて、金縛りにあったように動けなくなった、という話もある。

また、蔵書家としても府内に広く知られた存在で、仏教書を含む和漢書籍の収蔵量は、塙保己一(はなわほきいち)のそれにも匹敵する、といわれている。自然、当の保己一をはじめ山本北山、本多利明、南畝(なんぽ)大田直次郎、山東京伝こと磐瀬醒(いわせさむる)といった学者、文人墨客が始終出入りし、書籍の貸借等を通じて互いに交わりを深める。

また、寂円は三月か四月に一度、なじみの顔触れを一堂に集めて、新たに手に入れた古典籍の閲覧や、輪講輪読の会を催す。

右膳と重蔵も、その同人に名を連ねているのだ。

前年五月、幕府は湯島聖堂における林家塾の教学を朱子学に統一し、それ以外の学問の教授を禁止した。この〈異学の禁〉は、民間の塾にまで適用されるものではなかったが、山本北山や亀田鵬斎らはこれを学問の統制ととらえ、反対の声を上げた。

寂円和尚は、学問に関所なしとの立場をとり、朱子学、陽明学、古学等すべてを含む学究の徒に、門戸を開放した。そのため、宗仙寺に出入りする好学の士は引きも切らず、早稲田村のあぜ道は人通りの絶えることがない。

その日の集いは、林子平が二十年の歳月をかけて天明五年に完成させた、『三国通覧図説』の輪読が目的だった。

子平によれば、『三国通覧図説』は経済の書でも地理の書でもなく、兵陣干戈の書だという。日本は朝鮮、琉球、蝦夷の三国と境を接しており、これらの国から攻め寄せられたら、ひとたまりもない。ゆえに、海防をよくせよというところに、眼目がある。少なくとも、団平が白山義学で重蔵から講義を受けたときは、そのような主旨だったと記憶する。この時期に『三国通覧図説』が取り上げられたのは、最近オロシャなどの外国船が日本の周辺に頻繁に出没し、あらためて海防の重要性が叫ばれるようになったため、と思われる。幕府筋では、この書籍の板行に不快の意を示したとも伝えられるが、今のところ禁書の処分にはいたっていない。

輪読は、八つ過ぎに始まった。終わるのは、早くても夕べ七つ半か暮れ六つになるだろう。

はいれば口角泡を飛ばして論を展開するはずだ。そうなると、一刻くらいはすぐにたってしまう。

団平が知るかぎり、重蔵は『三国通覧図説』をこれまで繰り返し精読しており、解釈に

重蔵はふだんから、師の山本北山に対してはもちろん、三十歳近くも年上の本多利明に対しても、遠慮のない口をきく。利明は、音羽に塾を持つことから〈音羽先生〉の異名をとる経世家だが、重蔵はまったく臆する様子を見せない。

この日は、重蔵の誕生日にあたることから、火盗改を務める組頭の松平左金吾が、明け番にしてくれたのだった。年が改まってほどなく、重蔵は盗賊〈七化け八右衛門〉と〈抜き錠の留五郎〉を捕縛する端緒を作ったが、それに対する褒賞という意味合いもあるのだろう。

しかし、二人の大物の捕縛も焼け石に水で、相変わらず府内は盗賊の跳梁に脅かされ、火盗改の与力同心は休みらしい休みもなく、市中の見回りを続けている。したがって、この日の明け番は重蔵にとっても団平にとっても、久しぶりの骨休めになった。

団平は、遊び回る子供たちの群れを離れて、門前町を東へ向かった。

これといってあてはないが、重蔵に昼稽古をつけられて中食をとりそこなったので、軽く腹ごしらえをしようと思う。それからどこかで時間をつぶし、輪読が終わるまでに宗仙

寺へもどればよい。

門前町が途切れ、御先手組の組屋敷らしい家並みに差しかかったとき、向かいの道をやってくる女の姿に気づいた。黒小袖を着た背中に、三味線らしきものを入れた紫色の長袋を、斜めに結びつけている。髪は、洗ったままを後ろに高く束ね、櫛と笄でまとめてあるだけだ。

その顔を見て、団平はふと思い出した。

去年の暮れ、商家の主殺しの一件で関わりができた、常磐津の師匠ではないか。

確か音若という名で、江戸川にかかる石切橋のたもとに家があり、殺された布袋屋太兵衛の世話を受けていた女だ、という記憶がある。

しかも、重蔵はその女に一目惚れでもしたのか、ときどきその家に出入りしている形跡がある。同心の橋場余一郎と、どうなっているのかといぶかり合ったものだった。

女が近づくのを待って、団平は声をかけた。

「卒爾ながら、音若師匠ではないか」

女は足を止め、不審げに団平を見た。

「さようでございますが、あなたさまは」

「火盗改与力、近藤重蔵さまの若党で、根岸団平という者だ。布袋屋太兵衛が殺された一件で、重蔵さまのお供をして同心の橋場さまと一緒に、石切橋のたもとのおまえさんの家を、一度訪ねたことがある」

音若の口元が、ほころんだ。

「重蔵さまの。はい、思い出してございます。その節は、ご無礼を申し上げました」

そう言って、ていねいに頭を下げる。

「その後、息災にしているか」

「はい、おかげさまで、つつがなく過ごしております」

あのおり、なぜ音若が殺された布袋屋の世話になっていたのか、結局明らかにならなかった。音若ほどの器量ならば、もっと大きくて見栄えのいい店の主に、めんどうをみてもらうこともできたはずだ。

重蔵はもしかすると、音若からそのわけを聞いているかもしれないが、団平はいっこうに知らない。余一郎も、何も聞かされていない、と言っていた。

「三味線を背負っているようだが、稽古でもつけに行くところかな」

「さようでございます。この先に、日本橋田原屋善右衛門さまの別邸がございまして、そこで月に一度お稽古をさせていただいております。根岸さまは、どちらへ」

田原屋といえば、老舗の薪炭油問屋だ。

「今日は重蔵さまのお供で、宗仙寺にやって来たのだ。重蔵さまは、大田南畝どのや山東京伝どのとご住職を囲んで、書物の輪読をしておられる」

そう言って、相手の顔色をそれとなくうかがう。

音若は、屈託のない笑いを浮かべた。

「宗仙寺と申せば、田原屋さまの別邸のお近くでございます。重蔵さまに、よろしくお伝えくださいませ」

「重蔵さまは、たまにおまえさんの家を、お訪ねになるだろう」

かまをかけると、音若は悪びれる様子もなく、うなずいた。

「はい、ごくたまに、お運びになります。ただ、この月にはいりましてから、御用繁多のためでございましょうか、ご無沙汰をいただいております」

「このところ、盗っ人どもがご府内を荒らし回っておるゆえ、息を抜く暇もないのさ。今日が、久しぶりの骨休めでな」

音若が、ふと真顔になる。

「ちなみに本日は、重蔵さまのお誕生の日ではございませぬか」

団平は、内心苦笑した。

「よく知っているではないか。確かに、そのとおりだ」

「それは、おめでとう存じます。わたくしは今夕、七つ半には帰宅いたしております。もしお気が向かれましたら、家の方へお立ち寄りくださいますように、お伝えいただきとうございます。そのおりは根岸さまも、どうぞご一緒あそばされますように」

「それはありがたいが、重蔵さまはご隠居さまとご一緒なのだ。なんとおおせられるか、この場では分からぬ」

「お差し支えなくば、ご隠居さまもお連れくださいませ。何もお構いはできませぬが、ご酒だけは用意しておくつもりでございます」

「分かった。伝えるだけは、伝えよう」

「それでは、ごめんくださいませ」

音若は頭を下げ、その場を離れて行った。

2

根岸団平も、あらためて歩き出した。

陽気がいいせいか、かなりの人通りがある。

少し行くと、左側に青松寺という別の大きな寺があり、その門前町に料理茶屋が店を出していた。〈なかざと〉と書かれた、掛け行灯(あんどん)が見える。

近ごろ、料理茶屋とは名ばかりの、仕出し屋から料理を取り寄せ、客や芸者に部屋を貸すだけ、という店が多い。そうした店のひとつだろうか。

中をのぞくと、花柄の小袖に桃色の前掛けをした茶屋女が、愛想よく声をかけてきた。

「おいでなさいませ」

色の白い、目鼻立ちのすっきりした女だ。

広い土間に置かれた座台で、町家の者が何人か茶や酒を飲んでいる。

「腹ごしらえをしたいのだが、仕出しを取ってもらえぬか」

「お取りすることもできますが、見繕いでなんでもお作りいたします」

自分のところで、料理もしているらしい。

「そうか。では何か、温かいものを作ってもらおう」

茶屋女は、えくぼを見せて笑った。

「けんちん雑煮などは、いかがでございますか。大根、にんじん、青菜に鳥肉、そこにお餅(もち)が三つはいっております。熱あつの味噌仕立てで、ご用意いたします」

「それはうまそうだな」

「はい。てまえどものの、売りものでございます」

「では、けんちん雑煮にしよう。それから、酒をぬる燗（かん）で頼む」

「かしこまりました。どうぞおすわりくださいませ」

団平は、四つ置かれた座台のいちばん奥の席に、腰を落ち着けた。横手に、襖衝立（ふすまついたて）で三つに仕切られた、板の間の小上がりがある。そこに、一組だけ先客がいた。

まともに目を向けず、その周辺をそれとなく視野に収める。

座卓を挟んで、髭（ひげ）の濃い顎（あご）の角張った御家人風の若侍と、髪を根結いにして後ろに長く垂らした女が、酒を飲んでいる。

女は、無地の白茶の小袖に檜皮（ひわだ）色の袴（はかま）を着けた、近ごろあまり見かけない若衆作りだった。油をつけたのか、髪が窓明かりにつやつやと光る。元結のすぐ上に差した、半月形の飾り櫛がどことなく、ちぐはぐな印象を与えた。

団平は、ちらりと視線を向けた。

女の右膝の横から、小太刀らしい刀の朱鞘（しゅざや）がのぞく。いでたちからして、剣のたしなみがあるようにみえる。

若侍の前には、銅の銚子とぐい飲みが置いてある。こぼれた酒で濡れた座卓を見ると、若侍はかなり酩酊（めいてい）しているようだ。小鉢に盛られた、野菜の煮つけらしいものに手を伸ばすのだが、箸がすべってなかなかつかめない。

箸を置いた若侍が、よく聞き取れない声でくどくどと、女に話しかける。女は、それを受けはずすように銚子を取り上げ、ぐい飲みに酒を差した。頬がこわばったように見えるのは、相手の口舌に辟易しているからだろう。

女が、急に顔を土間の方に振り向けたので、団平はさりげなく目をそらした。

重蔵とともに、四月ほど前火盗改の召捕回り方についてから、生まれつき強い好奇心がますます強くなった。どこへ行っても、気になる人間の挙措動作に目を配り、聞こえてくる話し声に耳を傾ける癖が、ついてしまった。

そうした気配を、相手に悟られぬように注意しているつもりだが、たまに勘の鋭い者と出くわすことがある。その場合は、不審と敵意のまじった目で見返されるのを、覚悟しなければならない。

この女も、そうした鋭い勘の持ち主らしい。

まともに見ると、日に焼けたのかそれとも生まれつきなのか、ずいぶん浅黒い肌の女だった。若衆作りのわりに年がいき、二十四、五歳にはなっていよう。額(ひたい)と頬にかすかな痘痕(あばた)が残っており、眉や目鼻の形、配置も整っている、とはいいがたい。

「おまちどおさま」

茶屋女が、銚子とぐい飲みを運んで来る。

酌をしようとするのを断り、団平は自分で酒を注いだ。

「おい、酒だ」

板の間の若侍が、茶屋女に呼びかけるのが聞こえる。

それから若侍は声を低め、また相手に何か言った。

かろうじて、まったくおまえという女は、という言葉だけ聞こえた。どうも、あまり楽しい酒ではないようだ。

そう思ったとき、女がつと立ち上がって衝立の向きを変え、土間との間を仕切った。

二人の姿は衝立の陰に隠れ、見えなくなってしまった。団平も、別に盗み聞きするつもりはなかったが、女はその気配を察したらしい。

茶屋女が、燗をしたちろりを下げて、板の間に上がる。空になった銚子へ、酒を注ぎ足す音がした。

衝立の陰で、若侍が言う。

「その方、名はなんと申す」

笑いを含んだ、茶屋女の返事が聞こえる。

「せき、と申します。お尋ねは、これで三度目でございますよ」

「そうか、おせきか。その方、なかなかの美形だな。こんなところに置いておくのは、もったいないくらいのものだ。吉原へ行けば、すぐにも太夫になれるぞ」

せきと名乗った茶屋女が、ころころと笑う。

「ご冗談は、おやめくださいましな。それがほんとうでございましたら、ご府内の茶屋の女はみんな太夫になります」

「冗談ではないぞ。色は白いし、肌のきめも細かい。それに、まるで絵に描いたような、瓜実顔をしておるわ。のう、そうは思わぬか、ふみお」

底意を含んだ、いやみな言い方だった。

ふみおとは、当節あまり耳にしない女の名だが、おそらく文の緒とでも書くのだろう。

少し間をおいて、女が返事をする。

「おおせのとおりにございます」

抑揚で、かろうじて聞き取れるほどの、低い声だ。

「おまえ、おせきのよいところを、少し譲ってもらったらどうだ。剣術のうまいばかりが、能ではなかろう」

返事がない。

とりなすように言う、せきの声がする。

「ご冗談も、たいがいになさいましな、高木さま。お酒が過ぎます」

「何を申す。はばかりながら高木兵馬、たとえ酒を過ごしても、つぶれたことはないぞ」

「文緒さまに、そのようなご無礼なことをおっしゃるとは、つぶれるより悪うございますよ」

どうやらせきは、二人を見知っているらしい。

相手の返事を待たずに、せきは衝立の陰からさっさと出て来た。団平を見て、気まずそうに笑いかける。

衝立の向こうで、高木兵馬と名乗った若侍がまた声を低めて独り言のように、ぶつぶつとくだを巻き始める。

やがてせきが、けんちん雑煮を運んで来た。

盆を座台に置きながら、声をひそめて団平に言う。

「申し訳ございません。こないだうちから、あれなんでございますよ」

団平はうなずいただけで、何も言わなかった。

二人がどういう間柄にせよ、自分には関係のないことだ。

けんちん雑煮は、せきが自慢するだけあって、なかなかうまかった。

しばらく静寂が続いたあと、突然兵馬が手を叩いて呼ばわった。

「おせき、硯箱と短冊を持って来い。腰折れが一首浮かんだ。忘れぬうちに、書き留めておかねばならぬ」

「はいはい、お待ちくださいまし」

ほかの客と話し込んでいたせきは、あわてて奥へ引っ込んだ。

硯箱と短冊を手に、また衝立の陰にはいる。

「その方も、ここにおれ。さっそくただ今、一首詠んでやるからな」

兵馬が言うのを聞いて、団平はとっさに声をかけた。

「すまぬ。茶をもらえぬか」

「はい、すぐにお持ちいたします」

せきが出て来て、救われたように団平に頭を下げる。

せきは奥へはいったまま、なかなか出て来なかった。兵馬に呼ばれるのを、いやがっているに違いない。

そのうち、足音を忍ばせながら団平のところへ、茶を持って来た。

兵馬の、突拍子もない笑い声が響く。

せきはそのすきに、また声をひそめて言った。

「横寺町の、高木道場の若さまでいらっしゃいます。お酒癖が悪くて、文緒さまがおかわいそう」

店の前の通りを、道なりに東へたどって行くと、牛込御門外の神楽坂に出る。その手前に、十を超える寺院がひとところに密集しており、横寺町はその中にある町屋の一つだ。

「高木道場といえば、高木重左衛門の道場か」

団平が聞き返すと、せきはうなずいた。

「さようでございます」

高木重左衛門は、当今では珍しい荒稽古を売りものにする、馬庭念流（まにわねんりゅう）の剣客だった。噂（うわさ）だけは、耳にしたことがある。

また兵馬の笑い声が響き、それにかぶせてせきが続ける。

「重左衛門さまはこのところお体を悪くされ、臥（ふ）せっておられると聞きました。ほんとうならば、兵馬さまがあとを取り仕切るべきでございますのに、やっとうの方がもう一つというお噂で、師範代の文緒さまが代わりを務めておられます」

兵馬がとげのある声で、文緒に酌を強要する。

せきは眉をひそめ、早口に言った。

「兵馬さまは、それがおもしろくなくて、荒れておられるに違いありません。いいなずけだというのに、あれではあんまりお気の毒でございますよ」

「いいなずけか」

「はい。文緒さまはお小さいころ、重左衛門さまの養女になられたとかで、兵馬さまとは兄妹同然と聞いております」

　そこまで言ったとき、兵馬が大声を上げた。

「よし、できたぞ。おい、文緒。これを読んでみろ。声を出して読むのだ」

　文緒に、短冊を突きつけている様子がうかがえる。

　しかし、返事はなかった。文緒が、拒否しているようだ。

　兵馬がわめく。

「おせき。おせきはどうした。ここへ来い」

　せきは眉を寄せたが、しかたなく返事をした。

「はい、ただ今」

　両手で前掛けを叩き、ため息をつきながら板の間に上がる。

　せきが膝をつくと、尻だけが衝立からのぞいた。

「文緒がいやだと申すから、その方が代わって読め」

「分かりましたから、そう大声を上げずともよろしゅうございますよ、高木さま」

「うるさい。さっさと読め」

「はいはい。ええと、なすびでんがくによするこい、でございますか」

「さよう、それが題だ。次を読め」

「はい。なすびこそ」

せきはそこまで読み、一拍おいた。

「うりざねがおに、まけまじと」

声が小さくなり、その先が続かない。

「どうした。先を読め、その先を」

せきが、咳払いをする。

「お許しくださいまし。不調法で、この先は読みかねます。高木さまのお書きぶりが、あんまり流れるようでございますから、目に文字のない者には、ちょっと」

「嘘を申すな。前を読めてあとが読めぬ、ということはあるまい。むずかしい字は、つかっておらぬ。さあ、早く先を読め」

「どうか、ご勘弁くださいまし」

「これでも、読まぬと申すか」

兵馬のわめき声とともに、刀の鞘を払う音が聞こえた。

せきがひっと喉を鳴らし、衝立の陰から出て尻餅をつく。

団平は思わず箸を置き、かたわらの差し料に手を伸ばした。

そのとき、文緒の声がした。

「おやめください、兵馬さま。わたくしが読みます」

さっきと打って変わった、甲高い声だった。

「そうか。それなら、おまえが読め。なおさら、興が乗るわ」

わずかな間をおいて、文緒が高らかに先を読む。

「あぶらつけたり、くしをさしたり」

しん、とあたりが静まる。

次の瞬間、わっと叫び声が上がったかと思うと、板の間に振動が走った。

衝立が大きく傾き、それと一緒に兵馬が仰向けざまに、土間へ倒れ込んでくる。

せきが悲鳴を上げ、裾(すそ)を乱して板の間をすさった。

兵馬の胸に、深ぶかと小太刀が突き立っていた。

3

「な、何を」

高木兵馬がうめき声を漏らし、握った刀を杖に起き上がろうとする。

呆然として、根岸団平は板の間で片膝立ちになった、文緒に目を向けた。

血の気の失（う）せた文緒の顔が、一瞬青黒く染まったように見えた。

たちまち、店の中が騒然となる。

団平が立ち上がるのと、文緒が足袋（たび）裸足（はだし）のまま土間に飛びおりるのと、ほとんど同時だった。

予期せぬ修羅場に、団平も平静さを失っていた。後先も考えずに、文緒の方へ踏み出そうとした。

文緒が、左手につかんだ小太刀の鞘で、団平の肩口をとんと突く。

さほどの力とは思えないのに、団平はあっけなく後ろへたたらを踏み、座台に足を取られて尻餅をついた。

それきり団平には見向きもせず、文緒は起き上がろうとする兵馬の胸から、小太刀を引き抜いた。

ひゅうと血しぶきが上がって、文緒の上半身に降りかかる。兵馬は体を硬直させ、文緒から逃れるように、背を向けた。

文緒は、その肩口をとらえて引きもどし、斜め後ろから耳の下に小太刀を突き入れた。

新たな血が噴き上がり、兵馬は声も立てずにどうと土間に倒れ伏した。

寸時に絶息したらしく、それきり動かなくなる。

文緒が、血だらけの小太刀を持ったまま、ふらりと立ち上がった。

それを見て、店の中にいた客たちはいっせいに浮足立ち、われ先に外へ逃げ出した。

だれかが外で叫ぶ。

「人殺し。人殺しだぞ」

その声でわれに返ったか、文緒は客たちのあとを追うように、土間を走った。

団平はとっさに、座台にすわったまま足を突き出し、文緒の臑（すね）を蹴ろうとした。

しかし、文緒はそれを軽がると飛び越え、左手の鞘を団平に投げつけた。

鞘は、あやまたず団平の額に当たって、土間に落ちた。小太刀のさばきといい、身のこなしといい、並の遣い手ではないと思い知る。

文緒は血刀を下げたまま、店の外へ走り出た。

「人殺し。人殺し」

外に集まった者たちが、口ぐちに叫び立てる声が聞こえる。

団平は大小を腰に差し直し、急いで表へ出た。

さして時もたたないのに、どこから湧いたかと思うほど多くのやじ馬が、もう群れ集まっている。文緒が、小太刀を下げて通りを右に駆け、左に走るたびにその群れが、同じ方向に揺れ動いた。

だれかが石を投げ、それが文緒の頬に当たる。返り血を浴びて、朱に染まった文緒の顔から、別の血が噴き出した。

それを見て、人びとは争って道に転がる石を拾い、文緒に投げつけた。文緒は、左の袖で顔をおおいながら、道を西に走り始めた。高く結った垂髪が、馬の尾のようになびく。

群衆にまじって、団平も文緒のあとを追った。

二町ほども走ると、団平は先頭を走る群れの中にいた。

「人殺しめ」

「おっとろしいあまっちょだぜ」

「逃がすなよ」

わけも知らず、わめきながら文緒を追い立てる男たちに、団平はふと不安を感じた。

まさか、〈なかざと〉でのいきさつだけで、文緒がいいなずけに刃を向けたとは思えない。そこにいたるまでに、いろいろな葛藤があったに違いない。

なんとかして、この男たちを止めなければならぬ。

そう考えたとき、道を反対の方からやって来る、子供たちの群れが見えた。さっき、川べりで遊んでいた、あの子供たちだった。

子供たちは、小太刀を手に走ってくる文緒を見て足を止め、口ぐちに悲鳴を上げた。何を思ったか、文緒はその群れの中に飛び込んだ。子供たちが、蜘蛛の子を散らすように逃げまどう。

文緒は、その中のいちばん幼い女の子を抱き留め、くるりと向き直った。

「寄るな、寄るな。そばへ来ると、この子の命はないぞ」

そう叫ぶなり、小太刀の切っ先を抱き上げた幼女の喉に、ぐいと突きつける。

幼女は、わっと泣き出した。

追って来た男たちは、団平ともどもあわててその場に踏みとどまり、あとから来る者をせき止めた。

後ろから押されて、いつの間にか団平がいちばん前に出る。

やむなく団平は、文緒に声をかけた。

「火盗改の者だ。その子を下ろして、神妙にいたせ。悪いようにはせぬ」

火盗改と聞いて、押しかけて来たやじ馬がどよめいた。

だれかが、後ろで叫ぶ。

「火盗改なら、さっさと切っちまいなせえ。まったく、とんでもねえあまだぜ」

そのとき、別の女の叫び声が上がった。

「やめとくれ、ありゃおらんとこの娘だ、おつるだよう」

そうわめきながら、人込みを掻き分けて前へのめり出て来たのは、近在の農家の嫁と思われる、若い女だった。

それを見て、文緒は小太刀を構え直した。

「寄るな。そなたが母ならば、そこにいる男どもを控えさせよ。さもなくば、娘の命はないものと思え」

女は泣きながら、そのまま地面にへたり込んだ。

「おつるに罪はねえだよ。どうか、放してやっておくんなせえまし」

「手出しをしなければ、おつるとやらは無事に返してやる。そこを、一歩も動いてはならぬぞ」

文緒はそう言い捨て、道の右側に立つ高さ一間ほどの竹垣のそばへ、一気に走った。目の前の木戸を蹴破ると、幼女を抱いたまま戸口へ飛び込む。

団平は、すぐさま破れた木戸口に飛びつき、中の様子をうかがった。

小さな池のまわりを、幼女を抱いた文緒が足元も乱さずに巡り、建物に向かうのが見える。

このあたりには珍しい、手入れの行き届いた植え込みが点在する、広い庭だった。池の向こうに、入母屋（いりもや）造りの農家風の家がある。

池の向こうへまわったところで、文緒が足を止めて向き直る。

「そこにとどまれ。無理に押し込めば、この小娘の命はないぞ」

外の騒ぎを聞きつけたのか、だれかが庭に面した引き戸をあけた。

それが、まるで客人を迎え入れるようなかたちになり、文緒はすばやくそこへ押し入った。

引き戸が閉まり、家の中で悲鳴が上がる。

農家の女が、団平にすがりついた。

「お役人さま、どうかおつるをお助けくだせえ」

「心配いたすな。娘はかならず、無事に取りもどしてやる」

団平は女をなだめ、そばにいる職人風の男に尋ねた。

「正面の門は、どこにあるのだ」

「この竹垣の、先の方でさ」

「だれの住まいか、知っているか」

「へえ、日本橋の田原屋さんの別邸、と聞いておりやすが」

どきりとする。

「田原屋善右衛門か」

「へえ」

先刻、音若と出くわして立ち話をしたとき、田原屋善右衛門の別邸へ稽古に行く、と言ったのを思い出した。だとすれば、音若も中にいる可能性が大きい。

団平は、あらためて周囲を見回した。

別邸の敷地は、広大な青松寺の境内に食い込むような形で広がり、通りに面した側をのぞく三方を、高い塀で囲まれている。長梯子（ながばしご）でもないかぎり、塀を越えて逃げることはできないだろう。

時をおかず家の中から、あわただしい気配が伝わってきた。

ばたばたと、雨戸がたてられていく。文緒が中にいる者に命じて、戸締まりを始めたようだ。どうやら、この家に取り籠もるつもりらしい。

ほどなく、手に手に突く棒や刺股を携えた番屋の者たちが、駆けつけて来た。

たまたま番屋にいたのか、町方の同心の姿も一人見える。

そばに来ると、それは南町奉行所の定町回り同心で、団平も顔見知りの青柳隼人、と分かった。

そういえば、二月は南の月番だ。

隼人は、ずんぐりした体を精一杯そらして、団平を見た。

「団平ではないか。こんなところで、何をしておるのだ」

団平は、頭を下げた。

「たまたま、その場に居合わせただけでございます」

「その場とは、〈ながざと〉のことか」

「さようで」

「高木兵馬と申す若侍が、土間でこと切れておった。女に刺されたというが、何かの間違いではないのか。あの手口からすれば、相手は手だれの侍だろう」

「いえ、女子(おなご)に間違いございません。ただし、かなり腕の立つ女子でございます」

団平は隼人に、ざっといきさつを話して聞かせた。高木兵馬と文緒の関係も、せきに聞いたとおりに伝える。

「この屋敷には、田原屋善右衛門のほかに奉公人が何人かと、音若と申す常磐津の師匠が、おるはずでございます。それを、お含みおきくださいますように」

そう話を締めくくると、隼人は十手(じって)を抜いて見得を切るように、一つうなずいた。

「よし、分かった。おれが行って、話をつけてくる」

勢い込んで言い、壊れた木戸口に向かう。

それから、ふと思いついたように足を止め、痘痕面を団平の方に振り向けた。

「念のため、おまえもついてまいれ」

「承知いたしました」

団平は、番人たちにやじ馬を中に入れないように命じ、隼人のあとに従った。

池を回り、庭先へ出ようとしたとき、横手の引き戸が開いた。

中から、奉公人と思われる老爺に小女、小僧、手代らしき若い男、それに恰幅のいい初老の男が、争うように飛び出して来る。

その背後で引き戸がしまり、心張り棒をかう音がした。かすかに、捕われたつるの泣き声も、聞こえる。

初老の男がつんのめるように、砂利の上に這いつくばった。

「田原屋の主、善右衛門でございます。どうぞこちらに、おとどまりくださいませ。若衆姿の女子が、無理に中へ押し入れば幼女を刺し、火を放つと申しております。土間に、取り置きのたきぎを敷き並べて、その上へ油をまくように命じられました。竈のたきぎを投げれば、すぐにも燃え上がることは必定。なにとぞこの場に、おとどまりくださいませ」

必死の形相で訴える。

隼人は顔をゆがめた。

「まずいな。東西や北側は寺の境内だが、通りを越して南側へ飛び火したら、ただではすまぬぞ。人家が密集しておるからな」

「さようでございます。小娘一人の命だけでは、すみませぬ」

頭をすりつける善右衛門に、団平は声をかけた。

「人質になったのは、おつると申す幼女だけか」

「もう一人、常磐津の音若師匠がおられます。あの女子に、居残るように言われたのでございます。おつるとやらを抱かされ、竈のわきにすわらされております」

団平は、唇の裏を嚙み締めた。

やはり音若が、中にいたのだ。しかも人質にされたとは、めんどうなことになった。

隼人が膝をつき、善右衛門にささやく。

「外からひそかに、家の中へ忍び込む手立てはないのか」

善右衛門は、すぐに首を振った。

「ございませぬ。ごらんのとおり、庭に面した廊下はすべて雨戸をたて切り、玄関口も大戸を下ろしました。裏口はもちろん、厠の窓からはいることもできませぬ」

隼人は腰を上げ、途方に暮れたように腕を組んだ。

「どうなさいますか」

団平がうかがいを立てると、隼人はしばらく黙って考えていたが、やがて力強くうなずいた。

「是非もない。とにかく、おれが話をしてみる」

団平は善右衛門以下の五人に、竹垣の外へ出るように言った。

それを見届けた隼人は、おもむろに引き戸の前へ歩を運んだ。

「高木文緒とやら。聞こえるか。おれは、南町奉行所の定町回り同心、青柳隼人だ。おぬしと話がしたい。ここをあけてくれ」

少し間をおいて、中から返事がある。

「だれが、庭にはいってよい、と申した」

「おぬしと話すために、やむをえずはいったのだ」

「話ならば、戸をあけずとも聞こえる。用件を、さっさと申されよ」

文緒はいくらか落ち着いたらしく、先刻より声の調子が低くなった。

「その前に、まず人質を放してくれ。それから、おぬしの言い分を聞こう」

「その手は食わぬ。ほかに話がないなら、そこを立ち退くがよい」

「おつると申すおさな子も、常磐津の師匠も、おぬしとはなんの関係もないはず。二人を外へ出してから、ゆっくり話し合おうではないか」

「話すことなど、何もない」

じれたように、隼人がどなる。

「では、何が望みだ。申してみよ」

「今の望みは、ほうっておいてもらうことだ。さっさと行け」

「そうはいかぬ。とにかく、二人を放してくれぬか」

隼人が話をしている間に、団平は足音を忍ばせて建物の横手へ移動した。さらに裏から、玄関口まで見て回る。

善右衛門が言ったとおり、外に面した廊下はすべて雨戸がたてられていた。出窓にはまった太い格子は、容易に打ち壊せそうにない。

茶室のにじり口も、木のおおい戸に守られて、あけることができない。無理に壊そうとすれば、音で気づかれるだろう。

玄関口の大戸も、確かに引き下ろされていた。

もとの場所にもどると、隼人が顔を真っ赤にして、どなっているところだった。

「女子なら女子らしく、神妙にお縄につけばよかろう。おぬしに、高木兵馬のことで言い分があるなら、奉行所で好きなだけ聞いてやるぞ」

家の中から、ひきつった笑いが漏れる。

「そこもとのような男子に、話すことなど何もござらぬわ。早々に、引き取られよ。言うとおりにせねば、この小娘を串刺しにしてくれるぞ」

続いて、それまで弱まっていたつるの泣き声が、ひときわ高く響いた。

それを耳にした母親が、竹垣の外で負けずに泣きわめく。

「小娘を無事に返してほしくば、そこを立ち退いて外へ出るがよい」

文緒の声に押されて、隼人も団平もやむなく竹垣の際まで、しりぞいた。

隼人が首を振り、困惑した顔で団平を見る。

「手の打ちようがないわ。奉行所へ使いを出したから、おっつけ援軍が来るだろう。それまで、待つしかあるまい」

「いくら人が増えましても、あの女子を説得できねば、同じことでございましょう」

隼人はいやな顔をして、団平をねめつけた。

「おまえに、なんぞいい知恵でもある、と申すのか」

「さて、このまま兵糧攻めにするよりほかに、手立てはないかもしれませぬ」

隼人は、それみたことかというように、ふんと鼻で笑った。

「それならば、奉行所の援軍を待つのと、同じことではないか」

団平はためらったが、思い切って口を開いた。

「一つだけ、考えがございます。近藤重蔵さまに出張っていただく、という手はいかがなものでで」

隼人の顔がこわばる。

「近藤さまだと。近藤さまが、近くにおられるのか」

「はい。本日は明け番でございますが、たまたまこの先の宗仙寺で、寂円和尚や大田直次郎、山東京伝どのほかの諸先生と、典籍の輪読をしておられます。事情を告げて、ここへお越しいただくのでございます」

隼人は顎をなで、十手で首を叩いた。

「しかしこの一件は、火盗改の扱いではあるまい。町方に任せておけばよいではないか」

「しからば、もし文緒がたきぎに火を放ったときは、いかがなされますか。申すまでもなく、火付はわれらの扱いにございますぞ」

隼人は口をへの字に曲げ、少しの間考えていた。

しぶしぶの体で言う。

「呼びたければ、呼んでまいれ。よい手立てがあるかどうか、近藤さまのお手並みを拝見しようではないか。もし近藤さまが、奉行所の援軍が来るまでにこの一件を収めたら、おまえにうなぎをおごってやるわ」

4

根岸団平は、宗仙寺に駆けもどった。

間の悪いことに、近藤重蔵は『三国通覧図説』に概説された、朝鮮の諺文（オンモン）（ハングル文字）の解釈を巡って、本多利明と激論を戦わせている最中だった。

団平は本堂の隅から、重蔵の目をとらえようと手を上げて合図したが、いっこうに気づく様子がない。

やむなく庫裡（くり）に引き、借りた筆で懐紙に〈音若危急〉とだけ書いて、それを重蔵の手元に届けるように、小坊主に頼んだ。

すると効果てきめん、重蔵はたちまち床を踏み鳴らして、庫裡へ出て来た。

「団平、これはどういう意味だ」

懐紙の切れ端を、突きつけてくる。

「団平めと一緒に、すぐにおいでくださいませ。音若師匠が、取り籠もりの人質になっておられます」

重蔵は、鋭い目をぎょろりとむいた。

「取り籠もりだと。わけを申してみよ」

「道みち、お話しいたします。まずは、ご用意を」

団平に言われて、重蔵は着流しの腰に大刀を差し落とし、愛用の鞭を角帯の後ろに通した。

田原屋善右衛門の別邸へ引き返しながら、団平は重蔵にことのあらましを語った。

別邸の前まで来ると、話を聞きつけた近在の町家や農家のやじ馬が、文字どおり黒山の人だかりを作っていた。

団平が、その中に分け入ろうとすると、重蔵は肩を引き止めた。

「待て、団平。急がずともよかろう。その女、みずから屋敷内に取り籠もったとすれば、しばらく逃げ出すこともあるまい。まずは〈なかざと〉へ回って、高木兵馬なる男の遺骸を、検分しようではないか」

団平は、遺骸の検分より文緒の説得が先ではないか、と不満を覚えた。

しかし、重蔵には重蔵の考えがあるに違いないと思い直し、黙って〈なかざと〉へ案内した。

せきは、どうにか落ち着きを取りもどしていたが、まだ顔色が青かった。

遺骸はすでに、裏庭へ運び出されたという。店の者が総がかりで、血だらけになった板の間や土間を、洗い清めていた。

裏庭へ回ると、大きな榎の下に筵をかぶせられて横たわる、高木兵馬の遺骸が見えた。町奉行所から、役人が医師を帯同して検死にやって来るまで、そのまま放置されることになるのだろう。

遺骸の枕頭に、粗末な衣服を身につけた老若二人の男が、放心したようにすわり込んでいる。せきによれば、高木道場で道場主の身の回りの世話をする、下僕の与兵衛と五助だそうだ。

団平が慰めの言葉をかけても、二人は黙って頭を垂れるばかりだった。

重蔵は、遺骸にかぶせられた筵を無造作にはぎ取り、目をむいたまま絶命している兵馬の全身を、じっくりと観察した。

ことに、文緒に刺された胸の傷と、耳の下の傷を子細に調べる。それから、妙にむずかしい顔をこしらえて、ゆっくりと首を振った。

「行くぞ、団平」

店へもどった重蔵は、片側に寄せられた座台の一つに腰を下ろして、せきに冷や酒を持って来させた。

「おせきと申したな。団平の話によれば、兵馬はその方に硯箱と短冊を用意させて、一首したためたそうではないか。その短冊が見当たらぬが、どこへやったのだ」

重蔵に聞かれて、せきははっと気がついたように、奥へ引っ込んだ。

すぐに、短冊を持ってもどって来る。

「これでございます」

団平は、重蔵の肩口から短冊に書かれた歌を、黙読した。

〈茄子田楽に寄する恋〉
茄子こそ
瓜実顔に　負けまじと
油付けたり　くしをさしたり

兵馬の字は、金釘流というほどひどくはないが、ほとんどそれに近い悪筆だ。

重蔵が、含み笑いをする。

「ふむ。なかなか、味な狂歌ではないか」

あらためて文字で読まされると、その意味するところがすぐに腑に落ちて、団平も思わず苦笑した。

茄子田楽は、味噌を塗って油をつけ、串に刺して焼く。それを、女の化粧にうまくかけて、詠んだものに違いない。兵馬は、剣術の腕こそなまくらだったかもしれないが、この種の才はあったらしい。

団平は、せきを見て言った。

「これはな、きっとおまえさんに関わりがある歌だぞ」

せきは、目を丸くした。

「なぜそのように、おっしゃるのでございますか」

「茄子とは文緒のこと、瓜実顔とはおまえさんのことに違いない。文緒が、おまえさんに負けまいとして、髪油をつけたり櫛をさしたりしている、とからかったわけさ」

「まあ」

せきは口に手を当て、当惑の色を浮かべた。

酒を口に含んだ重蔵が、じろりとせきを見る。

「ふむ、団平の申すとおりだ。まだこの目で見てはおらぬが、団平の話によれば文緒と申す女子は、茄子に似た顔をしておるそうではないか。おまえの瓜実顔と比べれば、とても勝ち目はあるまいて」

せきは、とっさには返事をしかねる体で、口をもぐもぐさせた。

「さあ、そうおおせられましても、油をつけたり櫛をさしたりいたしますのは、女子のたしなみでございます。勝ち負けに、関わりはないと存じます」

「瓜にとってはそうかもしれぬが、茄子にすればたやすく割り切れぬものがある、ということよ」

せきは、座台の端に腰を下ろした。

目を膝の上に落とし、嚙み締めるように言う。

「道場の与兵衛さんから、文緒さまは幼いころどこかの山門に捨てられていたのを、重左衛門さまが見つけて連れ帰り、養女にされたのだとうかがいました。物心がつかれてからわけを話し、五つ年上の兵馬さまと夫婦になさるおつもりだった、と聞いております。お近いうちに、祝言を上げる運びだったようでございますが、たまたま重左衛門さまが急な病で寝込まれたため、延びのびになったとか。この一件がお耳にはいりましたら、重左衛門さまはさぞや」

そこで言葉を詰まらせ、前掛けで顔を押さえる。

「兵馬と文緒は、ここへよく足を運んだのか」

重蔵が聞くと、せきは涙をふいた。

「のべつではございませんが、月に一度くらいはお見えになりました。そのたびに、兵馬さまはしたたかにお酔いになって、文緒さまをいじめられるのでございます。とうとう今日の仕打ちで、文緒さまは堪忍袋の緒が切れたに相違ございません」

「それほどいやならば、無理に夫婦になることもなかったであろう。おやじにその旨告げて、話をなしにすればすむことではないか」

「さあ、それは。文緒さまには、重左衛門さまに返しても返しつくせぬ、ご恩義がございましょう。また兵馬さまは、文緒さまがおそばにいらっしゃらなければ、道場を切り盛りできますまい。兵馬さまのお腕前では、お弟子衆を道場に引き留めるのは、むずかしゅうございます」

「それほどに、なまくらか」

「今日の始末を見れば、一目瞭然でございましょう」

せきの言うとおりだった。

ふと店の外に目を向けると、だいぶ日が傾いている。

「別邸へもどった方が、よろしゅうございませんか。小半刻のうちにも、知らせを受けた町奉行所の手勢が、駆けつけてまいりましょう」

団平が言うと、重蔵はうなずいた。

腰を上げながら、せきに声をかける。

「この短冊は、おれが預かる。異存はあるまいな」

せきもあわてて座台を立ち、頭を下げた。

「ございません。どうぞ、お持ちくださいまし」

「もう一つある。文緒は、ここを逃れ出るときに小太刀の鞘を捨てた、と団平に聞いた。どこかへ処分いたしたのか」

「いいえ、しまってございます。すぐに、お持ちいたします」

せきは奥へ駆け込み、前掛けに鞘を包んで持って来た。

重蔵はそれを左手に持ち、短冊をふところに入れると、先に立って店を出た。

あとを追った団平が、さっそく小走りに駆け出そうとするのに、重蔵はまるで物見遊山にでも行くごとく、のんびりと歩き出した。

団平は、しかたなく重蔵に歩調をそろえたが、ともすれば急ぎがちになる足を控えるのに、少なからず苦労した。

それを見抜いたように、重蔵が片頬に薄笑いを浮かべて、団平を見下ろす。

「焦らずともよいぞ、団平。相手は、逃げはせぬ」

「しかし音若師匠に、万一のことがございましては」

「気にするな。取り籠もりの張本人は、めったに人質に手出しをせぬものだ。一人を傷つければ、攻め手はそれ以上怪我人を出すまいとして、一気に押し込んで来る恐れがある。ましてや、人質の数が少ない場合は自分の命と同じほど、だいじにするのが常よ」

「とはいえ文緒は、自暴自棄になっているやもしれず、何をするか分かりませぬ」

「時がたてば、気も落ち着くはずだ。そろそろ、頭が冷えたころだろう」

すでに、文緒が取り籠もってから半刻近くになるのに、別邸の前の人だかりはいっこうに減っていない。むしろ、輪が広がった感じさえする。

団平は人込みを搔き分け、重蔵を木戸口へ導いた。

つるの母親が、また泣きわめきながら重蔵と団平に、取りすがろうとする。

団平はそれをなだめ、番人に木戸をあけさせた。

竹垣の中にはいると、番人があとに続こうとする群衆を押しもどして、木戸を閉じた。

青柳隼人が、安堵と不信の入り交じった複雑な笑いを浮かべて、頭を下げる。

「これは、近藤さま。明け番とうかがいましたが、お役目ご苦労さまでございます」

「うむ。おおかたのいきさつは、団平から聞いた。その後、変わりはないか」

隼人は、重蔵より十歳以上も年長のはずだが、年若の与力の権高な物言いに対して、わずかにひるんだ様子を見せた。

「人質になった、おつると申す小娘の泣き声が、さきほどやみました。それ以外に、変わりはございません」

「そうか。おぬしらは、ここに控えておれ」

重蔵はそう言い残すと、まるで庭歩きでもするようなのんびりした足取りで、建物に近づいて行った。

隼人はあっけにとられた顔で、その後ろ姿を見送った。

池のへりを迂回し、砂利の上に出た重蔵はゆっくりと歩き続け、閉ざされた引き戸の一間ほど手前で、足を止めた。

叫ぶでもなくどなるでもなく、ごく普通の声で呼びかける。

「高木文緒は、そこにおるか。おれは火盗改、松平左金吾組の与力、近藤重蔵だ。その方と話をしたい。中へ入れてくれぬか」

間髪をいれず、家の中から返事がある。

「火盗改などに用はない。さっさと立ち去れ。さもなくば、火を放つ。脅しではないぞ」

「火を放つのは、話をしたあとでもよかろう。あいにく今は、風がない。これで少し日が傾けば、北風も吹き始めるはずだ。その方が、よく燃えるではないか」

隼人が、度肝を抜かれたような顔をして、団平を見る。

重蔵の、ふだんの物言いを知る団平は驚きもせず、隼人を無視した。

文緒が答える。

「たわけたことを。話があるなら、その場で申されるがよい」

「小窓の隙間からでも、おれの顔を一度拝んでみよ。それで怖じけがついたら、戸をあけずともよいわ」

「その手には乗らぬ。話はそれだけか」

重蔵は、少し間をおいた。

「一つだけ、その方に伝えておくことがある。先刻、兵馬が〈なかざと〉で短冊に書いた狂歌は、兵馬自身の作ではないのだ」

団平はそれを聞きとがめ、思わず身を乗り出した。

文緒も興味を引かれたらしく、急き込んで応じる。

「では、だれの作だと申すのだ」

「鯛屋貞柳の作だ」

「たいや、ていりゅうだと」

「さよう。魚の鯛に屋根の屋、貞淑の貞に柳と書く。その方、剣術一点張りでいっこうに不案内だろうが、貞柳は承応に生まれて享保年間まで長生きした、大坂の狂歌師だ。〈茄子田楽に寄する恋〉は、その貞柳のよく知られた狂歌よ」

団平は、ひとりうなずいた。

そうか、鯛屋貞柳の作だったのか。どうりで、うまいはずだ。兵馬は、それを空で覚えていて盗んだだけ、ということだろう。

文緒の声がする。

「それを聞いたとて、今さらどうなるものでもないわ」

重蔵は、かまわず続けた。

「しかしこの歌には、いささか欠けがある。〈茄子こそ〉とくれば、〈負けまじけれ〉と受けねば、係り結びの法にかなわぬ。ただし、それでは字が余る上に、語調が整わぬ憾(うら)みがある。ここはいっそ、〈負けじとて〉とすべきであろう。もっとも、おれなら最初の句を、〈茄子とて〉とする。それならば、あとをそのままいじらずとも、不都合はないからな」

なるほど、と団平は感じ入った。いかにも重蔵らしい、明快な指摘ではないか。

とはいえ、この危急のときにのんびりと、狂歌の講釈でもあるまい。まして、文緒の人質になっている一人は、重蔵なじみの音若なのだ。

文緒が、聞き返す。

「いったい、何が言いたいのだ」

「その方に、いささかでも狂歌のたしなみがあれば、血を見ずにすんだものを、と申しておるのだ。兵馬の盗作をそしり、係り結びの不備をつけば刀を抜かずとも、気がすんだとは思わぬか」

少し長い間があく。

「捨てておかれよ。もはや手遅れでございます」

団平は、文緒の口調が変わったことに、気がついた。

5

音若は、高木文緒の口調が変わったことに、気がついた。

口調だけではない。引きつっていた顔が、一瞬とはいえ放心したように弛緩し、目に迷いの色が浮かんだ。

文緒は、血のこびりついた小太刀を土間に突き立て、上がり框に腰を据えた。

音若は、竈の横に持ちだされた毛氈の上にすわり、つるを抱きかかえていた。そうするように、文緒に命じられたのだ。

つるは、まだ四つかそこらの農家育ちらしき女の子で、泣きつかれてうとうとし始めたところだった。

家の外で、また近藤重蔵の声がする。

「今一つ、その方に言っておくことがある。ただし、いささか外聞をはばかるゆえ、中に入れてもらいたい。刀はここに置いておく」

文緒は、はっとしたように顔を振り向け、すぐに声を返した。

「中には入れぬ、と申したはずだ」

「おれがここで大声で話をして、やじ馬どもに聞かれてもよいのか」

「何を話すというのだ」

「ここでは言えぬから、中へ入れよと申しておるのだ」

文緒は、いらだって立ち上がったが、すぐにまた腰を下ろした。

「少し、時をくれ」

そう言って、腕組みをする。

音若はつるを抱いたまま、わずかにみじろぎした。

ここへ押し込んで来たとき、文緒は上半身から顔にかけて浴びた返り血で、真っ赤に染まっていた。もっとも、顔は引きつっていたが態度物腰に乱れはなく、話す口調にも狂気は感じられなかった。手向かいさえしなければ、だれも傷つけるつもりはないと言った言葉に、これまでのところ嘘はない。

鍋をかけた竈には火がはいっており、そばにいると汗ばむほど暑い。土間には、小さく束ねられた細いたきぎがところ狭しと、ばらまかれている。先刻、文緒の命令で田原屋善右衛門や奉公人たちが、その上に油をかけ回したのだった。竈の火を点じれば、たちまちあたり一面火の海になるだろう。

まさか、月に一度の常磐津の稽古がこうした変事にいたるとは、毛ほども予期していなかった。まして、重蔵自身がこの場に乗り出して来るなど、思いも寄らぬことだった。音若は、半分安堵を覚えながらも、あとの半分は当惑していた。

布袋屋太兵衛が殺され、聞き込みに来た重蔵と面識ができてから、まだ二月ほどにしかならない。一件が落着したあと、年が明けた正月十日の夜更けであったか、突然重蔵が石切橋の家に押しかけて来た。

むろん、はなから拒絶することもできたのだから、あのときなぜ中へ入れてしまったのか、あとで考えると不思議な気がする。

もっと奇妙だったのは、そのような状況になりながら重蔵は、音若に一指も触れずに酒を飲み、寝てしまったことだった。進んで、とはいわぬまでも、強く望まれれば受け入れてもよい、と肚(はら)を決めていた音若は、むしろ拍子抜けがした。

それから二度、重蔵はなんの前触れもなく足を運んで来たが、いずれも前と同じ結果に終わった。その振る舞いが、女にどのような複雑な思いを抱かせるかを、まるで知らぬげな様子だった。

酒を飲むたびに、重蔵は自分がいつ生まれてどのように育ったかを、独り言のように話した。言葉の端ばしから、驚くほど多くの書物を読んだことがうかがわれ、まじめに聞いていると頭が痛くなるほどだった。

あの大きな体ゆえに、その場にいるだけで人を萎縮させる威圧感があるが、慣れてみるとさほどいやな感じはしない。固い甲冑（かっちゅう）の内側に、どのような生身の人間がひそんでいるのかと、むしろ興味を覚えてしまう。

布袋屋との関係についても、重蔵はかたくなに聞こうとしなかった。

もし聞かれれば、死んだ連れ合いの薬代を出してもらったお返しに、囲われたのだと答えるだけだ。話はそれほど単純ではないが、一言で言えばそういうことになる。

とはいえ、聞かれもしないのに自分から話すのも、気が引ける。

文緒が突然立ち上がり、音若はわれに返った。

いつの間にかつるが、すやすやと寝息を立てている。

文緒は、土間に突き立てた小太刀を引き抜き、引き戸のそばへ行った。

小窓をあけて、外をのぞく。

それから、思い切ったように心張り棒を取っぱずすと、音若とつるのそばに駆けもどった。

文緒は、眠ったつるの首筋に小太刀を向け、外に向かって声を発した。

「その場に刀を置いて、中にはいられよ。妙なまねをすると、小娘の命はないぞ」

「分かった」

やがて引き戸が開かれ、重蔵の大きな体が戸口をくぐる。

明るい光が差し込み、音若は土間がずいぶん薄暗かったことに、あらためて気づいた。

重蔵が中にはいると、土間はまた少し暗くなった。

文緒は油断なく身構えながら、心張り棒をもどすように命じた。

言われたとおりにしてから、重蔵は三人の方に向き直った。

音若を見て言う。

「怪我はないか」

音若は、重蔵と顔見知りであることを悟られぬように、他人行儀な挨拶(あいさつ)を返した。

「大事はございませぬ。この娘も、今は眠っております」

重蔵は、手に朱塗りの鞘を持っていた。その色や長さからして、文緒の小太刀の鞘と思われた。

文緒が言う。

「話があるなら、そこで言うてみられよ」

「その前に、この狂歌を確かめてみたらどうだ」

重蔵は、ふところから短冊を取り出すと、文緒に向かって投げた。

くるり、と宙で一転した短冊が、次の瞬間には二つに切り裂かれて、たきぎの上に落ちた。

音若には、つるに突きつけられた小太刀が動いた、とは思えなかった。瞬きする間もないほどの、文緒の早業だった。

文緒が、吐き捨てるように言う。

「見とうもござらぬ」

重蔵は肩を揺すって笑い、文緒に朱鞘のこじりを突きつけた。

「その方、なかなかの腕前とみた。しかし、〈なかざと〉で高木兵馬を刺したわざは、ちといただけぬな」

文緒の肩が揺れる。

「なんと言われる」

「自分でも、分かっておるはずだ。初太刀は、わずかとはいえ心の臓を、はずしたではないか。それゆえ兵馬は、即死しなかったのだ。怒りに任せて刀を抜けば、どれほどの腕前の者でも、手元が狂うものよ」

文緒が、はじけたように笑い出す。

「近藤どの、と申されたな。その言、まことにかたわら痛い。兵馬さまに、だれに何ゆえ刺されたかを思い知らせるため、わずかな時を与えたにすぎませぬ。手元が狂ったわけではござらぬ」

今度は重蔵が、からからと笑った。

「なるほど、さもあろうて。あの騒ぎの中で、兵馬の喉首をしかと掻き切ってとどめを刺したは、なかなか冷静沈着な振る舞い。ほめてつかわす」

小太刀の切っ先が、ぴくりと動く。

「ほめてつかわす、とは笑止な。そこもとに、ほめられる筋合いはない。火盗改は、このようなところにまで、鼻を突き出されるのか。話がすんだら、早々に退散されよ」

「惜しい。その方が男ならば、高木道場も安泰であったろうに。これで道場も、あえなく閉鎖になるというもの」

それを聞くと、文緒はつるから小太刀をはずして、重蔵に突きつけた。

「黙られよ。さっさと行かれるがよかろう」

重蔵は、いかにも心痛に耐えぬといわぬばかりに、首を振った。

「それほどの腕を持ちながら、士道不覚悟とは惜しまれるな」

文緒の背がこわばるのが、音若の目にもはっきりと分かった。

「士道不覚悟とな。何をもって、そのように言われるか」

「不覚悟ゆえ、不覚悟と申しておるのだ。所詮、女子は女子にすぎぬ」

「挑発には乗らぬぞ」

そう言いながら、文緒の声は上ずっていた。

重蔵が続ける。

「兵馬を仕留めたまではよいが、そのあと女子供を人質にして取り籠もるとは、いかさま底が割れたわ。恩人の跡取りでもあり、いいなずけでもある男をあやめた以上、みずから生きながらえる望みあり、とは思えぬ。この鞘を捨てたのが、その証しではないか」

そう言って、手にした鞘を振り立てる。

文緒は肩を怒らせたが、何も言わなかった。

重蔵は、なおも続けた。

「それを、未練にも女子供を人質にさらい、他人の家に取り籠もるとは、士道不覚悟も極まったわ。所詮女子は女子、と申した意味が分かったか」

音若は、竈の明かりを浴びた文緒の垂髪が、ぶるぶると震えるのを見た。

重蔵が、一転して声を和らげる。

「兵馬を刺したときから、その方も覚悟を決めていたはず。聞くところによれば、周囲のやじ馬に人殺しと呼ばれ、つぶてで追い立てられたということだが、そのためにしばらく自分を見失ったのであろう。兵馬をあやめるのに、心中いかほどの恩讐と戦ったかは知らぬが、並なみならぬ葛藤があったことは想像がつく。それを、ただの人殺しと罵られて石に打たれれば、逆上するのも無理はあるまい。しかし、かくなる上はいさぎよく責めを負うのが、武芸者の本分ではないか」

音若は、小太刀の柄を握り締めた文緒の指の関節が、薄闇に白く浮き上がるのを見た。

文緒の発する恐ろしい緊張が、竈の熱気を越えてじりじりと迫る。

そのとき、膝の上に抱いたつるが急に目を覚まし、わっと泣き出した。

ぎくりとして、文緒がつるに目を落とす。

その瞬間、重蔵の握った朱鞘が電光のように、薄闇を突き抜けた。

それはあやまたず、小太刀を握った文緒の手首に命中した。

声を発した文緒の手から、小太刀が落ちる。

音若は、とっさにつるを抱いて立ち上がり、たきぎの上を飛んで重蔵のそばへ駆け寄った。

「うぬ」

文緒は土間にかがみ、すぐに小太刀を取り上げた。

そのときすでに音若は、重蔵の背後に身を隠していた。

文緒の口から、自嘲めいた笑いが漏れた。

ため息をついて言う。

「近藤どの。そこもとのおおせられるごとく、いかにもわたくしは士道不覚悟でございました。養父高木重左衛門に、幼いころより兵馬さまと競わせられ、男同様に育てられましたゆえ、どこかで道を踏み違えたとみえます。武芸者として、はるかに兵馬さまの腕を超えながら、妻としてこの先兵馬さまに仕えなければならぬことを思えば、わたくしには耐えられぬものがございました。逆に兵馬さまにとって、わたくしはご自分の手に負えぬしたたかな武芸者、またいいなずけとして見ればかわいげもたしなみもない女子、ということになりましょう。兵馬さまはわたくしを責めつつ、ご自分をも責めておられたのでございます。そこもとにお話ししても、詮ないことかもしれませぬが」

重蔵が、すげなく言い捨てる。

「いかにも、詮ないことだ。この二人を外へ出すが、異存はあるまいな」

文緒はうなずき、音若に目を向けた。

「よんどころなく、恐ろしい目にあわせてしまいました。お許しくだされ。おつるとやらにも、詫びを言わねばならぬ。このとおりでござる」

小太刀を背後に回し、立ったまま深ぶかと頭を下げる。

いつの間にか、つるは泣きやんでいた。音若にしがみついたまま、怖ごわと文緒を見つめる。

と、重蔵がいきなり帯の後ろに差した鞭を引き抜き、文緒の前に進み出た。

「おつるに代わって、おれが罰を与えてくれる。神妙にいたせ」

そう言うなり、文緒の肩をしたたかに二度、三度と打ちすえた。

重蔵が言い募る。

「口惜しくば、かかってくるがよい」

唇を嚙み締めた文緒が、後ろに回した小太刀を振りかぶった。

音若はつるを抱き締め、反射的に二人に背を向けた。

ずしゃ、といやな音がしたかと思うと、たきぎの上に人の倒れかかる、重い響きが足元に伝わった。

音若は、夢中で心張り棒を取りのけると、引き戸をあけて外へ転がり出た。

6

つるを抱いた音若が、砂利の上を走って来る。

根岸団平と青柳隼人は、身をひそめていた池のほとりから飛び出し、音若の体を抱き留めた。

つるが、激しく泣き出す。

団平はつるを抱き取り、その場にへたりこんだ音若に、声をかけた。

「音若、怪我はないか」

「は、はい、ございません。でも、重蔵さまが」

音若が言いかけたとき、背後の竹垣が音を立てて揺れ、木戸がめりめりと砕けた。

番小屋の番人を踏みつぶすようにして、やじ馬がどっと庭になだれ込んで来る。

その先頭にいるのは、つるの母親だった。

「おつる、おつる」

母親は団平に飛びつき、腕から娘を奪い取った。

どっと歓声が上がる。

しかしそれもつかの間、あたりはたちまち潮が引くように、静まり返った。

団平が振り向くと、重蔵がのそりと引き戸をくぐり、外に出て来たところだった。

襟元から右の頬にかけて、真新しい血が降りかかっている。

「重蔵さま」

飛び起きた音若が、のめるように駆け寄る。

重蔵は、すばやく後ろ手に引き戸を閉め切り、その前に立ちはだかった。

「心配いたすな。怪我はしておらぬ」

「あの、あのお方は」

急き込んで尋ねる音若に、団平もほかの者もかたずをのんで、返答を待った。

重蔵は、そこへ置き捨てた刀を腰にもどし、おもむろに口を開いた。

「喉を掻き切り、みごと自害して果てた。よく聞け、隼人。町奉行所の手勢が来るまで、だれもこの中に入れてはならぬ。心得たか」

青い顔をして、そこに立ちすくんでいた隼人は、われに返ったように顎を引いた。

「は、心得ました」

「行くぞ」

重蔵は団平と音若に顎をしゃくり、やじ馬を掻き分けて木戸へ向かった。口ぐちに呼びかけ、労をねぎらう周囲の声にも、耳をかそうとしない。

通りへ出て、宗仙寺の方へ歩き出した重蔵に、音若が声をかける。

「もし、重蔵さま。お差し支えなければ、石切橋の方へお越しなさいませぬか。お着替えなども、ご用意できますが」

そう言いながら、袂(たもと)から取り出した手ぬぐいで、重蔵の顔をふこうとする。

重蔵はそれをもぎ取り、自分で血をふき落とした。

「そうもいかぬ。宗仙寺で、おやじが待っているのだ」

「では、ご隠居さまもご一緒に、お連れくださいませ。わたくしも宗仙寺まで、お迎えに上がります」

なぜか音若は、このまま重蔵と別れたくないらしい。

重蔵は、手ぬぐいを音若に投げ返した。

「好きにいたせ」

歩き出す重蔵のあとを、団平と音若はあわてて追った。

重蔵が言う。

「今日の話は、山東京伝には聞かせられぬな、団平」

「なぜでございますか」

団平が聞き返すと、重蔵は鞭で自分の肩をぴしり、と叩いた。

「京伝は、天明のころあの鯛屋貞柳の狂歌に、返しをつけておるのだ」

「どのような返歌でございますか」

少し間をあけて、重蔵が朗々と詠む。

油付け
くしをさしたは　よけれども
色の黒いが　味噌をつけたり

団平は笑うに笑えず、そのまま沈黙した。

茄子が、瓜実顔に負けまいとして油をつけたり、櫛をさしたりする。しかし、いかにせん地の黒いのが災いとなり、味噌がついてしまった。貞柳の作をうまく受けた、さすがに才気あふれる返歌だ。

言葉遊びとしては、確かに秀逸な作かもしれぬ。田楽につきものの、味噌まできちんと詠み込んだ効果が、憎らしいほど利いている。

しかし、色黒の高木文緒の顔を思い浮かべると、あまりにも不憫だった。山東京伝に悪意はなくとも、もしこれが文緒の目に触れるようなことがあったなら、どんな気持ちになっただろうか。

団平は、思い切って尋ねた。

「あの女子は、まことに自害したのでございますか。それともご自身で、成敗なされたのでございますか」

重蔵は小川にかかる橋を渡り、宗仙寺の山門をくぐった。

「まことに、自害いたしたのだ。しかし、やはり女子は女子であった。沈着に、いいなずけのとどめを刺すことはできても、いざおのれの首を掻く段になると、いささかためらいおったわ。おれが手を添えなければ、死にそこなって苦しんだであろうな」

音若が、袖でそっと目尻を押さえるのを、団平は見た。

家の中で、重蔵と文緒の間に何があったか知らないし、知りたいとも思わない。

しかしこの年二十一歳、重蔵の誕生日に起きたその出来事を、忘れることはないだろう。

団平は気を取り直し、重蔵のために洗い水を汲もうと、裏の井戸へ走り出した。

第五話　猫首

1

寛政三年（一七九一年）春。

年が明けてからこの方、追いはぎや盗っ人、押し込みの数が減る気配は、いっこうにない。中でも世上を騒がせているのは、だれ言うとなく〈葵小僧(あおいこぞう)〉と呼ぶようになった、大胆不敵な怪盗の一味だった。

この一味は、葵の御紋つきの高張提灯(たかはりぢょうちん)を先に立てて、大店(おおだな)の商家に押し込む。金品を奪うばかりでなく、抵抗する者は容赦なく殺し、婦女子と見ればかならず犯す。その極悪非道の振る舞いは、江戸市民に強い不安と恐怖を呼び起こした。

それ以外にも金持ち、貧乏人を問わず押し込む盗賊が横行し、江戸の治安は大いに乱れていた。

そうした中で、奪われた金品こそさほどではないものの、他の押し込みといささか様子の違う、奇妙な盗難事件が三件あった。

一つは、浅草瓦町（かわらまち）の唐物（からもの）屋、唐仙房（とうせんぼう）。

今一つは、市谷御門外船河原町（ふながわらちょう）の味噌（みそ）問屋、三松屋。

そして三つ目は、大伝馬町（おおでんまちょう）の茶問屋、利久屋。

被害金額は、合わせて三百両。むろん小さな額ではないが、一件で五百両を越えるような、巨額の押し込み事件がほかにいくらもあるから、むしろ少ない部類に属する。

とはいえ、この三件にはほかの事件と違う共通点が、いくつかみられた。

まず、ふだん用心を絶やさぬ店にもかかわらず、やすやすと賊が侵入していること。

戸締まりが厳重な場合、大がかりな押し込みをたくらむ盗賊は、あらかじめ一味の者を使用人として、送り込んでおく。そしてしかるべきときに、中から手引きをさせるのが常道、とされている。

しかしこれら三つの事件では、過去三年以内に雇い入れられた新しい使用人は、一人もいない。すべて、古くから勤める身元の確かな者ばかりで、中のだれかが買収された形跡もない。ただ、寝る前にあらためた内鍵がはずれていることから、だれかがどこからか侵入したことは、確かだった。

どの店でも、賊は家の者が熟睡している間に忍び込み、気づかれぬうちに金品を運び出している。したがって、一人の死人も怪我人も、出ていない。賊の人数は、屋敷内に残された足跡から、三人程度の小人数と推察される。葵小僧などと比べれば、いっそさわやかすぎるほどの、小気味よい手口といえた。

ただ一つ奇怪なのは、いずれの家も厠の便壺の中から首の骨を折られ、皮をはがされたその家の飼い猫の死体が、発見されたことだった。

もっとも、この事実はいささか異常の感を与えるだけに、表沙汰にされなかった。


三月の上旬。今が花の盛りの、飛鳥山。

その昔、花見は上野の山でもっとも盛んに行なわれた。しかし、東叡山寛永寺が歴代将軍の廟所でもあることから、歌舞音曲がしだいに制限されるようになったため、見物の人出は隅田川の土手や、飛鳥山に移った。

橋場余一郎は、〈七小町〉と札の立った満開の桜を仰ぎつつ、その下に敷かれた毛氈の上で飲み食いする、武家の男女の一群れを見た。重箱や破籠に料理が盛られ、漆塗りの酒筒が回される。

余一郎は、かたわらの近藤重蔵を見返った。

「昼間から、景気のよいことでございますな。越中さまのお耳に達しましたら、なんとおおせられることやら」

松平越中守定信が老中首座についてから、奢侈を禁じ倹約を旨とする政令が次つぎと公布され、市中は火が消えたように元気がなくなった。このにぎわいは、それに対する憂さ晴らしのようにもみえる。

重蔵は、赤い鞭で肩をぴしり、ぴしりと叩きながら、笑いを漏らした。

「堅いことを申すな。あまりじろじろ見ると、お上の回し者と思われるぞ」

「しかし、近藤さま。わたくしどもはもともと、お上の回し者でございます。近藤さまはともかく、わたくしのいでたちを見れば一目で分かりましょう」

後ろ腰に差した十手は見えなくとも、着流しに巻羽織はだれの目にも同心と分かる。

「それでいいのだ。おれたちを見れば、悪心を起こした者も思いとどまるからな」

重蔵が言うと、そばに控えた根岸団平が、遠慮がちに口を開いた。

「今日びは御用の筋も、ご威光が薄れたように存じます。昨日など、町家の娘を手込めにしたならず者が、捕らまえようと駆けつけて来た奉行所の同心を、逆にどぶ川へ叩き込んで逃げた、という話を耳にいたしました」

「そんなざまだから、ご威光も薄れるのだ」

重蔵はそう言って、また肩をぴしりと叩いた。

締めつけが厳しくなるとともに、市中では追いはぎや追い落とし、押し込みの件数が鰻のぼりに増え、市中の治安が悪化した。町奉行所、火盗改だけでは手が回らず、盗賊をつかまえた者はだれでも、その場で相手を打ち殺しておかまいなし、との触れも出された。

人込みをよけながら、また歩き出す。

余一郎は言った。

「四、五日前の暮れ方、旗本の若侍が何人か抜き身を引っ下げ、町なかをのし歩いたそうでございます。町奉行所から捕り方が出張ったところ、若侍たちは辻強盗から身を守るためにこうしているのだ、と言い張ったとか。これなどは、おのれらが追いはぎ、押し込みをするつもりだった、としか考えられませぬ。結局そやつらは、奉行所から御目付へ引き渡されましたが、まったく世も末でございます」

そんな話は日常茶飯事で、ならず者や無宿者ばかりか食い詰めた浪人、部屋住みの旗本や御家人の次男坊、三男坊までが武家屋敷も町家も区別なく押し入り、妻女を犯して金品を奪う。そうした事件が、相次いでいるのだった。

重蔵が応じる。

「越中さまがあまり厳しくしすぎるから、みな息が詰まってつい分別をなくすのだ。追いはぎや押し込みに比べれば、花見ではめをはずすくらいどうということはない。おれたちも、そのあたりで一杯やるとするか」

「それはまことに、よい考えでございます。団平。山裾の街道筋に、茶屋が軒を並べていたはずだ。ひとっ走り先にくだって、席を取っておいてくれぬか」

余一郎が命じると、団平は二つ返事で駆け出した。

人込みから砂ぼこりが立ち、余一郎は袖で鼻をおおった。

「まったく、すさまじい人出でございます。この中に、どれだけ掏摸や掻っ払いが紛れ込んでいるか、知れたものではございませんな」

「ほうっておけ。今日の市中見回りは口実で、おれも花見を楽しみに来たのだ。小悪党の扱いは、八丁堀に任せておけばよい」

六尺豊かな重蔵が行くと、人込みはおのずから二つに割れる。後ろを歩く余一郎は、おかげで楽をした。

山裾におりると、街道沿いに茶屋がたくさん並んでおり、どこも客で一杯だった。

それを、一つずつのぞいて行く。

中ほどの茶屋のよしずの陰から、団平が顔を出して手を振った。

座台が一つ、まるまる空いている。

「手際がいいな、団平。どうやって見つけた」

余一郎が聞くと、団平はにっと笑った。

「勘定を払ってくれた上に、小遣いまでもらえるとなれば、どんな客でも席を立ちます」

どうやら、金で先客を追い払ったらしい。

重蔵は冷や酒を頼み、余一郎と団平は茶と団子を注文する。

甘いもの好きの余一郎は、さっそく団子にかぶりついた。

このところ、火盗改はほとんど休みもなく働きづめだから、たまに息抜きしても罰は当たるまい。そう思いながら、どこか後ろめたい気もする。

それを押し隠すために、余一郎は口を開いた。

「天明の米騒動のときでさえ、御先手組が十組も増役をおおせつけられましたのに、こたびの盗賊の横行に際して左金吾さまと長谷川さまの二組だけとは、どうも納得がいきませぬ。両町奉行所と、火盗改二組の手勢ではとても間に合わぬこと、明白でございましょう」

現在火盗改は、天明八年（一七八八年）以来本役を務める長谷川平蔵組のほかに、重蔵が所属する加役の松平左金吾組の、二組しか置かれていない。合わせて与力二十騎、同心百人足らずの小世帯では、とうてい広い江戸を管理下に収めることはできない。

重蔵は、目の前の山に果てしなく広がる桜を見ながら、酒をぐびりと飲んだ。

「火盗改であろうとなかろうと、御先手組の与力同心は一たび盗っ人に出くわしたなら、その場で引っ捕らえるのが筋だ。何も、加役を増やすだけが、能ではないわ」

余一郎は茶を飲み、あたりに目を配った。茶屋の中も大にぎわいで、だれも話を聞いている様子はない。

「加役をおおせつかれば、組頭は何かと物入りになると聞いております。足高が増えたくらいでは、とても賄い切れぬと存じます。越中さまは、御先手組に負担をかけまいとおぼしめされて、知行も高く縁続きにも当たられる左金吾さま一人に、加役をおおせつけられたのではございますまいか」

左金吾の知行は二千石だが、屋敷の敷地は数千坪もあるというから、一万石や二万石の大名では、太刀打ちできないだろう。四百石の、長谷川平蔵などの屋敷とは、まるで格が違う。しかも左金吾は、松平定信の遠縁に当たるところから、御先手組の中でも一目置かれる存在だった。

もっとも、左金吾にはときに定信の威光をかりる言動がある、との噂も聞く。しかし重蔵によれば、それもお役のためだという。

現に、左金吾の勤めぶりは謹厳にして実直、徒歩（かち）で夜回りをすることもある。また、定信の訓令をかたくなに守って、与力同心が手先や小者を使うことを、固く禁じている。下働きの者はとかく権威を笠に着て、わがまま勝手な振る舞いをする傾向があるからだ。その点、改心した盗っ人やごろつきを巧みに利用する、平蔵の臨機応変の勤めぶりとは、多分に趣を異にする。

重蔵は、早くも酒を飲み干した。

「どちらにせよ、おれたちは盗っ人を捕らまえればよいのだ。むずかしいことは、組頭に任せておけばよい」

そのとき、道を行き来する人込みのどこかで、女の甲高い声が上がった。

「ちょいと、掏摸だよ。そいつを、つかまえとくれ」

人の群れが揺れ、砂ぼこりが舞い上がる。

と見る間に、若い遊び人風の男が人込みを縫うように、街道を駆けて来た。道を行く人びとが、あわてて脇によける。

その後ろから、これも若い女が裾を乱しながら、追いかけて来るのが見えた。

女の声に応えるように、反対側から来た商家の番頭風の男が遊び人の行く手に、腕を広げて立ち塞（ふさ）がる。

遊び人はつんのめりながら、男の脇をすり抜けようとした。

男は、すばやく遊び人に抱きついて、その場に押しとどめた。

「離せ。離しやがれ」

遊び人はわめき、商家の男とわずかにもみ合ったが、すぐに相手をどんと突きのけて、また走り出した。

追って来た女が、金切り声で叫ぶ。

「だれか、だれかその男をつかまえとくれ」

余一郎が腰を上げようとしたとき、早くも団平が脱兎のごとく茶屋を飛び出し、遊び人を追った。

その後ろから、若い女がまろぶように走って行く。

あとに続こうとする余一郎を、重蔵が鞭の先で引き止めた。

「待て。団平に任せておけ」

余一郎はためらった。

「しかし、この人込みでは、見失うやもしれませぬ。手を貸した方が」

重蔵はそれをさえぎり、座台に酒と茶の代金を置いた。

「敵は本能寺だ。行くぞ」

そのままのそりと店先へ出て、団平が追って行ったのとは反対の方角に、足を向ける。

2

橋場余一郎は、あわててあとを追いながら、背に声をかけた。

「近藤さま、どちらへ行かれますので」

「十間ほど先回りして、行く手を固めろ」

いつものことだが、近藤重蔵は何も説明しない。

余一郎は、言われたとおり小走りに人の波を追い越し、重蔵の十間ほど先へ出た。

足を止めて振り向く。

重蔵は、自分のすぐ前を歩く中年の男の肩を、鞭で軽く叩いた。

男が足を止め、重蔵を見返る。

その縦縞の着物を目にして、余一郎はつい今しがた遊び人に突き飛ばされた、番頭風の男だと分かった。

重蔵が言う。

「懐の中のものを出せ」

その瞬間、余一郎は男の背中がさっとこわばったのに、気がついた。

男が首を縮め、重蔵を見上げる。

「どういうことでございましょうか、お武家さま。わたくしには、とんと合点がまいりませぬが」

人の波が、そこだけ自然に分かれる。

「とぼけるでない。今しがた遊び人ともみ合った際、何かを受け取ったであろう。それを出せ、と申しておるのだ」

重蔵が決めつけたとたん、男はくるりと身をひるがえして、逃げ出そうとした。

すでに事情を察した余一郎は、腰の後ろから十手を抜き放った。

「お上の御用だ。神妙にいたせ」

それを聞いて、あたりにいた花見客が口ぐちに声を上げ、ざざっと道の両脇にひく。

その砂ぼこりの中で、体をかがめた男が逃げ道を求めるように、きょろきょろとあたりを見回した。鼻の脇から口元にかけて、底意地の悪そうなしわを深くきざんだ、四十半ばの男だ。

余一郎を見て、とっさに横手へ逃れようとした男の首筋を、重蔵の鞭が襲った。

さして、力のこもった一撃にはみえなかったが、男は丸太で殴られたような叫び声を発し、へなへなと膝をついた。打たれた首筋から喉元にかけて、たちまち赤い筋が浮き上がる。

男はその場に這いつくばり、頭を抱えて苦痛の声を漏らした。

牛の一物を、二尺五寸ほどの長さに引き伸ばし、よじり合わせて膠で固めたという鞭は、かなりの衝撃力がある。まして、大兵の重蔵に真っ向から打ち据えられると、たいていの者が音を上げてしまう。

重蔵は、その鞭の先を今度は群衆に向け、ぶっきらぼうに言った。

「見世物ではないぞ。足を止めるな。行け」

人びとが歩き出すのを待って、余一郎は男を茶屋の裏手へ引き立てた。男は抵抗するどころか、重蔵の一撃で逃げる気も失せたらしく、余一郎の言うなりになった。

余一郎は男の腕を後ろに回させ、両の親指を互い違いに重ね合わせて、麻の細引きで固く縛った。これなら人目に立たず、しかも捕り縄で高手小手に縛り上げるのと、ほぼ同じ効果がある。

その間に、重蔵が男の懐をあらためた。

「これはなんだ」

女持ちの、巾着式になった花模様の紙入れが、男の目の前に突きつけられる。

男はふてくされたように、顔をそむけた。

重蔵は紙入れを自分の懐にしまい、鞭の先で男の顔をまっすぐに向け直した。

「名はなんと申す」

男は、鞭の感触に怯(おび)えたように、体を固くした。

「又兵衛と申します」

「どこに住んでおる」

「駒込千駄木(こまごめせんだぎ)の、源五郎店(だな)でございます」

「職は」

「根津宮永町の、桶長で働いております」

余一郎は後ろから、又兵衛と名乗った男の腕を縛った親指ごと、ぐいとねじり上げた。

「偽りを申すな。桶職人の手が、こんなにきれいなはずはない。そもそも、おまえのいでたちからして、商家のものではないか。口のきき方も、職人とは思えぬ。何かたくらみがあって、身を偽っているのであろうが」

又兵衛は、爪先(つまさき)立ちになって痛みをこらえながら、声を絞り出した。

「と、とんでもないことで。わたくしは、店の帳場を預かるだけでございまして、桶作りはいたしておりませぬ」

ます。どうか、ご勘弁を」

「誓って、嘘偽りはございませぬ。桶長へお連れくだされば、すぐに身の証しを立てられ

「桶屋に、帳場などあるものか。ありていに申さぬと、ためにならぬぞ」

重蔵が口を開く。

「逃げた男は、なんという名だ」

余一郎が腕を離すと、又兵衛は肩を上下させて、一息ついた。

「六助、確か六助と名乗りました。今朝、街道沿いの茶店で知り合ったばかりで、どこのだれかは存じませぬ」

余一郎はまた後ろから、又兵衛の肩をこづいた。

「もう少し、ましな嘘を考えたらどうだ」

「いえ、嘘ではございませぬ。六助が申すには、今日あたり飛鳥山は人出が多く、いくらでも懐を狙う機会がある。自分が掏摸を働くから、受けになってくれと言われたのでございます」

「ばかを申せ。堅気の人間が見も知らぬ遊び人から、いきなり掏摸の片棒をかつげと持ちかけられて、うんと言うはずがなかろう」

余一郎がなおも追及すると、又兵衛はしおらしく頭を垂れた。

「ご不審はごもっともでございますが、実は博奕(ばくち)に手を出して借財がかさみ、出来心でついふらふらと、話に乗ってしまったような次第で」

そこで言葉を切るなり、又兵衛は不意に身をひるがえして横手の林の中へ、頭から飛び込んだ。

「おい、待て」

虚をつかれた余一郎は、あわてて又兵衛のあとを追った。

とたんに、跳ね返った木の枝に胸を打たれ、出端(でばな)をくじかれる。

しゃにむに枝を掻きのけ、林の中に分け入った。

又兵衛が、親指を背後で縛られたまま、驚くほどの素早さで、木の間を逃げて行く。

「待て」

余一郎は呼びかけ、枝や下生えの草に足を取られながら、必死で又兵衛を追った。しかし、両腕を後ろに回した格好で、ましらのように駆ける又兵衛に、どうしても追いつくことができない。それどころか、どんどん間が開いていく。

薄暗い木立の行く手が、明るくなった。林が終わるようだ。この先には、滝野川村の田畑が広がっている。だれか、手を貸してくれる者がいるだろう。

余一郎は左手で裾をからげ、右手に持った十手で木の枝を払いながら、なおも追い続けた。しだいに、息が苦しくなってくる。

林を抜けると、目の前は川だった。石神井川の支流らしい。

又兵衛は、川に沿って下流に走って行く。

「待て。その格好では、逃げられんぞ」

余一郎はもう一度呼ばわり、懸命にあとを追い続けた。しかし、又兵衛の足はまるで韋駄天のごとく、差は広がる一方だった。行く手に立ち塞がる人影もない。

と、急に又兵衛の体がかき消えたように、見えなくなった。

同時に、水しぶきの上がる音が、耳に届く。

余一郎は驚き、葦を掻き分けて川端に駆け寄った。少し先の川面に、波紋が広がるのが見える。

まさか、川に飛び込むとは思わなかった。後ろ手に親指をくくられたままでは、泳ぐこともできないはずだ。

「余一郎、どうした」

後ろで、呼び声がした。

振り向くと、重蔵が林から出て来るところだった。

「又兵衛のやつ、ここから川に飛び込みましてございます。親指をくくられたままでは、溺れ死ぬやもしれませぬ」

　重蔵はそばへ来て、川面をのぞき込んだ。

　余一郎も、少しの間重蔵と一緒に流れをじっと見守ったが、又兵衛が浮かんでくる様子はない。ほんとうに、溺れ死んだのかもしれない。

　重蔵が、独り言のように言う。

「ばかなやつだ。たかが、女の紙入れを奪ったくらいで、川へ飛び込むとはのう」

　余一郎は、頭を下げた。

「なにしろ逃げ足の速いやつで、取り逃がしてしまいました。申し訳ございませぬ」

　重蔵が、顎をなでる。

「このまま、ほうっておくわけにもいくまいな」

「いかにも。さっそく村役人に命じて、下流一帯を探索させることにいたします。暫時、お待ちくださいますよう」

　重蔵は鞭で肩を叩き、急に興味を失ったように言う。

「おれはさっきの茶屋で、もう一杯やっておる。そろそろ、団平ももどって来るころだろう」

　そう言われて、団平がもう一人の遊び人を追って行ったことを、思い出した。

「団平が、あの掏摸の張本人を捕らまえてくれば、又兵衛の素性も知れましょう。とにかくわたくしは、村役人を探してまいります」

余一郎は、引き続き川面に又兵衛の姿を求めながら、橋の見える下流に向かって歩き出した。

3

根岸団平は、群衆の中に足を止めた。

肩で息をしながら、あたりを見回す。

遊び人風の男は、街道から石段を飛鳥山へ駆けのぼり、酔って踊り騒ぐ近在の百姓たちの間を抜け、姿を消してしまった。

飛鳥山の反対側には、石神井川の支流に落ち込む急な崖（がけ）がある。男がそこを滑りおりたとすれば、もはやつかまえることは無理だろう。あきらめるしかなかった。

団平のあとから、一緒に追いかけて来たはずの若い女も、いつの間にかいなくなっている。これもまた、人込みにまぎれてしまったらしい。

しかたなく、団平はもと来た方へ引き返した。夢中で追いかけたせいか、かなり遠くまで来たようだ。

念のため、道みち人の群れに目を配ったが、掏摸の男も若い女も見当たらない。

やっと茶屋までもどると、よしずの陰の座台にすわった近藤重蔵が、何ごともなかったように酒を飲んでいる。

団平は、頭を下げた。

「申し訳ございませぬ。余一郎も、取り逃がしてしまいました」

「おまえもか。逃げられたぞ」

重蔵の言葉に、団平は顔を上げた。

「橋場さまも。だれを、でございますか」

「あの遊び人風の男、逃げるときにそこの店先で別の男とぶつかり、もみ合っただろう」

「はい」

「遊び人のやつめ、もみ合うすきにすり取った紙入れを、相手の懐に押し込んだのだ」

はっと思い当たる。

「すると、あの男も仲間だったので」

「そうだ。一度はつかまえたものの、これが思いのほかすばしこいやつでな。話を聞いておる最中に、いきなり逃げ出しおった。追いかけたが、裏の林を抜けて川へ飛び込み、そのまま姿をくらました。今余一郎が、村役人に探索方を手配しておる」

団平は、肩を落とした。

「それは重ねがさね、不調法をいたしました。団平めが、あの掏摸をつかまえておれば、その者の身元も知れたでございましょうに」

「まあよい。すられた紙入れだけは、取りもどしてやったからな」

重蔵が、ふところから花模様の巾着らしきものを、ちらりとのぞかせる。

「それは、幸いでございました」

「ところで、これをすられた女は、どこへ行った」

団平は、また頭を下げた。

「実はその女とも、はぐれてしまったのでございます。一足先に、こちらの方へもどってまいったのでは、と考えておりましたが」

「いや、姿を見かけぬ。あきらめたのかもしれんな」

そこへ、橋場余一郎がもどって来た。

重蔵の話を裏付けるように、羽織や着物の裾、足袋が泥で汚れている。

余一郎は、汗をふきながら言った。

「おう、団平。あの遊び人は、どうした」

「それが、その」

団平は、ひととおりの事情を話した。

余一郎が、渋い顔をする。

「そうか。おれも、仲間の男を捕らまえそこねた。やはり、逃げ足の速いやつでな」

「はい、そのお話はたった今、うかがいました。村役人の方のご手配は、いかがでございましたか」

「人を出して、一帯を探索するように指示してきた。しかし、あの遊び人に逃げられたとなると、手がかりは何もないな。まして、紙入れを奪われた女まで消えてしまったのでは、一件そのものがなかったと同じことだ」

重蔵が、酒を飲み干して言う。

「とにかく、今日は花見に来たのだ。ほうっておこう。又兵衛とやらが見つかったら、あらためて調べを始めればよい」

「では、そろそろ役宅の方へ」

「そうだな、もどるとするか」

重蔵が応じると、余一郎の顔がほっとしたように緩んだ。

もともと余一郎は、日光御成道(おなりみち)を飛鳥山までくだって来る道すがら、団平の目にも何か後ろめたそうに見えた。盗賊が跳梁するこの物騒なご時世に、のんびり花見という気分にもなれないようだ。だれかに見とがめられ、組頭の耳にでも達したら面目が立たない、とでも考えているのだろう。

団平は、そういう余一郎のきまじめなところを、好ましいと思う。

かといって、重蔵の意向に逆らうつもりもない。重蔵は、学問に対する集中力もたいしたものだが、気散じをするときも同じくらい徹底的に、やってのける。中途半端が、嫌いなたちなのだ。団平は、重蔵のそうした気性を、よく承知している。

重蔵が、中山道に回ってもどろうと言うので、三人は茶屋の横手の道から、滝野川村へ向かった。中山道までは、十四、五町の道のりだ。

小さな川にかかった橋を渡る途中、下流の方に十人ほど村人の姿が見えた。余一郎の指示に従って、又兵衛の行方を探しているらしい。庄屋と思われる、白髪のずんぐりした男が余一郎の姿を認めて、遠くから頭を下げた。

滝野川村を抜け、巣鴨村にはいる。

中山道に出ると、すぐ左の角に庚申塚の石碑があり、茶屋が二つ三つ並んでいた。

植木屋の並んだ街道を七、八町のぼったところで、右側にある真性寺という寺の門前町に、差しかかった。左手には、大名屋敷がある。

重蔵が、ふと足を止めた。

「団平。あの店先にいる、前垂れ姿の女子を見よ」

団平が重蔵の目の先を追うと、〈割烹・仕出し・蓬莱屋〉と看板の出た小広い店先で、若い女が水をまいている。

その横顔を見て、団平は驚いた。

急いでそばへ行く。

「おい。おまえさんは、さっき飛鳥山で掏摸に紙入れをすられた、あの女子ではないか」

女は、団平を見るなり桶と柄杓を置き、あわてて頭を下げた。

「これはどうも、先ほどはありがとう存じました」

「礼には及ばぬが、どうしたのだ。いつの間にかいなくなったので、心配したぞ」

「申し訳ございませぬ。所詮相手は男衆の足、そちらさまのお姿を見失ったところで、あきらめたのでございます。それに、この時期は仕出しで何かと忙しいため、そのままお礼も申し上げずに、お店の方へもどってまいりました。失礼の段は、どうかご了見くださいませ」

「そうか、それで姿が見えなくなったのだな。この店で、働いているのか」

「はい、かよいで働いております」

二十五、六の、小柄ながら切れ長の目をした、美しい女だった。
そばへ来て、話を聞いていた余一郎が、横から口を出す。

「おれは火盗改の同心、橋場余一郎という者だ。これは、与力近藤重蔵さまの若党で、根岸団平。そなたの名は、なんというのだ」

女は、火盗改と聞いてたじろいだようだが、すぐに前垂れをはずした。

「失礼を申し上げました。わたくしはもよ、と申します」

「おもよか。あちらにおられる近藤さまが、そなたの紙入れを取りもどしてくださったのだ。よくお礼を申し上げるがよい」

「紙入れを」

女は言いさして、とまどったように重蔵に目を向けた。

重蔵が、ゆっくりと足を運んで来る。

女は緊張した面持ちで、重蔵を見上げた。

「あの、あの掏摸を、つかまえてくださったのでございますか」

重蔵はそれに答えず、じろりと女を見下ろした。

「その方、名はなんと申す」

「もよ、と申します」

「住まいはどこだ」

「駒込片町の、半右衛門店にございます」

駒込片町といえば、この街道を一里ほどのぼったあたりで、重蔵の居宅がある鶏声ヶ窪とも近い。

重蔵は懐に手を入れ、例の紙入れを取り出した。

「すられた紙入れは、これに相違ないか」

もよと名乗った女の顔が、一時に明るくなる。

「はい、相違ございませぬ。どうも、ありがとう存じました」

頭を下げるもよに、重蔵は言った。

「念のため、確かめるぞ。中に、何がはいっておるか、申してみよ」

もよは顔を上げ、無意識のように唇をなめた。

「はい。片側に一文銭が十枚ほど、南鐐（二朱銀）が二枚。もう片側にツゲの小櫛と鼻紙、それに女持ちの薬籠が一つ、はいってございます」

重蔵がうなずく。

「その方の紙入れに、間違いないようだな」

すでに重蔵は、中身をあらためたらしい。

もよは紙入れを受け取り、また深ぶかと腰を折った。

「ありがとう存じます」

重蔵は、もう一度懐に手を入れ、別のものを取り出した。

「今、その方が申した薬籠とは、これのことか」

団平がのぞき見ると、小さいながら金の蒔絵（まきえ）を施した、女持ちの薬籠だった。

もよは紙入れを握り締め、その薬籠をつくづくと見た。

「はい、さようでございます」

重蔵は顎をしゃくり、店先から少し離れた天水桶の陰へ、もよを導いた。団平と余一郎も、あとに続く。

重蔵は太い指で、三つの段に分かれた薬籠の入れ子を、一つずつ器用に引き出した。

「いちばん上の、この黒い丸薬は、なんの薬だ」

「水あたりの薬にございます」

「二番目の、この練り薬は」

「軽い擦り傷などに、用いております」

重蔵は上の二つを閉じ、いちばん下の入れ子を示した。ざらめのような、大粒の粉薬がはいっている。

「これはなんだ」

「頭痛、歯痛など、いろいろな痛みを抑える薬でございます」

「なんという薬か、存じておるか」

「いえ、名前は存じませぬ」

重蔵は、じっとよを見つめてから、おもむろに言った。

「これはイスパニア渡来の、マンドロガという秘薬だ。いささか、不都合な薬効があるため、お上のご禁制品に指定されておる。つまり、市中に出回るはずのない薬、ということだ。それを、なぜその方が所持いたしておるのか、ありていに申してみよ」

4

近藤重蔵の言葉に、橋場余一郎はあっけにとられた。

マンドロガなどという薬は、見たことも聞いたこともない。ご禁制品の中に、そのような薬がはいっていたかどうか、まったく記憶にない。

そもそも、不都合な薬効とはなんのことか。阿片（あへん）のようなものだろうか。

根岸団平も、わけが分からぬというように、余一郎の顔を見る。

しかし、当のもよはもっと驚いたらしく、顔色を変えて面を伏せた。

「恐れ多いことでございます。マンドロガなどという薬は、聞いたこともございませぬ。ましてご禁制品とは、いっこうに存ぜぬことでございました。どうか、お許しくださいませ」

「ではいつごろ、どこでこの薬を手に入れたのか、申してみよ」

重蔵が追及すると、もよは少し考えた。

「年が明けたあとでございましたか、存じよりのおかたから分けていただいたものでございます」

「その者の名は」

もよは、打ち明けていいかどうか迷うように、ためらいの色をみせた。

しかし、結局隠さぬ方がよいと判断したらしく、すなおに口を開いた。

「浅草瓦町の唐物屋、唐仙房の伝右衛門(でんえもん)さまにございます」

団平が、また意味ありげな目を向けてくる。

余一郎は、うなずいた。

その名前には、心当たりがある。唐仙房といえば、過日怪盗の侵入を受けて百両ほどの金を盗まれた、古い唐物屋だ。

重蔵は眉一つ動かさず、もよを見下ろした。

「なぜ伝右衛門は、その方にこのような薬を融通いたしたのだ」

もよは、顔を赤らめた。

いかにも答えにくそうに、小声で応じる。

「正直にお話し申し上げます。お恥ずかしいことながら、わたくしはふだんから月のものが、少々つらいたちでございます。それを頭痛にことよせて、伝右衛門さまに何げなくお話ししたところ、いろいろな痛みによく効くからとおっしゃいまして、その薬をくださったのでございます。ごく少量でよい、多く用いるとかえってよくないとのことで、確かに服用してみますと、驚くほどの卓効がございました」

「さもあろうな。して、伝右衛門はこの薬をいかほどで、その方に譲ったのだ」

「それが、お代を受け取られないのでございます。伝右衛門さまご自身が、どなたかに分けていただいたものだとかで、売り物ではないからとおっしゃいまして」

重蔵は顎をなで、さりげない口調で続けた。

「伝右衛門とその方は、どういう知り合いなのだ」

「伝右衛門さまは手前ども、蓬萊屋のなじみのお客さまでございます。お見えになりますと、いつもわたくしをお座敷に呼んでくださいます。さようなわけで、わたくしがもっぱらご酒のお相手を、させていただいております」

「月にいくたびほど、顔を見せるのだ」

「ならしますと、月に二度ほどでございましょうか」

「いつも、一人で来るのか」

「いえ、たいていお連れさまがおられまして、お取引筋のかたがほとんどでございます」

「たとえば、どんな相手だ」

もよの視線が、軽く揺れる。

「毎度お相手が替わりますので、よく覚えておりませぬが、唐物問屋の出島屋さまとは、何度かご一緒にお見えになりましてございます」

重蔵は、おもよに薬籠を示した。

「伝右衛門にもらったマンドロガは、これですべてか。まだほかに、取り置いたものがあるのなら、今のうちに出した方が身のためだぞ」

もよは、急いで首を振った。

「いえ、それがすべてでございます。一度に一粒、二粒なめるだけで十分でございますので、長持ちいたしております」

重蔵は薬籠を、たもとにしまった。

「この薬籠は、しばらく預からせてもらう。追って沙汰があるまで、このことはだれにも他言してはならぬ。むろん、伝右衛門にもだ」

もよは、神妙に頭を下げた。

「分かりましてございます。ただ伝右衛門さまが、おとがめを受けるようなことになりますと、まことに申し訳ない気がいたします。伝右衛門さまは、わたくしのためを思って融通してくださった、と存じておりますので」

「とがが及ぶかどうかは、伝右衛門の話を聞いてみなければ分からぬ。その方、明朝四つに火盗改松平左金吾さまの役宅まで、出向いてまいれ。場所は駿河台下、表神保小路だ。分かったか」

「承知いたしました。かならず、おうかがいいたします」

重蔵は余一郎と団平を促し、先に立って歩き出した。

店先を離れると、余一郎はすぐに声をかけた。

「近藤さま。マンドロガとか申す秘薬、まことの話でございますか」

「まことだ。おぬしが、村役人に話をしに行っておる間に、薬籠を調べてみたのだ。マンドロガに間違いない」

「なぜ、そのような秘薬のことを、ご存じなので」

「以前中川さまのところで、目にしたことがあるのだ。ちょっと、なめてもみた」

中川勘三郎忠英（ただてる）は、右膳、重蔵の近藤父子と親しい御目付で、駿河台に屋敷がある。

「阿片のようなものでございますか」

「阿片ではない。魔薬（麻酔薬）の一種であろうな。イスパニアでは、外科の術を施すときに用いる、と聞いた」

「不都合な薬効、とおおせられましたが、どのような薬効でございますか」

余一郎の問いに答えず、重蔵は団平に声をかけた。

「団平。おまえは残って、蓬莱屋を見張れ。明朝出向くように言われれば、おもよはそれまでに何か手を打とうとして、動きを見せるやもしれぬ」

「かしこまりました」

団平は足を止め、わらじの具合を直すようなそぶりで、かがみ込んだ。

余一郎は、重蔵について歩き出しながら、問いかけた。

「おもよに不審な点がある、とお考えでございますか」

「それは、おもよが動くか動かぬかで、はっきりするだろう」

重蔵はそう言ってから、それより前の問いに答えた。

「マンドロガは、ごくわずか用いるときは鎮痛に卓効があるが、量が過ぎると意識が朦朧（もうろう）

となって、幻覚を見るという。これを男女が服用してまぐわうと、天にものぼる心地がするそうだ。おれもさすがに、試したことはないが」

余一郎は困惑して、わざとらしく咳払い（せきばらい）をした。

「それでは、ご禁制品に指定されるのも、当然でございますな」

「さよう。用いることができるのは、将軍家と御三家の係医師だけだ。また、扱いを許されているのは長崎の唐物問屋、出島屋一店のみ。オランダ人を通じて購入したものを、江戸へ運び込んで御典医に納めるのだ」

「すると、出島屋が唐仙房の伝右衛門に、横流ししたのでございましょうか」

「まさかという気もするが、ほかに考えようがあるまい。伝右衛門とおもよは、おそらくただの仲ではないな。そうでもなければ、伝右衛門がおもよにそのような秘薬を、分け与えるはずがない」

「では、おもよもマンドロガの不都合な薬効とやらを、よく存じておるわけでございますか」

「そうであろうな。あの女、まるで武家奉公をしたことがあるような、上品な口のきき方をしておった。しかし、飛鳥山で掏摸にあったときとっさに出た言葉は、ずいぶんと伝法（でんぽう）なものであったと思わぬか」

余一郎は、そのときのことを思い浮かべた。

「なるほど、おおせのとおりでございます。ただの、割烹仕出し屋で下働きをする女子ではない、という気がいたします」

「そのあたりは、団平が調べ出してくれるだろう。おれたちはこの足で、浅草瓦町の唐仙房へ回ろうではないか」

5

唐仙房の伝右衛門は、真っ青になった。

「と、とんでもないことでございます。恥ずかしながら、あれがマンドロガなどと申す禁制品とは、夢にも存ぜぬことでございました」

近藤重蔵が、のしかかるように乗り出す。

「まことであろうな」

「まことでございます。あの薬は出島屋の新十郎どのに、痛み止めによく効くからといわれ、ただで分けていただいたもの。それをごく少量、おもよさんにお裾分けしただけでございます。どうぞ、ご勘弁くださいまし」

そう言って、畳に額をすりつける。

重蔵は、手にしたもよの薬籠を閉じた。

「その余のものを、ここに出してみよ」

「かしこまりました」

伝右衛門は、背後の茶簞笥（ちゃだんす）の引き出しをあけ、四角く折り畳んだ油紙を取り出した。

這いつくばるようにして、重蔵に差し出す。

橋場余一郎は首を伸ばし、重蔵が広げる油紙をのぞき込んだ。

薬籠に収まったのと同じ大粒の粉薬が、五匁（もんめ）（約二十グラム）ほど包まれている。

伝右衛門が、声を震わせながら言う。

「誓って、それがすべてでございます。どうか、お取り納めくださいますよう」

伝右衛門は五十がらみの、でっぷりした福相の男だった。愛嬌のある丸顔の持ち主で、耳たぶが人一倍大きい。

通常、唐物屋と呼ばれる店が売り買いするのは、唐からの到来物ばかりではない。オランダを通じて、長崎にはいってくるさまざまな国の商品を、なんでも扱う。

余一郎が見たところ、店先には唐の屛風（びょうぶ）や山水画、掛け軸から始まって、南蛮（なんばん）紅毛渡りの時計、遠眼鏡、西洋秤（ばかり）、羅紗（ラシャ）服、ギヤマンの瓶子（へいし）などが、ところ狭しと並んでいた。二人が通された奥座敷にも、その一部がいくつか置いてある。値の張りそうな古物も、少なくない。

　重蔵は油紙を畳み、薬籠と一緒に懐にしまった。

「これは一応、預かりおく。ところで、出島屋の新十郎との付き合いは、どれくらいになるのだ」

「ほんの一年ほどでございます。通常は、霊岸島長崎町に並ぶ唐物問屋から、仕入れをいたしております。新十郎どのと付き合いができましてから、そうした問屋を通さずに直接物品を購入するかたちで、お付き合いが始まったのでございます。むろん、一部にすぎませぬが」

「出島屋も、江戸店を出しておるはずだが」

「そのとおりでございますが、新十郎どのは本店の筆頭手代をしておられまして、こちらの江戸店とは別勘定になっている、とのことでございます」

「その方の店は、これまで出島屋の江戸店と、商いがなかったのか」

「以前はございましたが、ここ五年ほど途絶えております。手前どもが、古くから商いをいたしております肥前屋と、出島屋の江戸店が仲たがいをされましたために、よんどころなく取引を中止いたしました」

「しかしこの一年のうちに、本店の方とひそかに商いを再開した、というわけか」

「さようでございます。それが肥前屋に知れますと、いささか具合の悪いことになりますので、どうかご内聞に願いたく存じます」

「出島屋の新十郎とは、どのようにして知り合ったのだ」

「それが、たまたまなのでございます。わたくしは、琴三味線商いの絃屋庄兵衛どののところで、小唄の稽古をいたしております。庄兵衛どののお内儀が、小唄の師匠をしておられるのでございます。そこで新十郎どのと、初めてお目にかかりましたので。庄兵衛どのは長崎の生まれで、子供のころから新十郎どのをよく知っていた、と申します。それで新十郎どのは、江戸へ出て来るたびに庄兵衛どののところに、お泊まりになります。一年ほど前、庄兵衛どのに新十郎どのを引き合わされまして、出島屋の本店の筆頭手代をしておられることが分かり、内密に直商いをする話がまとまったのでございます」

「どのようなものを扱うのだ」

「新十郎どのが、ご自身で長崎から持って来られるような、小物ばかりでございます。店の方で、ごらんになったかと存じますが、遠眼鏡、西洋秤、ギヤマンの皿、髪飾りといったもので」

「新十郎はどれほどの間合いで、長崎から出て来るのだ」

「決まっておりませぬが、二月か三月に一度ほどでございましょう」

小女が茶を運んで来る。

重蔵はそれに口をつけ、さりげない口調で尋ねた。

「話は変わるが、その方の妻女はいかがいたした。姿を見せぬようだが」

伝右衛門が、下を向いて肩を落とす。

「二年前に、死に別れをいたしました。以来、独り身でございます」

「では、おもよをこの家へ入れても、差し支えないわけだな」

重蔵がずばりと言ったので、余一郎は居心地が悪くなった。

伝右衛門も、うろたえたように顎を引く。

「ご、ご冗談を。おもよ、おもよさんとは、そのような関係ではございませぬ」

「隠さずともよいぞ、伝右衛門。その方らが、マンドロガを用いて楽しんだことぐらい、とうに察しがついておる」

伝右衛門は、年にも似合わず頰を赤く染め、膝の上で手を揉み合わせた。

しぶしぶ、という感じで口を開く。

「これはどうも、恐れ入りましてございます。頭痛がひどいと申しますので、おもよにあの薬を分けてやったのでございますが、とんだところへ効き目が出てまいりまして、まことに閉口いたしました」

「なに、閉口することがあるものか」

重蔵はそう言って、からからと笑った。

伝右衛門が、ますます面目なさそうに、身を縮める。

重蔵は真顔にもどり、今度は厳しい口調で言った。

「今度、新十郎が出てまいるのはいつごろか、承知しておるか」

伝右衛門は、懐紙（かいし）で額の汗をふいた。

「それが、いつも前触れなしに尋ねてまいりますので、わたくしにも分からないのでございます。ただ、もうかれこれ二月も間があいておりますから、そろそろ姿を現すころではないかと、存じます。あるいは、紘屋庄兵衛どのにお尋ねになれば、存じておられるかもしれませぬ」

「庄兵衛の店は、どこにあるのだ」

「浅草阿部川町でございます。ここから十町ほどの道のりで、新堀川を挟んだ龍宝寺という寺の、真向かいに店をあけておられます」

「よし。その方の申したことに偽りがなければ、ご禁制品使用の一件は内々にすませてやってもよい」

伝右衛門は、平伏した。

「ありがとう存じます。決して、嘘偽りはございませぬ」

「一つだけ、念を押しておく。このことは、かならず他言無用にいたせ。一言でも漏らせば、お縄になるものと覚悟するのだ」

「重々、承知いたしました」

伝右衛門は答えたあと、ためらいながら続けた。

「しかし、近藤さま。出島屋の新十郎どのは、やはりおとがめを受けることになりましょうか」

「ご禁制品と知って、その方に横流ししたのであれば、罪は免れまいな」

重蔵が応じると、伝右衛門はため息をついた。

「さような薬と承知しておりましたなら、その場で意見して突き返しましたのに、口惜しいことでございます」

重蔵は、茶をゆっくりと飲み干した。

その隙に、余一郎は口を開いた。

「ところで、伝右衛門。過日の盗難事件のことだが、町奉行所の探索は進んでいるのか」

「恐れながら、何もご沙汰がございません。同じ手口で襲われた三松屋、利久屋も変わりなしと聞いております」

「そうか。それはいささか、気のもめることだな」

伝右衛門は、鷹揚に首を振った。

「盗まれた金は、合わせて百両ほどでございますから、とうにあきらめはつきました。むしろ、押し入ったのが悪名高い葵小僧の一味でなくて、よかったと思っております。ともかく、家内の者に怪我一つなかったのは、不幸中の幸いでございました。ただ飼い猫のたまが、あのような目にあわされたことだけが、不憫でなりませぬ。畜生とは申せ、家人同様にかわいがっておりましたのに、首を捻って生皮をはぐとはあまりにも残酷な仕打ち、許しがたいことでございます」

そのときだけ、伝右衛門の顔が心痛にゆがんだ。

「火盗改も、探索を心がけておこう。ちなみに、新十郎が今度ここへ顔を出したら、ただちに表神保小路の松平左金吾さまの役宅へ、知らせをよこしてくれ。かりにも、新十郎をかばいだてしたりすると、その方も同罪になるぞ」

余一郎が少し脅しをかけると、伝右衛門は神妙に頭を下げた。

「分かりましてございます」

「ただし、くれぐれも気取られぬようにいたせ。じゃまをしたな」

重蔵は、そう言って余一郎を促し、腰を上げた。

外に出ると、そろそろ日が傾き始めている。

重蔵は何も言わずに、唐仙房の前の広い道を北へ歩き出した。

「伝右衛門のことを、どうごらんになられますか」

余一郎が聞くと、重蔵は含み笑いをした。

「人が好いだけの、虫一匹殺せぬ男に見えるな」

「わたくしも、同感でございます。使用人の立ち居振る舞いを見ましても、主のしつけが行き届いていること、堅実な商いをしていることがうかがわれます」

「とはいえ、人は外から見ただけでは、分からぬものだ。飼い猫のたまの話ではないが、猫をかぶると言うではないか」

「しかし伝右衛門にかぎって、嘘を申しているようには見えませぬ。まことに、マンドロガがご禁制品であることを、知らなかったのでございましょう」

「新十郎なる者を問いただせば、はっきりするだろう」

「今度はいつ、長崎から出てまいるのでございましょう」

余一郎が言うと、重蔵は少し間をおいて応じた。

「新十郎は、長崎などに行っておるまい。出島屋の筆頭手代、というのも怪しいものだ」

余一郎は思わず、重蔵の横顔を見上げた。

「とおおせられますと」

「人の好い伝右衛門が、絃屋庄兵衛や新十郎の言うことをそのまま、真に受けただけだ。出島屋ほどの大店が、江戸店の存在を無視して本店から手代を送り込んだり、まして内密に直商いを始めたりすると思うか」

余一郎は、腕を組んだ。

「なるほど、言われてみれば、そのとおりでございますな。すると、庄兵衛と新十郎は口裏を合わせて、伝右衛門をだましたことになりますが」

「さよう。何が狙いか、確かめなければならぬ」

御蔵前通りを左に折れ、新堀川に沿ってさらに北へ向かう。川の左手には、御書院番の与力同心の組屋敷が軒を並べ、右手には見渡す限り寺町が続いている。

そのとき、余一郎は日暮れの迫った川端の柳の陰に、人影を見た。

6

不忍池（しのばずのいけ）のほとりを回ったもよは、下谷広小路の広い通りを横切り、町屋にはいって行った。

根岸団平は、蓬莱屋の見張りを始める前に羽織を裏返し、頭に置き手拭いをしている。羽織は、そのために特別に仕立てさせたもので、裏表で色も模様もまったく異なる。ちょっと見たくらいでは、もよも団平とは気がつかないだろう。

もよが、小半刻もたたぬうちに黒小袖に着替え、風呂敷包みを抱えて蓬莱屋から出て来たとき、団平は近藤重蔵の勘が正しかったことを悟った。

もよ自身、この時期は店が忙しいと言っていたくらいだし、まだ仕事の引けるころ合いではないから、先ほどの出来事がもよを早引けに駆り立てた、としか考えられない。

こうして、尾行が始まったのだ。

今もよは、人通りの少ない町屋の細い路地を抜け、寺の門前に差しかかった。

ふと足を止め、寺の門に目を向ける。それから、急に思いついたような足取りで、門内にはいって行った。

団平がその前まで来ると、寺の名は一乗院と知れた。中の様子をうかがう。

もよはきょろきょろしながら、本堂の横手へ回って行くところだった。姿が見えなくなるのを待って、団平もそのあとを追った。

縁の下の柱の間からのぞくと、本堂の裏手の植え込みのあたりにかがむ、もよの細い肩が見えた。

そのあたりで、猫の鳴き声が聞こえた。

立ち上がったもよが、背を丸くしてかたわらの物置小屋に、はいって行く。戸が閉じられ、かすかな物音が聞こえ始めた。何をしているのかは、分からない。

団平は、そばへ行って様子をうかがおうかと迷ったが、ここで気づかれては元も子もなくなると思い直し、縁の下の暗がりにひそんで待った。

ほどなく、もよは物置を出て風呂敷包みを抱え直すと、門の方へもどって行った。小用でも足したような、さっぱりした顔つきだった。

もよをやり過ごした団平は、急いで物置小屋に忍び入った。あまり時をかけると、もよを見失う恐れがある。しかし、もよがそこで何をしていたか、確かめずにはいられなかった。

あけた戸から差し込む光で、屏風や仏具のがらくたの間に置かれた、古い鉄火鉢が見えた。そこからほのかに、血の臭いが立ちのぼってくるのに気づく。

中をのぞくと、灰がどす黒く染まっている。血のようだった。

いやな感じがした。

火箸(ひばし)で灰の中を掻き回した団平は、そこに頭を残して皮をはがれた猫の死骸を見つけ、もう少しで吐きもどしそうになった。

物置を飛び出し、門へ向かう。

通りへ出たところで、右手の角を東に曲がるもよの後ろ姿を認め、ほっとしてまたあとを追い始めた。

もよはそのまま、町屋の裏に広がる武家屋敷の間を縫って、東へ道を取った。団平も市中見回りで、何度か通ったことのある道だ。

もよが、あのような残酷なまねをするとは、考えもしなかった。それも、初めてとは思えぬふしがある。百も数えぬ短い間に、あれだけ手際よく猫の皮をはぎ取ったあげく、返り血を浴びた形跡もないのだ。

しかも、何ごともなかったようなあの落ち着きぶりは、いっそ肌寒くなるほどだった。

十五、六町も歩くと、また左手に町屋が現れ、もよは突き当たりの道を左に折れた。

そこは新堀川の細い流れで、向かいは寺町になっている。

団平は、川沿いに北へ向かったもよが、すぐ左手の店にはいるのを見た。軒先に〈御琴三味線所・絃屋庄兵衛〉と、看板が出ている。

三味線か。

猫の皮をはいだことと、何か関係がありそうに思える。

それだけではない。例の、飼い猫の皮をはがされた三件の盗難事件のことが、いやでも頭に浮かんだ。

しかも、そのうちの一件はもよと親しい、唐仙房伝右衛門の店だ。

そろそろ、夕闇が迫ってきた。

団平は一休みするような感じで、川端の柳の陰にしゃがみ込んだ。

ふと、川の南の方角に目を向けたとき、こちらへ向かって来る二つの人影が見えた。そのうちの一つは、着流しの大柄な侍だった。

近藤重蔵と分かって、団平は立ち上がった。置き手拭いを取り、二人の方へ急ぎ足に歩き出す。

二人は足を止め、団平を迎えた。

橋場余一郎が、急き込んで言う。

「どうした、団平。こんなところで、何をしているのだ」

「おもよのあとを、つけて来たのでございます」

「ははあ、やはり動いたか。それでおもよは、今どこにいる」

団平は、絃屋を指さした。

「あの三味線屋でございます」

余一郎は絃屋に目をやり、びっくりしたような顔で重蔵を見た。

重蔵は、組屋敷の板張り塀の方に、二人を導いた。

「話を聞かせよ」

「はい」

重蔵に促されて、団平はもよを蓬莱屋からここまでつけて来たいきさつを、手短に報告した。途中、もよが近くの一乗院の境内にはいり込み、猫を殺して皮をはいだことも話す。

余一郎が、目をむく。

「猫の皮をはいだ、と」

「さようで。その手際のよさは、とても素人とは思えませぬ」

余一郎は、にわかに悪心を催したような顔で、喉を動かした。

重蔵が、おもむろに口を開く。

「猫の首がどちらかへ、ねじ曲がっていなかったか」

その問いに、団平はあらためて先刻のいやな光景を、頭に思い浮かべた。

「おおせのとおりでございます。首がほとんど反対側まで、ねじ曲げられておりました」

重蔵は腑に落ちたというように、深く二度うなずいた。

「やはり、そうか。かつて大坂に、猫を袂の中に包み入れて一気に首をねじり、息の根を止める不届き者がいた、と聞いたことがある。首の骨を折られると、猫は声も立てずに死ぬという。人目を盗んで、日に何匹もあちこちの猫を殺し回り、死骸は雪隠に投げ込む。はいだ皮は、三味線屋に売るのだ」

団平は、唾をのんだ。

「まことにもって、恐ろしい手口でございました。しかも、その皮をはぐ手さばきも器用なもので、おもよは返り血一つ浴びておりませぬ。よほど年季がはいっているのでございましょう」

「三味線用の猫皮の調達は、それを業とする者に任されておる。そうした者たちは、老衰した猫を安楽に往生させるか、病死した猫を扱うかのどちらかで、仕事をする。首をねじ折るような、残虐な殺し方はせぬものだ」

重蔵が言うのを聞いて、余一郎がもどかしげに口を挟む。

「もしやおもよは、飼い猫の皮をはがされた例の三件の盗難事件と、関わりがあるのではございますまいか」

「うむ。確かめる必要がありそうだな」

団平は手を上げ、二人の注意を引いた。

「その前に、お二人さまがこの道筋を通りかかられたのは、たまたまのことでございますか。あれから、唐仙房へお越しになられたもの、と拝察いたしておりましたが」

余一郎がうなずく。

「さよう、唐仙房へ行ったのだ。そこで主の伝右衛門から、マンドロガとやらの入手先を聞かされてな。伝右衛門によれば、絋屋庄兵衛の知り合いで唐物問屋出島屋の手代、新十郎なる男からマンドロガをもらい受けた、というのだ。その庄兵衛の店へ、猫殺しのおもよがはいり込んだとなると、いやな臭いがぷんぷんするではないか」

団平は、首をひねった。

「これはどうも、偶然とは思えませぬ。このまま役宅へ走って、援軍を呼んでまいりましょうか」

重蔵の目が、きらりと光る。

「援軍はいらぬ。おれと余一郎が、表から絃屋にはいる。団平、おまえは裏の路地口へ回って、退路を塞ぐのだ」

うむを言わせぬ口調だった。

「かしこまりました」

団平は身をひるがえして、裏の路地につながる横町に駆け込んだ。

7

絃屋は間口三間ほどの、こぢんまりした店だった。

橋場余一郎は油障子をあけ、近藤重蔵を先に中へ入れた。

重蔵のあとに続き、余一郎は奥に声をかけた。

「ごめん」

すでに日は暮れかかり、店の中は薄暗かった。土間の置き台に、糸を張っていない琴や三味線、琴柱（ことじ）やばちなどが、いくつか並べられている。

上がりがまちの畳に、大きな黒猫が長ながと寝そべり、二人に光る目を向けてくる。

余一郎は、先刻団平から聞いた話を思い出して、また胸が悪くなった。猫は嫌いではないが、三味線屋で出会うとどこか気味が悪い。

だれも出て来ないので、余一郎は少し声を高くして呼んだ。

「だれかおらんのか」

少し間をおいて、奥の襖（ふすま）が開いた。

「いらっしゃいまし。お待たせいたしまして、申し訳ございませぬ」

畳に膝をついたのは、四十代の後半に見える小柄な男だった。眉が濃く、目が奥に引っ込んでいるので、表情がよく読み取れない。

「絃屋庄兵衛は、おまえさんか」

余一郎が問いかけると、男は重蔵の大きな体に臆する風もなく、二人をじろじろと見返した。

「さようでございます。琴三味線を、お求めでございますか。それとも、御用の筋でございましょうか」

愛想のない、切り口上の物言いだった。余一郎のいでたちを見て、それと察したような口ぶりだ。

余一郎は、少しむっとしながら言った。

「御用の筋だ。こちらは火盗改、松平左金吾組の与力、近藤重蔵さまである。少々尋ねたいことがあって、じゃまをした。場合によっては、役宅まで来てもらうことになるかもしれぬゆえ、心して返答するがよい」

こわもてを装ったが、庄兵衛は動じる様子もなく、平然と応じた。

「なんなりと、お尋ねくださいまし」

それからぽんぽんと手を叩き、奥へ呼びかけた。

「これ、おさき。お客さまにお茶を二つ、お持ちしなさい」

重蔵と余一郎は、左右から庄兵衛を挟むようにして、上がりがまちに腰を下ろした。

重蔵が口火を切る。

「その方、長崎の唐物問屋、出島屋の新十郎という者を、見知っておるか」

「はい、よく存じております。新十郎もわたくしも長崎の生まれで、子供のころ一緒に遊んだ仲でございます。その新十郎が、どうかいたしましたか」

庄兵衛が聞き返すのに答えず、重蔵は話を進めた。

「長崎から出て来ると、新十郎はここを訪ねるそうだが、それに相違ないか」

「はい、かならず一度は、顔を出します」

「どれほどの間合いで、江戸へ出て来るのだ」

庄兵衛が、小首をかしげる。

「はっきり決まっておりませんが、年に四度から五度は出てまいります」

「実は、唐仙房の伝右衛門から聞いたのだが、伝右衛門に新十郎を引き合わせたのは、その方だそうだな」

「さようでございます。ともに唐物を扱うところから、直商いに話が進んだようでございます」

そのとき襖が開いて、四十がらみの女が茶を運んで来た。目の細い、顎のとがった、癇の強そうな女だ。

重蔵が、声をかける。

「おさきと申すか」

女は茶を置き、重蔵に頭を下げた。

「はい。庄兵衛の家内でございます」

「その方は、どこの生まれだ」

「生まれも育ちも、武州川越でございます」

「庄兵衛とは、どこで知り合ったのだ」

立て続けに問いかけられて、さきは戸惑ったように瞬きした。

「宅とは、わたくしが働きに出ました神田和泉町のなかやという料理屋で、知り合いましてございます」

重蔵は、茶を口に含んだ。

「その方はここで、小唄の師匠をしておるそうだな」

「はい。宅の商売柄もございまして、三味線と小唄を教えております」

「唐仙房の伝右衛門も、ここで稽古をつけてもらう一人と聞いたが、まことか」

「さようでございます。親しくさせていただいております」

庄兵衛が割り込む。

「もういいぞ、おさき。じゃまにならぬように、引っ込んでいなさい」

重蔵は、それを止めた。

「待て、庄兵衛。まだ、話は終わっておらぬ」

立とうとしたさきが、しかたなくすわり直す。

重蔵は茶を飲み、おもむろに続けた。

「その方、庄兵衛の目を盗んで、新十郎と深い仲になっておるそうだが、まことか」

前触れなしの問いに、さきがのけぞるようにして驚く。

「な、何をおおせられます。滅相もないことでございます」

庄兵衛もうろたえたように、一膝乗り出した。

「おたわむれは、おやめくださいまし。おさきに限って、そのようなことは決してございませぬ。新十郎とて、そのようなことをする男ではない、と承知いたしております」

余一郎も、何を言い出すのかと内心度肝を抜かれたが、先を読ませぬ重蔵のやり方が近ごろ分かってきたので、黙って聞くことにした。

重蔵が、さらに続ける。

「伝右衛門の話によれば、新十郎はイスパニア渡来のマンドロガと称する魔薬を用いて、内儀をたらし込んだということだ。その効き目が、あまりにもすさまじいので黙っておられず、伝右衛門に裾分けをしたそうではないか。伝右衛門はその薬を、巣鴨の仕出し屋で働くおもよなる女と試し、法悦にひたったと認めておる。マンドロガは、幕命によって将軍家、御三家以外に使用できぬ、ご禁制品に指定された薬である。それを、本来の効用以外の目的に用い、その上姦通によって淫楽を得るとは、不届き至極の振る舞いといわねばならぬ。申し開きできるなら、この場で申してみよ」

のしかかるように畳みかけると、さきは真っ青になって後ろへしざった。

「姦通などと、まったくこの身に、覚えのないことでございます。さような、畜生のような真似は、決していたしておりませぬ」

重蔵の目が光り、口元がゆがむ。

「畜生。畜生と申したな。それは、どういう意味だ」

さきが、はっとしたように口を閉じる。

「そ、それはつまり、さようなけしからぬ薬など、使ったことはございませぬ、と」

「嘘を申せ。畜生が薬を使って、まぐわうはずはないわ。畜生道とは親と子、兄と妹、姉と弟が交わることをいうのだ。ありていに申すがよい。新十郎はその方の、兄か弟であろう」

畳みかけられて、さきは喉を詰まらせた。

そのまま、言葉を失ったかたちで硬直していたが、やがて急に居直ったように、背筋を伸ばす。

「いかにも新十郎は、わたくしの弟でございます。隠し立てはいたしませぬ。また、その必要もございませぬ。姉弟だからと申して、おとがめを受ける筋はないと存じますが」

そばから庄兵衛が、助け舟を出すように言う。

「おさきの申すとおり、二人は同じ父母から生をうけた、まことの姉と弟でございます。伝右衛門どのが、なぜ姦通などと根も葉もないことを口になされたか、いっこうに合点がいきませぬ。どうか、お取り上げになりませぬように」

重蔵は薄笑いを浮かべ、ゆっくりと茶を飲み干した。

「語るに落ちたな、庄兵衛。生まれも育ちも武州川越のおさきと、長崎生まれの新十郎が父母を同じくする実の姉弟、とはいかなるわけだ」

庄兵衛は顎を引き、重蔵の顔をまじまじと見た。

「そ、それは」

「嘘を重ねると、ついぼろが出るものだ。新十郎は長崎生まれでもなく、出島屋の手代でもあるまい。せいぜい、長崎へ何度か行ったことがある、という程度であろう」

庄兵衛は、奥に引っ込んだ目を卑屈にきょろきょろさせながら、畳に手をついた。

「ご明察、恐れ入りましてございます。伝右衛門どのの歓心を買うために、新十郎を出島屋の手代に仕立てただけで、他意はございませぬ」

「他意のないわけがあるまい。ご禁制品を所持し、あまつさえ他人に譲り渡したは、けしからぬ振る舞いである。どうでも、取り調べねばならぬ。新十郎は、どこにおる。ありていに申せ。長崎に行っておる、などという言い訳は通用せぬぞ」

重蔵が詰め寄ったとき、奥の方で何かがぶつかるような、大きな物音がした。

だれかが叫ぶ。

「兄貴、手を貸せ」

それを聞くや、庄兵衛が驚くほどの身軽さで畳から跳び立ち、奥の襖をあけて中へ逃げ込んだ。

同時に、それまでおとなしく寝そべっていた黒猫が跳ね起き、庄兵衛のあとを追う。

重蔵がいきなり拳を固めて、さきの顎を殴りつけた。

さきは声も立てずに、畳の上に打ち伏した。

「余一郎、来い」

重蔵は上がりがまちに飛び上がり、半分あいた襖を大きな足で蹴破った。

余一郎も十手を引き抜き、重蔵に続いて奥の部屋へ踏み込む。

庭先で、匕首を構える今一人の男と睨み合う、根岸団平の姿が見えた。団平は右手に、薪を握っている。

重蔵は、廊下を回って逃げようとする庄兵衛を追い、猿臂を伸ばして襟首をつかんだ。

そのまま後ろへ引き倒し、鞭を握った拳を庄兵衛のみぞおちのあたりに、ずんと叩きつける。

庄兵衛は、げっと一声悲鳴を上げたきり、その場に悶絶した。

それを見届けた余一郎は、あらためて部屋の中を見回した。

壁の片隅に、もよがいた。小袖を脱ぎ捨て、体にぴたりと張りつく黒装束に、変身している。薄闇の中で、目が猫のように光った。

「余一郎、女を捕らえよ」

重蔵が言い置いて、今度は団平の助勢に向かう。

「新十郎、神妙にいたせ。言うことを聞かぬと、怪我をするぞ」

重蔵の声に、振り向いた今一人の男の顔は、姉のさきとよく似ていた。

余一郎は、もよの方に向き直った。

「おまえもだ、おもよ。おとなしくすれば、手荒なことはせぬ」

もよは、せせら笑った。

「つかまえられるなら、つかまえてごらんな」

昼間話したときとは打って変わった、伝法な物言いだった。

余一郎は、何も言わずにずかずかともよに近づき、無造作につかみかかった。

すばやく身を沈め、広げた腕の下をくぐろうとするもよを、その手は食わぬと引き留める。

と思ったのもつかの間、なぜかもよの体は指の先にもさわらず、余一郎の背後へ抜け出ていた。

動きを読んだつもりだったが、その先を越されてしまった。思ったより、敏捷(びんしょう)な女だった。

余一郎は気を引き締め、十手を構え直した。右手をまっすぐ伸ばし、もよを部屋の隅に追い詰める。手足を十分に広げ、もう一度つかみかかった。

「ち」

思わず、舌打ちする。

またも、みごとに体の脇を擦り抜けられたばかりか、腕に鋭い痛みが走った。どうやらもよは、刃物を隠し持っていたらしい。

庭の方で、叫び声が上がった。

ちらりと目を走らせると、団平に薪で横っ面を殴られた新十郎が、尻餅をついたところだった。重蔵は手出しをせず、鞭を持ったまま様子を見ている。

余一郎はもよに目をもどし、今度は捕り縄を取り出して輪を作った。すれ違いざま、狙った相手の手首に縄をかける技を、繰り返し練習したものだ。

もよの右手に、小ぶりの匕首が握られている。猫の皮を裂くのに、用いたものかもしれぬと思うと、切られた左肘が急にうずき出した。

「今度は、容赦せぬぞ」

余一郎は呼びかけ、右手で十手を振り上げながら、左手で捕り縄を投げた。

かかった、と見えたとたん捕り縄は匕首に切られ、畳の上に落ちた。その隙に、余一郎は構えた十手をほとんど本気で、もよの肩口に叩きつけた。

しかし、十手が打ったのはだれもいない白壁で、もよはすでに余一郎の腕を、くぐり抜けていた。

額から汗が噴き出し、余一郎は体が熱くなった。もよに愚弄されているのが、今でははっきりと分かる。

その虚をつくように、もよが匕首を突き出そうとした。

すると、庭にいたはずの重蔵が風を巻いて飛び込み、鞭でもよの手首を叩いた。

もよは声を発して、匕首を取り落とした。手首を押さえ、壁に背をつける。

「余一郎。おぬしに、その女はつかまらんな」

重蔵はそう言うなり、茶簞笥の上に飛び上がっていた黒猫を無造作につかみ、もよ目がけて投げつけた。

もよはとっさにそれを受け止め、右手を猫の首にかけてねじろうとした。

しかし、鞭で打たれた手首がしびれていたとみえ、猫がもがくのを押さえられない。

黒猫は手をすり抜けると、いきなりもよの顔に飛びついて、爪を立てた。

もよの絶叫が、部屋の中にこだました。

8

「おもよには、猫殺しの罰が当たりましたな」

橋場余一郎が、近藤重蔵に酌をしながら言う。

「おもよにも、責められぬところがある。子供のころより、猫の密殺で身過ぎをしていた父親から、あの手管を叩き込まれたのだからな。猫殺しに、妙な喜びを覚えるようになったのも、無理からぬことだろう」

重蔵が、ふだんに似ぬしんみりした口調で応じたので、根岸団平もうなずいた。

「おおせのとおりでございます。団平めも、いささか哀れを催しました」

もよは、庄兵衛が飼っていた黒猫に顔を掻きむしられ、ひどい傷を負った。元どおりの、美しい顔を取りもどすことは、二度とあるまい。黒猫はふだんから、もよに対して敵意を示していたというが、もよの性向をみれば当然といってよい。機会さえ与えられれば、もよはたとえ庄兵衛の飼い猫といえども、殺しかねなかっただろう。

「それにしても、すばしこい女でございましたな。橋場さまが、やっきになって捕らまえようとしても、指一本触れることができずに終わりました。よほど、嫌われたのでございましょう」

団平がからかうと、余一郎はいやな顔をした。

「それくらいにしておけ、団平。おれはもともと、女子をつかまえるのがへたなのだ」

そう言って、珍しく手酌で酒を飲む。

事件から五日たち、三人は駒込追分町にある小料理屋の奥座敷で、散りかけの夜桜を楽しんでいた。

重蔵が言う。

「団平の申すとおり、まことに動きの速い女だった。おれは、鞭で匕首を叩き落とすつもりだったが、動きが速すぎて手首を打ったのだ。もしあれがはずれていたら、余一郎は脇腹を刺されていたやもしれぬ」

余一郎は、首を縮めた。

「くわばら、くわばら。わたくしも今後は、猫にいたずらをせぬようにいたします」

もよは猫を殺すくせに、自身が猫のように柔らかくしなやかな体を持ち、わずかな隙間もすり抜ける特技があった。それを知った紘屋庄兵衛が、もよを仲間に引き入れようと決めたらしい。

琴三味線の商いは表向きの看板で、庄兵衛の本職は忍び込み専門の盗っ人だった。女房のさき、義弟の新十郎と組んでときどき店舗を変え、そこを拠点に盗みを働いていた。

もともと狡猾なだけで、血を見る度胸のない庄兵衛の稼ぎはいつも小さく、せいぜい一度に十両か二十両がいいところだった。

そんなある日、庄兵衛夫婦は飛び込みで猫の皮を持ち込んで来たもよと、ねんごろな間柄になった。三味線作りとして、そこそこの腕を持ちながらも、庄兵衛は盗っ人根性が消えず、もよを使って盗みの稼ぎを上げようと考えた。

まず、体を自在に曲げたり伸ばしたりできるもよを、目当ての店に忍び込ませる。そして、内側から戸締まりを解くようにさせれば、仕事がやりやすくなるはずだ。

しかも同じころ、新十郎が霊岸島に着いた出島屋の船荷から、珍しいものを手に入れる幸運に恵まれた。盗み出した唐物、オランダ物の物産の中に、たまたまご禁制品に指定された、マンドロガがまじっていたのだ。

被害にあった出島屋には、ご禁制品を盗まれるという不祥事を公にできぬ弱みがあり、この事件は公儀に届けられなかった。

庄兵衛は、昔なじみの中条流のもぐり医者に獲物を検分させ、それがマンドロガなる秘薬だと知った。少量を服用すれば鎮痛の卓効があるが、量を過ごすと一時的に意識が混濁して、幻覚を見るようになる。また、男女が媾合時に適量を用いれば、強い恍惚感が得られる。

さらに、これを火にいぶして煙を吸わせれば、催眠の効果が著しいという。

庄兵衛が、さきを相手にそれらの効能を試してみたところ、いずれも医者の言うとおりだと分かった。

庄兵衛はまず最初の獲物として、さきに小唄を習いに来ている伝右衛門の店、唐仙房に目をつけた。

伝右衛門は無類のお人好しで、出島屋の筆頭手代だと言って新十郎を引き合わせると、すぐに信用してしまった。新十郎は、長崎の本店から持って来たものだと称して、出島屋の船荷から抜き取った盗品を、たくみに伝右衛門に売りつけた。

もしかすると出島屋の関係者は、唐仙房の店先に盗まれた物品が並んでいるのに、気がついたかもしれない。しかし、やはりご禁制品を盗まれた失態があだとなって、追及できなかったものと思われる。

庄兵衛は、唐仙房で働く雇い人が主の伝右衛門と同じく、そろっておとなしい好人物ばかりだ、との評判を聞いていた。そのため、かりに忍び込みが見つかったとしても、命を張ってまで騒ぎ立てられる心配はない、という確信を得た。

事件当夜、もよは例の特技を使って唐仙房に潜り込み、銅の小皿に入れた小指の爪ほどのマンドロガを、屋敷内の三ヵ所でいぶした。

それから外へ出て、しばらくの間待機した。

マンドロガが燃え尽きるころを見計らって、庄兵衛と新十郎が濡らした布で鼻と口をおおい、屋敷内の物色を開始した。狙いどおり、伝右衛門をはじめ屋敷内の人間はぐっすり眠り込み、一人として起き出す者はなかった。

収穫は百両ほどにすぎなかったが、それまでの忍び込みに比べれば、破格の稼ぎといってよかった。

これに味をしめて、庄兵衛一味は三松屋、利久屋と立て続けに襲い、それなりの稼ぎを上げた。

ただ、二つだけ誤算があった。

一つは、庄兵衛と新十郎が仕事をしている間に、もよがたまたま店で飼われていた飼い猫を、殺したことだった。しかも、皮をはいで死骸を雪隠に投げ入れ、はいだ皮をそのまま庄兵衛の店へ、持ち帰った。

庄兵衛は不安を抱きながらも、結局はもよのおぞましい性癖に目をつぶり、その皮で新しい三味線を作ってしまった。

もう一つの誤算は、それより前に新十郎がもよの働く蓬莱屋へ、伝右衛門を連れて行ったことだった。もよが最初に申し立てたように、伝右衛門が新十郎を連れて行ったわけではなく、話は逆であったらしい。さらに、もよが思いがけず伝右衛門に惚れてしまったことも、庄兵衛の勘定にはいっていなかった。

そうなったのは、新十郎が伝右衛門の歓心を買うために裾分けした、マンドロガのせいといってよい。もよは、マンドロガを使った伝右衛門の手練手管に、すっかりのめり込んでしまったのだ。

余一郎が言う。

「お人好しの伝右衛門にも、意外な一面があったのでございますな。年格好からしても男ぶりからしても、とてもおもよが喜びそうな男とは思われませぬが、何か取り柄があったとみえます。もっとも、マンドロガの不都合な薬効を借りれば、わたくしにもそれくらいの甲斐性があることは、いくらでもごらんに入れます」

悪酔いしたようなその口調に、団平も重蔵も苦笑した。

真顔にもどって、重蔵がしみじみと言う。

「おもよも、マンドロガ入りの薬籠をすられただけなら、まだ小さな不運ですんだのだ。ほんとうの不運は、おれにその薬籠を取りもどされたことだな」

余一郎も、急にしゅんとしたように、力なくうなずいた。

「いかにも。人間、どこで何が災いするか、分からぬものでございます」

蓬莱屋の店先で、重蔵に鋭く問い詰められたもよは、マンドロガの入手先についてとっさに言い訳が浮かばず、正直に伝右衛門の名前を出してしまった。そのため、新十郎や庄兵衛まで足取りをたどられると思い、すぐに店を早引けして絃屋へ向かった。

ところが、下谷一乗院の前まで来たときふと猫の鳴き声を聞き、つい誘われるように境内にはいってしまった。あのような緊急時にすら、そうした衝動に駆られたのはわけが分からぬ、とあとでもよは述懐した。

ちなみに事件の翌日、滝野川村の村役人が手伝いの村人と一緒に、泥だらけの男を一人引き立てて、役宅へやって来た。

それはあの日、川へ飛び込んで逃亡を図った掏摸の仲間、又兵衛だった。日が暮れたあと、橋の下に虫の息で倒れているところを、村人に見つかったという。

又兵衛の自白により、もう一人の遊び人六助も潜伏先の内藤新宿の矢場（やば）で、お縄になった。思ったほどの余罪もなかったことから、二人とも百叩きの上で江戸所払い、となるようだ。

庄兵衛夫婦、新十郎、もよの四人は、今なお役宅内で取り調べを受けている。

人を傷つけたり、殺したりしていないことで罪一等が減じられれば、遠島ですむ可能性もある。しかし、正当な理由もなく猫殺しを続けたもよについては、別に厳しい裁きがくだるかもしれない。

その夜の酒は、盛り上がらなかった。

余一郎は、めったに飲みつけない酒を過ごしたせいか、深酔いして倒れた。

団平は、黙って重蔵の相手をしたが、重蔵もあまり機嫌がよくない。音若でも呼んで、にぎやかに三味線でも弾かせればよかったと思ったが、すでに遅かった。

いっとき、庭の夜桜の下を見覚えのあるような黒猫が、すっと横切った。

それを見たときは、さすがの重蔵もにわかに寒気を感じたらしく、脱いでいた羽織を急いで着込んだものだ。

解説

縄田一男

本書『重蔵始末』は、平成十三年六月、講談社から刊行された作品で、時代作家・逢坂剛の誕生を高らかに告げる一巻ということが出来る。

逢坂剛に関しては、今さら贅言を要するまでもなく、『百舌の叫ぶ夜』等のサスペンス小説、直木賞をはじめ日本推理作家協会賞、日本冒険小説協会大賞をトリプル受賞した『カディスの赤い星』、更には『イベリアの雷鳴』等、スペイン現代史に材を得た力作群等、ミステリーの世界では赫赫たる地歩を築いて来た書き手として知られている。しかしながらその一方で、昭和四年、直木三十五の『本朝野士縁起』でデビューした挿絵画家・中一弥を父に持ち、その薫陶を受けて育ち、いつかは父に自分の時代小説の挿絵を描いてもらうことが念願であった、という。

その逢坂剛が主人公に選んだのが、蝦夷地の探険で知られる近藤重蔵である。重蔵は、博識豪勇、その性狷介にして傍若無人という正に異能の傑物。そうした性格が災いしてか、晩年は信じ難い不祥事を起こしている。およそはじめて時代小説を手がける書き手が対峙する人物とは思われず、初手からかなりの難物に挑んだ作者の心意気をまずは買いたいと思う。

シリーズの第一集ということもあり、火盗改の与力として登場する重蔵は、まだ二十一歳。しかしながら作者は、脇差も十手も持たず、牛の一物の皮を膠に固めた鞭一本で獲物を追いつめる重蔵の姿にその性格を象徴させることに成功。ちなみにこの鞭は、作者がスペインを旅行した際、求めたもので、これを西部劇感覚で重蔵に持たせたのだという。加えて、毀誉褒貶半ばする傑物ぶりは、重蔵をハードボイルド的なヒーローに転じさせる見事な伏線となって活き、第一話「赤い鞭」で、火盗改の長官・松平左金吾の前で今どきはやらぬ〈御馬先捕り〉を、けれん味たっぷりに演じて見せた時、作者は思わず、してやったりと、会心の微笑を浮かべたのではあるまいか。

さて、このあたりで、作中から重蔵の横貌を拾っておくと、「二月生まれの重蔵は、年（寛政二）が明けてやっと二十一歳という若さだが、四歳年長の（同心・橋場）余一郎の目にはとてもその年に見えない。引き締まった巨体と、いつも青あおとした月代や髭の剃りあとから、自分より年長に見えてしかたがないのだ。切れ長の目と鋭い眼光、固く引き結ばれた意志の強そうな口元にも、大人の風格が感じられる」ということになる。

そして幼時から神童と呼ばれた重蔵は、三歳で〈大学〉を書写し、七歳で四書五経をそらんじ、十三歳で十三経を制覇、儒学の鬼才山本北山(ほくざん)の学舎に学び、十七歳でみずから私塾〈白山義学〉を興(おこ)したという。

かてて加えて「年長者どころか上級の役職者に対しても物怖(ものお)じしない、天性の豪胆さが備わっている。場合によっては傍若無人、傲岸不遜のそしりを免れないような言動も、しばしば見られ」、「重蔵は、自分が感じたことを腹の中にしまっておけず、たとえ相手がどれほど上位の者であろうと、直言せずにはいられない男とみえる」のである。

では、その重蔵の事蹟で私たちが良く知り得ているものは何か、というと、やはり、寛政十年、幕府派遣の蝦夷地視察一行に志願して同行。同年、国後(くなしり)島を経て択捉(えとろふ)島に至り、この地に「大日本恵土呂府(えとろふ)」の標柱を建てることにはじまって、松前蝦夷地御用掛として、蝦夷地の探険・開拓に従事。同十一年、摂津の廻漕業・高田屋嘉兵衛(かへえ)の協力を得て、択捉航路を開き、文化元年、西蝦夷地上処分方並取締法を建議。同年、辺境の地理を記した『辺要分界図考』を献納、同四年、西蝦夷地を探険し、幕府に報告書を提出した等々の、北方の探険・開拓に当たった業績であろう。

しかしながら、歴史人物辞典等で、近藤重蔵の職歴を引くと、まず第一に記されているのが、「一七九〇(寛政二)年、家督を継ぎ御先手組与力」(傍点引用者)であり、これに「一七九四(寛政六)年、湯島聖堂の学問吟味に及第。一七九五(寛政七)年、長崎奉行手付出役」と続けられている。正に、この記述にある通り、火盗改方の与力としての重蔵の活躍は、今はじまったばかりなのである。

重蔵の上司である御先手鉄砲組の組頭松平左金吾が加役をつとめているのが、長谷川平蔵が火盗改の本役をつとめている時期に重なっているため、池波正太郎の『鬼平犯科帳』との比較も面白いが、何といっても、本書の最大の読みどころは、主人公である重蔵の後年を意識してか、第二話「北方の鬼」では、はやくも事件の背後に後の蝦夷地探険の遠因となる外夷が登場。これ以外にも、第三話「七化け八右衛門」における切支丹（キリシタン）屋敷、第五話「猫首」での長崎出島からの秘薬というように、何らかのかたちで、日本の中の異国が作中に登場している点ではないのか。

そして、そのようなモチーフとは別個の作品でもその出来栄え（できばえ）は傑出している。第四話「茄子（なすび）と瓜」での狂歌の扱いは特に見事であり、これがはじめて時代ものの連作に挑戦した書き手のテクニックとは思われない、ベテラン時代作家の作といわれても違和感はあるまい。

装画・中一弥という父子競作もほほえましく、まずは楽しみなシリーズの誕生を喜びたいところだ。

ところで、本書を読んでいく上での今一つの楽しみが、第一話「赤い鞭」冒頭における、雷電為右衛門（ためえもん）と鬼ヶ嶽谷右衛門（おにたけたにえもん）の取り組みに見られるような角力（すもう）趣味であろう。聞くところによると、逢坂剛は、子供の頃から角力は観るだけではなく、誰ととっても滅多(めった)に負けたことがなかったという豪の者で、恐らく文壇では尾崎士郎以来の角力通ではないのか。そして、この解説の冒頭に、本書は「時代作家・逢坂剛の誕生を高らかに告げる一巻」であると記してはいるが、実は作者には、これ以前に三篇の短篇時代小説がある。「いその浪まくら」「相撲稲荷」「五輪くだき」で、いずれも角力をテーマにしたもの。そのうち二篇を紹介しておきたい。

「いその浪まくら」は、昭和も戦後になって、初代若乃花がしばしば放った〈呼びもどし〉、或いは〈揺り戻し〉の原型が、同輩の無念を晴らすべく、寄せては返す波の動きから浪枕磯右衛門が編み出した大技〈いその浪まくら〉であったとする作品。冒頭、「古い相撲の消息を尋ねると、どのような技か想像もつかないような、耳慣れぬ決まり手にぶつかる。《つみのおほこじろ》《猿のひと飛び》《不生見離》などがそれだが、《いその浪まくら》もその一つである」と記され、剣豪小説における秘剣創造を思わせる筆致で作品は綴られている。

「相撲稲荷」は、『重蔵始末』の脇役・本郷元町の三念寺門前にある一膳飯屋の主人・もと播磨(はりま)灘沖(なだおき)右衛門(えもん)こと為吉(ためきち)とえんが、血の出るような思いを経て結ばれるまでを描いた作品。

前者は『士魂の光芒——時代小説最前線』、後者は『勝者の死にざま——時代小説選手権』、そして「五輪くだき」は『時代小説――読切御免第二巻』(すべて新潮社編、新潮文庫刊)に収録されているので、是非とも併読していただきたいと思う。

ここで話を『重蔵始末』に戻すと、本書は好評をもって迎えられ、ここに刊行当時の書評を幾つか紹介すると、

――「第一話を読んだだけでこのシリーズの虜になること受けあい。現代の戯作者としてのセンスが光る一冊」(菊池仁)

――「現代的なタフガイヒーローぶりこそ読みどころ。池波正太郎ファンは鬼平シリーズを継ぐ正統作品として今後の展開にご期待を」(香山二三郎)

――「タイムリーで、トレンディ、楽しさ満載の時代活劇。作者の剛腕にして洒脱の冴えにも脱帽である」(野村正樹)

ということになる。

『重蔵始末』シリーズは、現在第三集まで刊行されており、『じぶくり伝兵衛　重蔵始末(二)』(平成十四年九月、講談社刊)には、妖盗葵小僧の事件に『鬼平犯科帳』とは別趣の結末をつけた「吉岡佐市の面目」以下、江戸城内での上覧角力に、鬼ヶ嶽谷右衛門と神道起倒流柔術の遺恨が尾をひく「吹上繚乱」、付け火を予告する脅し文に『海国兵談』を著した林子平の捕縛・護送が絡む「火札小僧」等、五作が収められている。

そして、いよいよ、最新巻の『猿曳遁兵衛　重蔵始末(三)』(平成十六年三月、講談社刊)

となるわけだが、表題作は、猿曳の猿が侍の喉笛を食いちぎったのを発端に、かつて猿曳を表向きの職業としていた一人働きの盗っ人・猿曳の遁兵衛の跳梁が懸念されるのが事の起こりである。ところが、事件の現場に居合わせた座頭が殺され、物語は意外な方向に展開する。この第三集は、暗号解読をメインに据えた「鶴殺し」等、ミステリーとして手のこんでいる作品が多いが、本作でも重蔵が赤い鞭をしゅっと鳴らして真犯人を指摘する箇所はちょっとした名場面となっている。

かと思うと巻末の「簪」では、重蔵の情人・常磐津の師匠の音若が、かつて小間物問屋・布袋屋の世話になっていた経緯を話す雪の夜語りという趣向である。世話物の味わいを楽しんでいると、最後には、重蔵の失策から哀切極まりない結末となり、それがシリーズを通しての敵役――第二集巻末の「星買い六助」で重蔵の網の目を逃れた首魁との確執を深めることになっていく。

ロシア使節ラクスマンの蝦夷来航等、重蔵の北方探険に関わる伏線も張られ、重蔵に「湯島聖堂で行なわれる学問吟味に加わるよう」命があったとされるなど、次巻では必ずや新たな展開があるはず――どうやらこの『重蔵始末』、時代小説ファンには、ますます目の離せない、楽しみなシリーズとなって来たようだ。

初出一覧

赤い鞭　「小説現代」二〇〇〇年八月号
北方の鬼　「小説現代」二〇〇〇年十月号
七化け八右衛門　「小説現代」二〇〇一年一月号
茄子と瓜　「小説現代」二〇〇一年三月号
猫首　「小説現代」二〇〇一年五月号

本書は二〇〇一年六月、小社より刊行されました。

|著者|逢坂 剛　1943年東京都生まれ。中学時代から探偵小説、ハードボイルド小説を書きはじめ、'80年『暗殺者グラナダに死す』でオール讀物推理小説新人賞を受賞。ギターとスペイン内戦を扱った『カディスの赤い星』で第96回直木賞、第40回日本推理作家協会賞、第5回日本冒険小説協会大賞をトリプル受賞。『じぶくり伝兵衛　重蔵始末(二)』『猿曳(さるひき)遁兵衛　重蔵始末(三)』『遠ざかる祖国』『燃える蜃気楼』(すべて講談社)、『アリゾナ無宿』(新潮社)、『銀弾の森　禿鷹III』(文藝春秋)、『恩はあだで返せ』『鷲(のすり)の巣』(ともに集英社)など著書多数。

重蔵始末(じゅうぞうしまつ)
逢坂(おうさか) 剛(ごう)

講談社文庫
定価はカバーに
表示してあります

2004年7月15日第1刷発行

発行者――野間佐和子
発行所――株式会社 講談社
東京都文京区音羽2-12-21　〒112-8001
電話 出版部 (03) 5395-3510
販売部 (03) 5395-5817
業務部 (03) 5395-3615

デザイン―菊地信義
製版――大日本印刷株式会社
印刷――大日本印刷株式会社
製本――大日本印刷株式会社

Printed in Japan

落丁本・乱丁本は購入書店名を明記のうえ、小社書籍業務部あてにお送りください。送料は小社負担にてお取替えします。なお、この本の内容についてのお問い合わせは文庫出版部あてにお願いいたします。

ISBN4-06-274816-9

講談社文庫刊行の辞

二十一世紀の到来を目睫に望みながら、われわれはいま、人類史上かつて例を見ない巨大な転換期をむかえようとしている。

世界も、日本も、激動の予兆に対する期待とおののきを内に蔵して、未知の時代に歩み入ろうとしている。このときにあたり、創業の人野間清治の「ナショナル・エデュケイター」への志を現代に甦らせようと意図して、われわれはここに古今の文芸作品はいうまでもなく、ひろく人文・社会・自然の諸科学から東西の名著を網羅する、新しい綜合文庫の発刊を決意した。

激動の転換期はまた断絶の時代である。われわれは戦後二十五年間の出版文化のありかたへの深い反省をこめて、この断絶の時代にあえて人間的な持続を求めようとする。いたずらに浮薄な商業主義のあだ花を追い求めることなく、長期にわたって良書に生命をあたえようとつとめるところにしか、今後の出版文化の真の繁栄はあり得ないと信じるからである。

同時にわれわれはこの綜合文庫の刊行を通じて、人文・社会・自然の諸科学が、結局人間の学にほかならないことを立証しようと願っている。かつて知識とは、「汝自身を知る」ことにつきていた。現代社会の瑣末な情報の氾濫のなかから、力強い知識の源泉を掘り起し、技術文明のただなかに、生きた人間の姿を復活させること。それこそわれわれの切なる希求である。

われわれは権威に盲従せず、俗流に媚びることなく、渾然一体となって日本の「草の根」をかたちづくる若く新しい世代の人々に、心をこめてこの新しい綜合文庫をおくり届けたい。それは知識の泉であるとともに感受性のふるさとであり、もっとも有機的に組織され、社会に開かれた万人のための大学をめざしている。大方の支援と協力を衷心より切望してやまない。

一九七一年七月

野間省一

講談社文芸文庫

高橋たか子
怒りの子
自分を摑もうとして空転を重ねる美央子。彼女を取り巻く初子とますみ。京都の町家を舞台に、三人の女性の緊迫した心理の劇とその破局を描いた読売文学賞受賞作。

上田三四二
花衣
死の影の一閃で華やぎの極点で頽れる恋。潮が差せば海に没する砂嘴の如き夢幻の恋。歌人にして作家の著者が磨き抜かれた言葉の粋で極限のエロスを描く連作集。

斎藤茂吉
念珠集
滞欧中に実父の死を知らされた茂吉が帰国後父親に纏わる様々を念珠の玉のように書き連ね、亡父を懐かしむという意向の表題作など三十五篇を収める第一随筆集。

オノ・ヨーコ／南風椎訳　グレープフルーツ・ジュース
折原一　倒錯のロンド
折原一　水の殺人者
折原一　黒衣の女
折原一　倒錯の死角〈201号室の女〉
折原一　101号室の女
折原一　異人たちの館
折原一　耳すます部屋
折原一／新津きよみ　二重生活
大下英治　激録！総理への道〈戦後宰相列伝 田中角栄から森喜朗まで〉
大下英治　手塚治虫〈ロマン大宇宙〉
大橋巨泉　出発点
大橋巨泉　岐路
大橋巨泉　巨泉〈人生の選択〉
大橋巨泉　巨泉日記
太田忠司　僕の殺人
太田忠司　新宿少年探偵団
太田忠司　怪人大鴉博士〈新宿少年探偵団〉
太田忠司　摩天楼の悪夢〈新宿少年探偵団〉

太田忠司　紅天蛾（べにすずめ）〈新宿少年探偵団〉
奥田哲也　冥王（ハーデース）の花嫁
小川洋子　密やかな結晶
小野不由美　月の影 影の海(上)(下)〈十二国記〉
小野不由美　風の海 迷宮の岸〈十二国記〉
小野不由美　東の海神（わだつみ） 西の滄海〈十二国記〉
小野不由美　風の万里 黎明の空(上)(下)〈十二国記〉
小野不由美　図南の翼〈十二国記〉
小野不由美　黄昏の岸 暁の天〈十二国記〉
小野不由美　華胥（かしょ）の幽夢（ゆめ）〈十二国記〉
乙川優三郎　霧の橋
乙川優三郎　喜知次
乙川優三郎　屋烏（おくう）
乙川優三郎　蔓の端々
恩田陸　三月は深き紅の淵を
恩田陸　麦の海に沈む果実
奥田英朗　ウランバーナの森
奥田英朗　最悪
奥田英朗　邪魔(上)(下)

乙武洋匡　五体不満足〈完全版〉
乙武洋匡　乙武レポート〈'03版〉
小野一光　セックス・ワーカー〈女たちの「東京」二重生活〉
大石静　ねこの恋
大崎善生　聖（さとし）の青春
大崎善生　将棋の子
小田島雄志　駄ジャレの流儀
押川國秋　十手人
大平光代　だから、あなたも生きぬいて
小川恭一　江戸の旗本事典〈歴史・時代小説ファン必携〉
落合正勝　男の装い基本編
尾上圭介　大阪ことば学
海音寺潮五郎　孫子
加賀乙彦　高山右近
金井美恵子　軽いめまい
柏葉幸子　霧のむこうのふしぎな町
勝目梓　女豹たちの宴
勝目梓　淫夜
勝目梓　濡れる殺意

勝目　梓　逃亡
勝目　梓　あやしい叢(くさむら)
勝目　梓　滴(したた)り
勝目　梓　歯科医
勝目　梓　耽溺
勝目　梓　暗黒の狩人
勝目　梓　悪党図鑑
勝目　梓　処刑猟区
勝目　梓　獣たちの熱い眠り
勝目　梓　昏(くら)き処刑台
勝目　梓　眠れない
勝目　梓　生贄(いけにえ)
勝目　梓　幻花祭
勝目　梓　けもの道に罠を張れ
勝目　梓　あられもなく
勝目　梓　復讐回廊
勝目　梓　剝(は)がし屋
勝目　梓　娼婦の朝
勝目　梓　地獄の狩人
勝目　梓　夢追い肌
勝目　梓　鬼畜
勝目　梓　柔肌は殺しの匂い
勝目　梓　赦(ゆる)されざる者の挽歌
勝目　梓　毒と蜜
鎌田　慧　自動車絶望工場〈ある季節工の日記〉
鎌田　慧　六ケ所村の記録〈核燃料サイクル基地の素顔〉
鎌田　慧　いじめ社会の子どもたち
鎌田　慧　壊滅日本〈17の致命傷〉
鎌田　慧　家族が自殺に追い込まれるとき
鎌田　慧　津軽・斜陽の家〈太宰治を生んだ「地主貴族」の光芒〉
桂　米朝　米朝ばなし〈上方落語地図〉
笠井　潔　梟(ふくろう)の巨(おお)いなる黄昏(たそがれ)
笠井　潔　群衆の悪魔〈デュパン第四の事件〉
笠井　潔　熾天使の夏
笠井　潔　ヴァンパイヤー戦争(ウォーズ)1〈吸血神ヴァーオゥの復活〉
笠井　潔　ヴァンパイヤー戦争(ウォーズ)2〈月のマジック・ミラー〉
加藤　仁　人生を楽しむ〈50歳からがゴールを決める〉
川田弥一郎　白く長い廊下
加来耕三　信長の謎〈徹底検証〉
加来耕三　龍馬の謎〈徹底検証〉
加来耕三　武蔵の謎〈徹底検証〉
加来耕三　新撰組の謎〈徹底検証〉
河上和雄　好き嫌いで決めろ
香納諒一　雨のなかの犬
鏡リュウジ　占いはなぜ当たるのですか
神崎京介　女薫の旅
神崎京介　女薫の旅　灼熱つづく
神崎京介　女薫の旅　激情たぎる
神崎京介　女薫の旅　奔流あふれ
神崎京介　女薫の旅　陶酔めぐる
神崎京介　女薫の旅　衝動はぜて
神崎京介　女薫の旅　放心とろり
神崎京介　女薫の旅　感涙はてる
神崎京介　女薫の旅　耽溺(たんでき)まみれ
神崎京介　女薫の旅　誘惑おって
神崎京介　滴(しずく)
神崎京介　イントロ

神崎京介　イントロ　もっとやさしく
神崎京介　愛　技
神崎京介　無垢の狂気を喚び起こせ
加納朋子　ガラスの麒麟
勝谷誠彦　いつか旅するひとへ
河原まり子／利岡裕子　犬から学ぶ心のレッスン
川上信定　本当にうまい朝めしの素
金城一紀　GO
かなざわいっせい　ファイト！〈麗しの名馬、愛しの馬券〉
鴨志田穣／西原理恵子　アジアパー伝
角岡伸彦　被差別部落の青春
角田光代　まどろむ夜のUFO
川井龍介　122対0の青春〈深浦高校野球部物語〉
金田一春彦／安西愛子 編　日本の唱歌 全三冊
岸本英夫　死を見つめる心〈ガンとたたかった十年間〉
北方謙三　君に訣別の時を
北方謙三　われらが時の輝き
北方謙三　夜の終り
北方謙三　帰路
北方謙三　火焔樹
北方謙三　秋ホテル
北方謙三　遠い港
北方謙三　錆びた浮標
北方謙三　汚名の広場
北方謙三　活路
北方謙三　余燼(上)(下)
北方謙三　夜の眼
北方謙三　逆光の女
菊地秀行　鬼花人〈ブルー・マン5〉
菊地秀行　魔界医師メフィスト〈黄泉姫〉
菊地秀行　魔界医師メフィスト〈影斬士〉
菊地秀行　魔界医師メフィスト〈海妖美姫〉
菊地秀行　魔界医師メフィスト〈夢盗人〉
菊地秀行　魔界医師メフィスト〈怪屋敷〉
菊地秀行　懐かしいあなたへ
北原亞以子　深川澪通り木戸番小屋
北原亞以子　深川澪通り燈ともし頃
北原亞以子　新地橋〈深川澪通り木戸番小屋〉
北原亞以子　降りしきる
北原亞以子　風よ聞け〈雲の巻〉
北原亞以子　贋作天保六花撰
北原亞以子　花冷え
岸本葉子　旅はお肌の曲がり角
岸本葉子　三十過ぎたら楽しくなった！
岸本葉子　炊飯器とキーボード〈エッセイストの12カ月〉
岸本葉子　家もいいけど旅も好き
岸本葉子　四十になるって、どんなこと？
岸本葉子　本がなくても生きてはいける
桐野夏生　顔に降りかかる雨
桐野夏生　天使に見捨てられた夜
桐野夏生　OUT(上)(下)
桐野夏生　ローズガーデン
京極夏彦　文庫版 姑獲鳥の夏
京極夏彦　文庫版 魍魎の匣
京極夏彦　文庫版 狂骨の夢
京極夏彦　文庫版 鉄鼠の檻
京極夏彦　文庫版 絡新婦の理

京極夏彦　文庫版塗仏の宴―宴の支度
京極夏彦　文庫版塗仏の宴―宴の始末
北森　鴻　狐　罠
北森　鴻　メビウス・レター
北森　鴻　花の下にて春死なむ
北上秋彦　クラッシュ・ゲーム
キム・ミョンガン　恋愛の基礎
北村　薫　盤上の敵
岸　惠子　30年の物語
木村　剛　小説ペイオフ〈通貨が堕落するとき〉
霧舎　巧　ドッペルゲンガー宮〈あかずの扉研究会流氷館へ〉
霧舎　巧　カレイドスコープ島〈あかずの扉研究会竹取島へ〉
黒岩重吾　古代史への旅
黒岩重吾　天風の彩王(上)(下)〈藤原不比等〉
黒岩重吾　訣別の時
黒岩重吾　雨毒
黒岩重吾　中大兄皇子伝(上)(下)
栗本　薫　優しい密室
栗本　薫　鬼面の研究

栗本　薫　伊集院大介の冒険
栗本　薫　伊集院大介の私生活
栗本　薫　真・天狼星ゾディアック全六冊
栗本　薫　伊集院大介の新冒険
栗本　薫　仮面舞踏会〈伊集院大介の帰還〉
栗本　薫　怒りをこめてふりかえれ
栗本　薫　タナトス・ゲーム〈伊集院大介の世紀末〉
栗本　薫　青の時代〈伊集院大介の薔薇〉
栗本　薫　早春の少年〈伊集院大介の誕生〉
黒柳徹子　窓ぎわのトットちゃん
久保博司　日本の警察〈警視庁vs大阪府警〉
久保博司　日本の検察
黒川博行　燻り
黒川博行　てとろどときしん〈大阪府警・捜査一課事件報告書〉
黒川博行　国境
蔵前仁一　旅人たちのピーコート
蔵前仁一　インドは今日も雨だった
久世光彦　触れもせで〈向田邦子との二十年〉
久世光彦　夢あたたかき〈向田邦子との二十年〉

黒田福美　ソウルマイハート
黒田福美　ソウルマイハート　背伸び日記
黒田福美　ソウル　マイデイズ
熊谷真菜　たこやき〈大阪発おいしい粉物大研究〉
倉知　淳　星降り山荘の殺人
鍬本實敏　警視庁刑事〈私の仕事と人生〉
栗原美和子　せ・き・ら・ら〈生意気プロデューサーの告白〉
けらえいこ／ハヤセクニコ　おきらくミセスの婦人くらぶ
けらえいこ　セキララ結婚生活
今野　敏　ST警視庁科学特捜班
今野　敏　ST警視庁科学特捜班〈毒物殺人〉
今野　敏　ST警視庁科学特捜班〈黒いモスクワ〉
小杉健治　失　跡
小杉健治　境界殺人
小杉健治　奈落〈上州無宿半次郎逃亡記〉
小杉健治　灰の男
後藤正治　スカウト
後藤正治　奪われぬもの
幸田　文　崩れ

講談社文庫　目録

2004年6月15日現在